Arena-Taschenbuch
Band 2130

Rainer M. Schröder,
Jahrgang 1951, lebt nach vielseitigen Studien und Tätigkeiten
in mehreren Berufen seit 1977 als freischaffender Schriftsteller
in Deutschland und Amerika. Seine großen Reisen haben ihn
in viele Teile der Welt geführt. Dank seiner
mitreißenden Abenteuerromane ist er einer der
erfolgreichsten deutschsprachigen Jugendbuchautoren.

Von Rainer M. Schröder sind als Arena-Taschenbuch erschienen:
Die wundersame Weltreise des Jonathan Blum (Band 1934)
Die wahrhaftigen Abenteuer des Felix Faber (Band 2120)
Felix Faber - Übers Meer und durch die Wildnis (Band 2121)
Der Schatz der Santa Maravilla (Band 2138)
Das Vermächtnis des alten Pilgers (Band 2140)
Das Geheimnis der weißen Mönche (Band 2150)

*Wieder ein echter Schröder: spannend und packend,
doch auch ergreifend erzählt.*
Buchjournal

Rainer M. Schröder

Mein Feuer brennt im Land der Fallenden Wasser

Arena

*Für meinen Freund und Kollegen Thomas Jeier
mit großer Zuneigung und Dankbarkeit für zwei
Jahrzehnte treuer privater Freundschaft und
fruchtbringender beruflicher Konkurrenz!
Es war ein arbeitsreiches Vergnügen,
einmal in deinen Jagdgründen zu wildern,
alter Schamane.
Mögest du stets in weichen Mokassins über des
Lebens steinige Pfade wandern und die Stimme
des Großen Geistes in deinem Herzen bewahren!*

In neuer Rechtschreibung

2. Auflage als Arena-Taschenbuch 2003
© 1998 by Arena Verlag GmbH, Würzburg
Alle Rechte vorbehalten
Umschlagillustration: Klaus Steffens
Umschlagtypografie: Agentur Hummel + Lang
ISSN 0518-4002
ISBN 3-401-02130-3

»Die Menschheit ist durch einen einzigen
Ursprung und ein Ziel miteinander
verbunden und bei aller Ferne erkennen
Kulturen, wenn sie sich treffen, dass es
sich beim Anderen auch um das Eigene
handelt. Jede Kultur liefert Symbole, in
denen sich das eigentlich und unbedingt
Wahre gegenseitig erblickt und hört.«

Karl Jaspers

»Einige Menschen haben keine
Zeremonien mehr. Keine Zeremonien
haben heißt sich nicht erinnern können,
welchen Platz menschliche Wesen in der
Schöpfung einnehmen.«

Steve Wall

Erstes Kapitel

Nichts deutete an diesem frühen Morgen im Grenzland der weißen Siedler auf einen blutigen Überfall hin. Und doch sollte der trügerische Frieden tödlichen Schüssen und gellendem Kriegsgeschrei weichen, noch bevor das lodernde Herdfeuer im Blockhaus der Jemisons in sich zusammenfallen konnte.

Es war ein sonniger, aber noch sehr frischer Frühlingstag des Jahres 1758. Mit dem kalten Atem des nur zögerlich weichenden Winters strich der Wind über das hügelige und waldreiche Land am Marsh Creek, der Siedlergrenze im abgelegenen Westen von Pennsylvania. Nur eine Hand voll von wagemutigen Fallenstellern und Händlern sowie Missionaren, die von einem unerschütterlichen Gottvertrauen erfüllt waren, wagte sich mehr als einige Meilen über diese Grenze hinaus. Denn nur ein, zwei Tagesritte weiter im Westen, wo sich auf den steilen Hängen der Allegheny Mountains und an den Ufern des mächtigen Ohio River schier endlose Wälder wie dunkle Ozeane voller Gefahren erstreckten, herrschte noch das Gesetz der Indianer mit ungebrochener Macht und gebot dem Vordringen der landgierigen Siedler vorerst Einhalt. Selbst die wenigen und schwach besetzten Forts im Land des roten Mannes waren wie winzige einsame Inseln in einem Meer, das sich jederzeit erheben und in einem Sturm der

Vernichtung die vorgeschobenen Militärposten hinwegfegen konnte, so wie der Herbstwind das kraftlose Laub von den Bäumen reißt und nach Belieben in alle Himmelsrichtungen weht.

In Gedanken an ihren bevorstehenden zwölften Geburtstag versunken, kam Mary Jemison an diesem sonnig klaren Frühlingstag über die Kuppe des Hügels, der sich Big Hill nannte. Sie führte Old Smoke, den rauchgrauen Wallach, am Zügel hinter sich her. Ihr Vater, Thomas Jemison, hatte sie am gestrigen Nachmittag zu einem ihrer Nachbarn, den Pattersons, geschickt, damit sie das ausgeliehene Pferd wieder abholte, so wie es zwischen den beiden Farmern abgesprochen war. Sie hatte eine unruhige und von Alpträumen gequälte Nacht im Haus der Pattersons verbracht, bei denen ständig Streit herrschte und es gleich Schläge setzte, wenn irgendetwas nicht nach dem Willen des jähzornigen und trinkfreudigen Hausherrn ging. Missis Patterson und ihre drei Kinder konnten einem wirklich Leid tun, auch wenn es natürlich das Recht von Mister Patterson war, seine Frau und Kinder zu züchtigen, so wie es ihm beliebte. Mary freute sich deshalb, bald wieder bei ihren Eltern und ihren fünf Geschwistern zu sein. Denn ihr Vater, obwohl auch ihm eine gewisse Strenge nicht abging, griff doch nur selten zum Gürtel, um sie und ihre Geschwister zu strafen. Und sie konnte sich nicht erinnern, dass er seine Hand jemals gegen ihre Mutter erhoben hätte, auch nicht im Zorn.

Mary spürte den warmen Atem des Pferdes auf ihrem Arm, als sie auf der Hügelkuppe kurz stehen blieb. Beim Anblick des geräumigen, lang gestreckten Blockhauses aus mächtigen Baumstämmen, das dort unten in der Senke des Marsh

Creek lag und seit gut acht Jahren ihr Zuhause war, trat ein Lächeln auf ihr Gesicht, aus dem Dankbarkeit und Stolz sprachen.

Die Farm, die ihre Eltern und ihre beiden älteren Brüder John und Thomas junior in acht Jahren harter, knochenbrechender Arbeit der Wildnis abgerungen hatten, brauchte keinen Vergleich zu scheuen. Während man bei vielen Siedlern wie etwa den Pattersons windschiefe, hastig zusammengezimmerte Schuppen und Scheunen fand, präsentierten sich auch die Nebengebäude der Jemison-Farm als solide, ansehnliche Bauten. Sie sprachen für die Entschlossenheit seines Besitzers, keine Nachlässigkeiten zuzulassen und etwas aufzubauen, das Bestand hatte und seinem Erbauer Ehre einlegte. Dasselbe galt für die sorgfältig bestellten Felder und den Gemüsegarten, der sogar einen anständigen Zaun besaß. Mary hegte die feste Überzeugung, dass es im Umkreis von vielen Meilen, ja sogar eines ganzen Tagesrittes bestimmt keine andere Heimstatt gab, die sich mit ihrer Farm auch nur annähernd messen konnte!

»Siehst du den Rauch, der aus dem Schornstein aufsteigt?«, sagte Mary und tätschelte die samtweichen Nüstern von Old Smoke, der ihr über die Schulter blickte. »Es war schon recht, dass wir so früh von den Pattersons aufgebrochen sind. Mom bereitet gerade das Frühstück zu. Und nach dem langen Marsch bin ich jetzt richtig hungrig. Auch du wirst bestimmt nichts gegen eine Extraportion Hafer einzuwenden haben, nicht wahr?«

Der graue Wallach schnaubte leise, als hätte er sie verstanden, und Mary lief nun schnellen, beschwingten Schrittes den Hügel hinunter. Sie hing dabei wieder ihren Gedanken nach, die sich mit dem wunderschön geblümten Stoff beschäftigten, den sie beim Krämer im Dorf gesehen hatte und den sie sich so sehr zum Geburtstag wünschte, damit ihre Mutter, die es mit jeder guten Näherin aufnehmen konnte, ihr daraus ein feines Sonntagskleid nähte. Ob ihre Eltern ihr wohl diesen großen Wunsch erfüllen würden? Oder war es zu vermessen und ein Zeichen von sündiger Eitelkeit, sich so etwas zu ihrem Geburtstag zu wünschen, wo doch jeder Penny für Gerätschaften, Saatgut und andere nützliche Dinge gebraucht wurde?

Auf dem Weg zur Blockhütte winkte sie ihren beiden älteren Brüdern zu, die schon vor dem Frühstück damit angefangen hatten, auf der Südweide Pfähle für eine neue umzäunte Koppel in den Boden zu rammen, was eine schlimme, kraftzehrende Arbeit war. Ganz wie ihr Vater, der im Schuppen einen Axtstiel glatt hobelte, wollten sie schon so viel wie möglich geschafft haben, bevor Mom sie mit der alten Eisenglocke zu der ersten herzhaften Mahlzeit des Tages ins Blockhaus rief.

»Oh, wir haben Besuch von Mister Fitzgerald!«, rief Mary überrascht, als sie schließlich den Hof erreichte und den prächtigen Rotfuchs sah, der bei den drei jungen Ulmen links vom Brunnen angebunden stand.

James Fitzgerald, ein noch junger Mann und guter Freund ihres Vaters, hatte seine Heimstatt nahe der Chambersburg-Landstraße, die in das nächst gelegene Dorf Cashtown und von dort ins ferne Gettysburg führte. Der arme Mister Fitzgerald lebte allein in seiner kleinen Blockhütte, bei deren sachgerechter Errichtung ihr Vater im Sommer vor zwei Jahren kräftig mit Hand angelegt hatte.

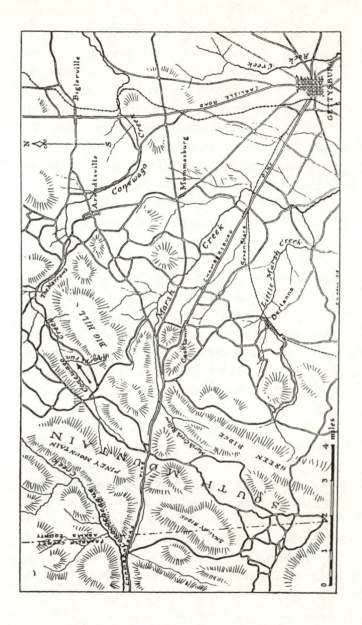

Denn seine junge Frau Alice war schon kurz nach der Eheschließung während einer Typhusepidemie in Gettysburg gestorben. Nach ihrem Tod hatte James Fitzgerald der Stadt den Rücken gekehrt und sich Land bei ihnen an der westlichen Pioniergrenze gekauft, um hier einen neuen Anfang zu machen und inneren Frieden zu finden. Und dieses selbst verordnete Rezept schien Erfolg zu haben, wie sie den Bemerkungen entnehmen konnte, die sie hier und da von ihren Eltern aufschnappte.

Mary brachte Old Smoke schnell in den Stall, hängte ihm einen Sack mit Hafer vors Maul und beeilte sich, dass sie ins Haus kam. Denn so schwer das Schicksal Mister Fitzgerald auch getroffen haben mochte, seine Gegenwart und die Geschichten, die er aus der Stadt zu berichten wusste, waren doch so unterhaltsam wie kaum etwas anderes. Und mochte seine ausgelassene Art auch wirklich bloß »die fröhliche Maske, hinter der er sein blutendes Herz verbirgt«, sein, wie ihre Mutter einst voller Mitgefühl gesagt hatte, ihrem Vergnügen, ihm zuzuhören und sich von ihm zum Lachen bringen zu lassen, tat das keinen Abbruch.

Marys Überraschung hätte nicht größer sein können, als sie durch die Tür kam und in dem großen Wohn- und Küchenraum unter der schweren Balkendecke nicht nur Mister Fitzgerald im Kreise ihrer Mutter und ihrer Geschwister Betsey, Matthew und Robert vorfand, sondern auch noch eine fremde junge Frau in einem hoch geschlossenen, taubengrauen Kleid. In der Gesellschaft dieser fremden Person befanden sich zudem drei gleichfalls städtisch adrett gekleidete Kinder, nämlich ein Junge und zwei Mädchen. Das älteste der verschüchtert dreinblickenden Kinder, ein hagerer Junge mit leicht abstehenden Ohren und dunklen krausen Haaren, musste etwa in ihrem Alter sein.

»Wie schön, dass du noch rechtzeitig zum Frühstück zurück bist, Kind!«, rief ihre Mutter und strich ihr liebevoll über das rotblonde Haar, das Mary in dichten Locken auf die Schultern fiel und einen so herrlichen Kontrast zu ihren blauen Augen bildete. Dann wandte sie sich der fremden Frau zu und sagte mit einem strahlenden Lächeln, aus dem ihre unverhohlene Mutterliebe sprach: »Das ist unsere Mary, mit der uns der Herrgott auf unserer Reise zwischen den Welten gesegnet hat! . . . Mary, das ist Missis Bridget Fitzgerald aus Gettysburg, die Schwägerin unseres lieben Nachbarn, und ihre drei reizenden Kinder Patrick, Sarah und Rose.«

Mary wusste nicht, was an diesen fremden Kindern reizend sein sollte, setzte jedoch ein unverbindliches Lächeln auf. Der Junge mit dem typisch irischen Vornamen Patrick reagierte darauf mit einem Nicken, während seine Schwestern weiterhin verlegen zu Boden blickten, als wären ihre staubigen Schuhspitzen von geradezu fesselndem Interesse für sie.

»So, du bist also das Mädchen, das auf der großen Seereise zur Welt gekommen ist. Es freut mich, dich kennen zu lernen, Mary«, sagte Bridget Fitzgerald, die eine etwas korpulente Statur, aber zweifellos auch ein freundliches Wesen besaß. »Deine Mutter hat wirklich nicht übertrieben. Deine Augen haben tatsächlich die bezaubernd blaue Farbe der Irischen See bei gutem Wetter! Und dein Haar ist so prächtig wie das deiner Mutter, der du wie aus dem Gesicht geschnitten bist!«

Das warmherzige Kompliment verfehlte seine Wirkung nicht. Marys Augen leuchteten freudig auf. Sie knickste höflich, wie ihre Mutter es ihr beigebracht hatte, und ignorierte ihren kleinen Bruder Matthew, der gequält die Augen verdrehte, weil er genau wusste, was jetzt kam.

»Das Schiff, auf dem Dad und Mom mit meinen älteren Brüdern Thomas und John von Irland nach Amerika ausgewandert sind, hieß *Mary William*. Deshalb heiße ich auch Mary. Wäre ich ein Junge geworden, hätten Mom und Dad mich natürlich auf den Namen William getauft«, erklärte sie, ohne zu stocken, liebte sie es doch, diese Geschichte jedem zu erzählen, der ihr dazu eine Gelegenheit gab. Denn wer konnte auch schon für sich in Anspruch nehmen auf hoher See im Zwischendeck eines irischen Auswandererschiffes zur Welt gekommen zu sein und den Namen ebendieses Schiffes zu tragen, das sie und ihre Familie aus dem Land ihrer Vorfahren in die Neue Welt nach Philadelphia gebracht hatte?

»Ein William wäre mir zehnmal lieber gewesen«, murmelte ihr neunjähriger Bruder Matthew gerade laut genug, dass Mary es noch hören konnte, und Robert, der noch um drei Jahre jünger war als Matthew, kicherte hinter vorgehaltener Hand.

Mary strafte sie mit Nichtachtung. Was verstanden diese beiden Rotznasen denn schon von den außergewöhnlichen Umständen ihrer Geburt!

»Missis Fitzgerald und ihre Kinder, mit denen ihr euch bestimmt gut verstehen werdet, werden für einige Zeit bei uns wohnen«, teilte ihre Mutter ihr nun mit. »Wir werden alle ein wenig zusammenrücken müssen, aber das tun wir ja gerne, wenn wir lieben Landsleuten helfen können, nicht wahr?«

»Ihr Mann ist Soldat! Er kämpft in der Armee von Colonel George Washington!«, warf Robert mit vorlauter Bewunderung ein. »Mit dem Colonel ist er schon in zwei Kriege gegen die Franzosen und die Huronen oben im Norden bei den Großen Seen gezogen! Ich wette, er hat dabei vielen Rothäuten den Skalp . . .«

»Robert!«, brachte seine Mutter ihn mit scharfer, zurechtweisender Stimme zum Schweigen.

»Mein Mann wird nicht länger den Rock des Königs tragen. Er hat seinen Abschied bei der Kolonialarmee eingereicht und wird bald zu den Siedlern von Marsh Creek zählen«, bemerkte Missis Fitzgerald mit einem nachsichtigen Lächeln. »Jetzt hoffe ich nur, dass der geplante Anbau am Haus meines lieben Schwagers wirklich so schnell vonstatten geht, wie er gesagt hat, damit wir Ihnen und Ihrer Familie nicht zu lange zur Last fallen, Missis Jemison.«

»Aber was reden Sie denn da!«, entrüstete sich Marys Mutter, ergriff die Hand von Bridget Fitzgerald und versicherte ihr wortreich, dass sie und ihre Kinder von Herzen willkommen seien und niemals den törichten Gedanken hegen dürften, sie würden ihnen zur Last fallen.

James Fitzgerald hatte dem Gespräch der Frauen und Kinder bis dahin wenig Aufmerksamkeit geschenkt. Er stand bei Betsey am Herd, die dort das Feuer schürte, und reichte ihr Holzscheite, als bedürfte sie dieser Hilfe. Als Mary zufällig zu ihnen hinüberschaute, fiel ihr einmal mehr auf, dass die beiden ganz merkwürdig verlegene und doch auch wieder vertraute Blicke tauschten. Und sie fragte sich, ob sich zwischen den beiden wohl etwas anbahnte. Immerhin war ihre ältere Schwester schon siebzehn und damit längst im heiratsfähigen Alter. Und hatte Dad nicht schon mehrfach die Bemerkung fallen lassen, dass ein Mann wie James Fitzgerald, der in der Blüte seiner Manneskraft stand und noch das ganze Leben vor sich hatte, eine aufrechte, treue Frau an seiner Seite brauchte und zweifelsohne einen guten Ehemann abgeben würde? Und hatte er dabei nicht auch zu Betsey hinübergeschaut?

James Fitzgerald wandte sich nun, wo sein Name gefallen war, mit einem Ruck von Betsey ab. Es schien Mary so, als kostete es ihn große Überwindung, ihr nicht länger seine ungeteilte Aufmerksamkeit schenken zu können.

»Keine Sorge, liebe Schwägerin, du wirst mit den Kindern noch viel eher als gedacht ein eigenes Dach über dem Kopf haben«, versprach er, während er zu ihnen herüberkam. »Du kannst nämlich schon in ein paar Tagen in meine Blockhütte einziehen, denn ich habe mich entschlossen erst gar keine halben Sachen zu machen, sondern gleich ein neues, großes Haus zu bauen.«

»Was mag Sie bloß zu diesem mutigen Entschluss veranlasst haben, Mister Fitzgerald?«, fragte Marys Mutter mit einem halb fragenden, halb wissenden Lächeln auf dem Gesicht.

»Ich habe große Pläne, Missis Jemison, von denen ich hoffe, dass sie sich so erfüllen, wie mein Herz es sich wünscht«, antwortete er scheinbar rätselhaft, während Mary bemerkte, dass ihre Schwester am Herd plötzlich tiefrote Wangen bekam – und das wohl kaum wegen der Hitze des Küchenfeuers. »Aber darüber möchte ich mit Ihnen und Ihrem Mann heute Abend in aller Ruhe sprechen, wenn es Ihnen genehm ist.«

»Ich bin sicher, dass es uns ein Vergnügen sein wird«, antwortete Marys Mutter und schenkte ihm ein warmherzig verschmitztes Lächeln.

James Fitzgerald strahlte sie an. »Gut. Dann reite ich jetzt erst einmal zu mir hinüber, um den versprochenen Sack Korn zu holen. Anschließend will ich sehen, wie es um mein Jagdglück bestellt ist. Drücken Sie mir also die Daumen, dass mir etwas Anständiges vor die Flinte kommt. Ein saftiges Stück Wildbret wäre heute Abend sehr angebracht . . .«

Damit griff er zu seinem Steinschlossgewehr, das neben der Tür an der Wand lehnte, nahm Pulverhorn und Kugelbeutel vom Haken, hängte sie sich um und trat hinaus. Augenblicke später preschte er auf dem Rücken seines Rotfuchses davon. Der trommelnde Hufschlag entfernte sich rasch und verklang hinter der nächsten Waldzunge.

Während ihre Mutter und Betsey in gusseisernen Pfannen das Frühstück zubereiteten, deckte Mary unter den aufmerksamen Augen der noch immer stummen Fitzgerald-Kinder den lang gestreckten Tisch aus schweren, blank gescheuerten Eichenbrettern. Sie war dankbar, dass ihre emaillierten Blechteller und -becher nicht halb so verbeult und abgestoßen und ihre Bestecke nicht derart verbogen waren, wie sie es bei vielen anderen Siedlern in der Umgebung gesehen hatte. Ja, es erfüllte sie mit großem Stolz, eine Jemison mit irischem Blut zu sein und diese Farm ihr Zuhause nennen zu können. Das Leben am Marsh Creek, im westlichen Grenzland der Siedler, meinte es in der Tat gut mit ihnen.

Zweites Kapitel

»Matthew, du kannst schon auf die Veranda hinausgehen und die Männer mit der Glocke ins Haus rufen!«, forderte Jane Jemison ihren zweitjüngsten Sohn auf, während sie fingerdicke Speckscheiben in brutzelndem Fett wendete. »Das Frühstück ist gleich fertig.«

»Ja, Mom!« Matthew riss die Tür auf und lief auf die mit dicken Bohlen ausgelegte Veranda hinaus, um seinem Vater und seinen Brüdern das vertraute Signal zu geben.

Gerade hatte Matthew das Seil ergriffen, das vom Klöppel der alten Eisenglocke herabhing, als die ersten Schüsse fielen und der trügerische Frieden der frühen Morgenstunde damit sein jähes Ende fand.

Der scharfe Knall von Gewehrschüssen kam von jenseits der Waldzunge, hinter der James Fitzgerald auf dem Weg zu seiner Blockhütte vor kaum mehr als einer Viertelstunde verschwunden war. Und im nächsten Moment sah Matthew einen Reiter im Galopp hinter den Bäumen hervorkommen, bei dem es sich nur um James Fitzgerald handeln konnte. Ja, es war der Rotfuchs, der da im gestreckten Galopp über den staubigen Weg jagte! Tief über den Hals des Pferdes gebeugt und die Zügelenden als Peitsche benutzend, holte James Fitzgerald das Letzte aus seinem prächtigen Rotfuchs heraus. Er ritt, als wäre der Leibhaftige hinter ihm her – oder die

Indianer, was hier im Grenzgebiet am Marsh Creek fast auf das Gleiche hinauslief.

Augenblicklich tauchten seine Verfolger hinter dem Waldgürtel auf – drei, nein, vier an der Zahl. Sie waren unberitten und kamen aus dem Wald gerannt, Gewehre im Anschlag. Erneut krachten Schüsse aus schweren Büchsen. Pulverdampf stieg in die klare Luft auf. Eine der Kugeln traf ihr Ziel. James Fitzgerald wurde durch die Wucht des Einschlags beinahe aus dem Sattel gerissen, krallte sich jedoch geistesgegenwärtig in die Pferdemähne und hielt sich auf dem Rücken seines Rotfuchses, wenn auch mit gefährlich starker Neigung nach links. Bis zum Blockhaus hatte er vielleicht noch achtzig, neunzig Pferdelängen. Mit Schaum vor dem Maul, der dem Tier vom Wind in Flocken davongerissen wurde, flog der Rotfuchs heran.

Matthew, sekundenlang vor Entsetzen wie gelähmt, riss das Seil mit dem Glockenklöppel wild hin und her, obwohl es nach den Schüssen eines Alarms nicht mehr bedurfte, um alle Bewohner der Jemison-Farm in Angst und Schrecken zu versetzen.

Nun überschlugen sich die Ereignisse.

Von einer Kugel tödlich getroffen, brach der prächtige Rotfuchs keine fünfundzwanzig Schritte vor der Blockhütte zusammen. James Fitzgerald wurde aus dem Sattel geschleudert und stürzte in den Sand des Vorhofes. Als er sich mit schmerzverzerrtem Gesicht aufzurichten versuchte, feuerte einer der Verfolger mit einer Muskete auf ihn. Das Geschoss traf ihn in den Rücken. Er fiel mit dem Gesicht nach vorn in den Staub und blieb reglos liegen.

Entsetzt und verstört zugleich, riss Matthew die Augen auf.

Die Männer, die Mister Fitzgerald zu Fuß verfolgt und soeben getötet hatten, waren gar keine Indianer, sondern Weiße! Aber drüben beim Schuppen tauchten plötzlich zwei Indianer auf und stürzten sich mit Kriegskeule und Tomahawk auf seinen Vater. Sofort erinnerte er sich an die grausigen Geschichten über mordende und plündernde weiße Banditen, zumeist mit den Engländern verfeindete Franzosen, die oftmals mit verbündeten Indianern gemeinsame Sache machten, indem sie abgelegene Farmen und Handelsposten überfielen.

»Indianer! . . . Indianer und weiße Banditen!«, brüllte Matthew aus Leibeskräften, ließ das Seil los, wirbelte herum und rannte zur Tür zurück, um sich in Sicherheit zu bringen. Doch dafür war es schon zu spät.

Gellend vor Todesangst, schrie er auf, als er vier halb nackten Indianern in voller Kriegsbemalung und vollem Waffenschmuck direkt in die Arme lief. Wie aus dem Nichts standen sie plötzlich auf der Veranda. Sie mussten sich auf ihren weichen Mokassins lautlos von hinten an das Blockhaus herangeschlichen haben.

Noch bevor Matthew einen klaren Gedanken fassen konnte und wusste, wie ihm geschah, packte ihn einer der Rothäute an seinem dichten Haarschopf und stieß ihn vor sich durch die Tür, ohne ihn jedoch freizugeben. Er benutzte ihn vielmehr als lebenden Schild. Die anderen drei Krieger folgten blitzschnell und mit katzengleicher Gewandtheit. Matthew wurde übel vor Angst.

Im Innern der Blockhütte herrschten große Verwirrung und kopflose Panik. Betsey hatte bei Ausbruch der Schießerei die Blechkanne mit dem heißen Kaffee vom Tisch gestoßen und dabei Robert am Bein verbrannt, der nun am Boden kauerte und wimmerte, ohne dass sich jemand um ihn kümmerte. Bridget Fitzgerald, die alles Blut aus dem Gesicht verloren zu haben schien, war kraftlos auf einen Schemel gesunken und zitterte wie Espenlaub, während ihre verängstigten Kinder sich unter den mächtigen Tisch geflüchtet hatten und sich dort schreiend zusammendrängten. Mary stand, wie ihre ältere Schwester, sekundenlang vor Schreck wie zur Salzsäule erstarrt.

Allein ihre Mutter, Jane Jemison, bewahrte ihre Fassung und Geistesgegenwart. Sie hatte die Flinte, die gleich neben der Feuerstelle an der Wand hing, aus ihren hölzernen Halterungen gerissen. Während sie die Waffe mit fieberhafter Eile lud, schrie sie Betsey und Mary Anweisungen zu, die aber im Krachen der Gewehre fast untergingen.

». . . über die Treppe auf den Dachboden!«

Als Mary die Angststarre endlich abschütteln konnte, war es schon zu spät. Denn in diesem Moment stürmten die vier Indianer die Blockhütte. Ihre Mutter schaffte es nicht, rechtzeitig Pulver auf die Pfanne zu geben und das Steinschloss zu spannen. Einer der Krieger flog wie ein Pfeil durch den Raum, packte mit der linken Hand den Lauf der Flinte und versetzte ihrer Mutter mit der flachen Seite seines Tomahawks einen Schlag an den Kopf, der sie halb bewusstlos zu Boden schleuderte.

Innerhalb weniger Augenblicke hatte man sie alle in einer Ecke zusammengetrieben. Mary kauerte neben ihrer Mutter, die aus einer Platzwunde über der rechten Stirn blutete, aber weder Angst noch Schmerzen zeigte. Tapfer redete sie ihnen leise, aber mit eindringlicher Stimme zu, jetzt nur ja die Ruhe zu bewahren und, um Gottes willen, bloß das Jammern und Weinen einzustellen. Letztere Ermahnung galt insbesondere Missis Fitzgerald, die vor Todesangst Wasser unter sich gelassen hatte und in einem fort nur »O mein Gott . . . o mein Gott . . . o mein Gott!« schluchzte.

»Noch sind wir am Leben. Und wenn uns unser Leben lieb ist und wir den nächsten Tag erleben wollen, dann gilt es jetzt, sich zusammenzureißen, so schwer es auch fallen mag! Denn nichts verachten die Wilden so sehr wie weinen und angstvolles Gejammer im Angesicht des Feindes!«

Ein weiterer Indianer kam in die Blockhütte. Er hatte einen blutigen Skalp in der Hand, den er triumphierend in die Höhe hielt. Seine Kameraden, die schon mit der Plünderung begonnen hatten, antworteten mit gellendem Kriegsgeschrei und Zurufen in ihrer Sprache.

»Sie haben Mister Fitzgerald vom Pferd geschossen und getötet!«, stieß Matthew mit zitternder Stimme hervor. »Und jetzt haben sie auch noch seinen Skalp genommen!«

Betsey gab einen gequälten, erstickten Aufschrei von sich und schlug die Hände vors Gesicht. »James wollte heute um meine Hand anhalten. James wollte mich heiraten! Jetzt ist er tot. Und wir werden auch bald tot sein, erschlagen und abgestochen von diesen Wilden!«, wimmerte sie.

Ihre Mutter gab ihr eine Ohrfeige. »Reiß dich gefälligst zusammen!«, fuhr sie ihre Tochter an. »Wenn unsere Stunde gekommen ist, werden wir dem Unausweichlichen ins Gesicht sehen. Aber noch ist nicht alles verloren! Vielleicht begnügen sie sich ja damit, unsere Farm zu plündern, wie die Indianer, die letztes Jahr die Ferguson-Familie bei Biglerville überfallen, aber ihr Leben verschont haben. Denn wenn sie uns umbringen wollten, hätten sie es doch schon längst tun können. Also fordere sie nicht zu etwas heraus, was vielleicht gar nicht zu ihrem schändlichen Plan gehört!«

Ihre energischen Worte hatten Erfolg, nährten sie doch in allen die Hoffnung, mit dem Leben davonzukommen. Und jeder erinnerte sich an die Geschichten, die im Grenzland unter den Siedlern so reichlich kursierten und die ebenso von grausamen Begebenheiten handelten wie von wundersamen Errettungen im Angesicht des scheinbar unausweichlichen Todes.

Inzwischen beteiligten sich auch die vier Weißen, die abgerissene Trapperkleidung trugen und sich durch ihre Sprache als Franzosen zu erkennen gaben, an der hektischen Plünderung. Den Frauen und Kindern schenkten sie keine Beachtung. Deren Schicksal berührte sie offensichtlich so wenig wie der Tod von James Fitzgerald, den sie von hinten erschossen hatten.

Während die Bande, die aus sechs Indianern und vier Franzosen bestand, ein wüstes Durcheinander anrichtete und alles wegschleppte, was sie tragen konnte, quälte Mary die Sorge, was aus ihrem Vater und ihren beiden Brüdern Thomas und John geworden war. Lebte ihr Vater noch oder lag auch er schon tot und skalpiert im Staub des Hofes? Und hatten ihre Brüder, die sich zum Zeitpunkt des Überfalls ja auf der anderen Seite der Farm befunden hatten, in den nahen Wald flüchten können? Sie hoffte es inständig, denn dann durften sie damit rechnen, dass John und Thomas die Nachbarn alarmierten und bald mit einem Trupp bewaffneter Siedler zurückkehrten, um sie aus der Gewalt der Banditen zu befreien!

Einer der Indianer, der auf seinem Gesicht und seinem muskulösen Körper eine ganz besonders ausdrucksstarke Kriegsbemalung in Form von roten und ockerfarbenen Streifen und Linien sowie eine Kette aus Bärenzähnen um den Hals trug, drängte sichtlich zur Eile, wie Mary bemerkte. Ihre Vermutung, dass es sich bei ihm um den Anführer der Krieger handelte, stellte sich schon wenige Augenblicke später als richtig heraus.

Er trat zu ihnen hin und sagte in gebrochenem, hartem Englisch: »Ihr sein Gefangene von Bärentöter, Kriegshäuptling der ruhmreichen Shawanee!« Dabei schlug er sich mit der Faust vor die Brust. »Ihr folgen Bärentöter und seinen tapferen Kriegern! Wer versuchen Flucht, wird zuerst verlieren Skalp ... und danach erst langsam Leben!«

Missis Fitzgerald gab ein röchelndes Geräusch von sich und ihre Augen verdrehten sich, als drohte sie im nächsten Moment in Ohnmacht zu fallen.

»Ihr alle aufstehen und kommen!«, herrschte der Shawaneehäuptling namens Bärentöter sie an. »Nehmen sonst Skalp gleich hier!« Und um seine Drohung zu unterstreichen, riss er sein Messer aus der mit bunten Perlen bestickten Lederscheide.

Mary kam, wie alle anderen auch, nun ganz rasch auf die Beine. Die Shawanee machten sich nicht die Mühe, ihnen Fesseln anzulegen. Unter Schlägen trieben sie ihre Gefangenen aus der Blockhütte.

»Dad lebt! . . . Er lebt, Mom!«, rief Mary in unsäglicher Erleichterung, als sie ihren Vater erblickte, der im Gegensatz zu ihnen Fesseln trug.

»Dem Herrn sei Dank!«, flüsterte ihre Mutter und bekreuzigte sich hastig.

Einer der Franzosen löste die Fußfessel und zerrte ihn an einem Seil zu ihnen herüber. Mary suchte den Blick ihres Vaters, in der Hoffnung, auch von ihm ein aufmunterndes Zeichen zu erhalten. Sie erschrak jedoch zutiefst, als sie sein fast ausdrucksloses Gesicht und seine Augen sah, die ihr so müde, ja geradezu trübe wie die eines halb Betäubten erschienen. Sie beruhigte sich jedoch schnell mit dem Gedanken, dass er sich vermutlich tapfer gegen die beiden Indianer zur Wehr gesetzt und dabei wohl einen schweren Schlag mit dem Tomahawk oder der Kriegskeule abbekommen hatte, unter dessen Folgen er noch immer litt. Bestimmt würde er bald wieder klar werden und ihnen eine Stütze in dieser beängstigenden Situation sein.

Der Kriegshäuptling trennte die Kinder von den Erwachsenen. Bärentöter und zwei seiner Stammesbrüder gingen an der Spitze, gefolgt von den Kindern. Hinter ihnen kamen die Franzosen und dann die drei Erwachsenen. Die anderen drei Indianer bildeten die Nachhut. Sie gingen alle in einer langen Reihe hintereinander, um ihre Spur so unauffällig wie möglich zu halten.

Die Bande aus Franzosen und Shawanee hatte es eilig, aus dem Siedlungsgebiet am Marsh Creek und nach Westen in die sicheren Wälder zu kommen. Mary glaubte auch zu wissen, warum. An keinem Gürtel der Indianer hatte sie einen zweiten oder gar dritten frischen Skalp gesehen. Daraus schloss sie, dass Thomas und John die Flucht gelungen war. Und das bedeutete, dass ihre Brüder mit einem starken Aufgebot an Siedlern in kurzer Zeit die Verfolgung aufnehmen würden. Deshalb hatten sie vermutlich auch darauf verzichtet, das Blockhaus in Brand zu stecken. Der Rauch wäre meilenweit zu sehen gewesen und hätte die Verfolger noch schneller auf den Plan gerufen.

Die Indianer vom Stamm der Shawanee wussten sehr genau, in welcher Gefahr sie schwebten, wenn sie nicht schnell genug den Schutz der tiefen, dunklen Wälder erreichten, wo sie ihre Spuren besser verwischen und ihre Verfolger leichter abschütteln konnten als in dieser halb offenen Landschaft, die von vielen nur schwach bewaldeten Hügelketten sowie zahlreichen kleinen Flüssen und Sumpfflächen durchzogen und oft meilenweit zu überblicken war. Deshalb trieben sie ihre Gefangenen mit Weidenruten und Peitschen, die sie von der Farm mitgenommen hatten, unbarmherzig zu großer Eile an.

Drittes Kapitel

Im Laufschritt ging es nach Westen. Als sie zum Conewago Creek kamen, wateten sie mehr als eine Stunde flussabwärts durch das Wasser, bevor Bärentöter endlich den Befehl erteilte, das Flussbett zu verlassen und die Flucht auf trockenem Boden fortzusetzen.

Betsey und auch die beiden Fitzgerald-Töchter klagten bald über Hunger und Durst, denn keiner von ihnen hatte an diesem Morgen auch nur ein Stück Brot zu essen bekommen. Und bei dem scharfen Tempo stellte sich rasch der Durst ein. Die Shawanee zeigten jedoch kein Verständnis und antworteten auf die Bitten um Brot und Wasser mit zusätzlichen Peitschenhieben.

Auch Mary dürstete und ihr Magen knurrte mit jeder Meile mehr, die sie hinter sich brachten. Ihr kam jedoch kein Wort der Klage über die Lippen, denn sie begriff schneller als Betsey und die Fitzgerald-Töchter, dass sich die Indianer auf diese Weise nicht erweichen ließen. Von Kindheit an zu großer Selbstbeherrschung und Ausdauer erzogen, rief solch ein Verhalten bei ihnen vielmehr Verachtung hervor. Das raunte sie auch ihren Geschwistern und den Fitzgerald-Kindern zu. Doch bis auf Patrick gab keiner etwas auf ihre Warnung.

Mary bekämpfte ihre Angst wie auch Hunger und Durst, indem sie sich zwang ihre Aufmerksamkeit ganz auf den Weg zu konzentrieren, den sie nahmen. Vielleicht gab es irgendwann eine Möglichkeit zur Flucht und dann musste sie wissen, welche Richtung sie einzuschlagen hatte.

Die landschaftlichen Merkmale, die sie sich entlang ihrer Route einzuprägen versuchte, wiederholte sie in Gedanken immer und immer wieder. Schon nach wenigen Stunden, als sie das ihr vertraute Gebiet hinter sich gelassen hatten und sich vor ihnen die Bergketten der Allegheny Mountains abzeichneten, wurde dies jedoch zu einer immer schwerer zu bewältigenden Aufgabe. Ihre Liste wurde länger und länger und mit wachsender Erschöpfung nahm zusätzlich ihre Fähigkeit ab, die Merkmale zu behalten und sie gedanklich in der richtigen Reihenfolge zu wiederholen. War dieser Waldgürtel, den sie gerade durchquerten, denn nicht dem letzten so ähnlich wie ein Ei dem anderen? Welches besondere Merkmal sollte sie sich hier bloß einprägen? Und waren sie vorhin wirklich zwei Stunden nach Norden marschiert, bevor sie wieder einen Haken nach Westen geschlagen hatten, oder hatte sie längst das Zeitgefühl verloren?

Am frühen Nachmittag nahm das weinerliche Bitten und Flehen der anderen Mädchen nach einem Schluck Wasser zu. Auch Robert und Matthew jammerten nun immer lauter. Allein Patrick machte es so wie Mary, die sich einen kleinen Kieselstein in den Mund gesteckt hatte und ihn hin und her schob, damit sich mehr Speichel bildete.

Bärentöter brachte die Kolonne schließlich mit einem scharfen, wütenden Befehl zum Halten. »Ihr Bleichgesichter können vor Durst nicht aushalten?«, stieß er mit verächtlicher Miene hervor. »Gut, ihr sollen bekommen zu trinken!«

»O Gott, endlich! Dem Himmel sei Dank!«, seufzte Betsey. »Ich hätte es nicht länger ertragen.«

Marys Geschwister und die beiden Fitzgerald-Mädchen glaubten wirklich mit ihrem unablässigen Gejammer nun endlich ihr Ziel erreicht und das Mitgefühl der Indianer geweckt zu haben. Wie sehr sie sich irrten, wurde jedoch schon im nächsten Moment offensichtlich, als sie sich auf Befehl des Kriegshäuptlings ins Gras knien mussten. Drei seiner Krieger stellten sich hinter sie, griffen in ihre Haare und zerrten ihre Köpfe grob in den Nacken.

Und dann stellte sich Bärentöter mit seinen anderen beiden Kriegern vor sie hin und zwang sie, unter dem Gelächter und Gejohle der Franzosen, ihren Urin zu trinken. Kein Weinen, Wimmern und Flehen rettete sie vor der ekelhaften Demütigung. Denn die Indianer hinter ihnen sorgten dafür, dass sie den Mund öffneten und dem Strahl nicht ausweichen konnten.

Abgestoßen und mit einem würgenden Gefühl in der Kehle, wandte sich Mary ab. Sie fürchtete sonst, sich jeden Moment übergeben zu müssen. Als sie sich umdrehte, sah sie Tränen auf dem Gesicht ihrer Mutter, das eine Maske stummen Leidens war. Auch Missis Fitzgerald weinte, doch bei weitem nicht stumm und reglos. Sie rang vielmehr verzweifelt die Hände und sank schluchzend zu Boden.

Dagegen zeigte das Gesicht ihres Vaters nicht die geringste Regung. Wie teilnahmslos blickte er an ihr vorbei auf die widerwärtige Szene. Scheinbar ungerührt sah er der schrecklichen Erniedrigung seiner Kinder zu. Es war, als hätte all das nichts mehr mit ihm zu tun oder als wäre es ohne jede Bedeutung. Und das entsetzte Mary noch mehr als die abscheuliche Tat der Indianer. Ihr Vater sah so aus, als hätte er nicht nur mit seinem Leben abgeschlossen, sondern auch das seiner Familie längst unwiderruflich verloren gegeben.

Sie bekam eine Gänsehaut und in ihrer Kehle formte sich ein Schrei des Entsetzens und der Verzweiflung, der mit aller Macht danach drängte, hinausgeschrien zu werden. Doch sie kämpfte gegen dieses starke Verlangen an, indem sie sich so fest auf die Lippen biss, dass ihr die Tränen kamen.

Wenig später setzten sie ihren anstrengenden Marsch durch die Wildnis fort. Erst als die Dunkelheit heraufzog und sie im Wald kaum noch etwas sehen konnten, gab Bärentöter den erlösenden Befehl, das Nachtlager aufzuschlagen. Ein Lagerfeuer wurde jedoch aus Furcht, durch Rauch und Lichtschein mögliche Verfolger zu ihrem Camp zu führen, nicht entzündet. Die Gefangenen erhielten auch jetzt weder etwas zu essen noch zu trinken. Wie die Indianer und Franzosen, die sich an dem geraubten Proviant gütlich taten, ihnen auch nicht eine einzige Decke überließen, um sich vor der Kälte der Nacht zu schützen. Mit nagendem Hunger und nach einem Schluck Wasser lechzend, mussten sie sich auf den nackten Waldboden legen. Der einzige Lichtblick war, dass die Erwachsenen nun nicht länger von ihren Kindern getrennt waren.

Marys Mutter war jedoch die Einzige, die ihnen unbeirrt Mut zusprach, statt sich wie Missis Fitzgerald in Selbstmitleid zu ergeben oder einfach nur stumm und unbewegt dazusitzen, wie es ihr Vater tat.

»Ihr dürft niemals die Hoffnung verlieren!«, schärfte sie ihnen ein. »Die Indianer machen sich nicht ohne Grund die Mühe, uns auf ihrer Flucht mitzunehmen.«

»Ja, weil sie uns am Marterpfahl langsam zu Tode quälen wollen«, schluchzte Betsey. »Indianer sind keine Menschen, sondern Tiere. Wilde Tiere. Ja, noch schlimmer als wilde Tiere.«

Bridget Fitzgerald nickte heftig. »Sie sind wie Ungeziefer und gehören ausgerottet, mit Stumpf und Stiel!«, krächzte sie mit rauer Stimme, die ebenso von Hass wie von Angst und Erschöpfung verzerrt war.

»Schweig! So etwas will ich nicht noch einmal hören! Und das gilt nicht nur für dich, Betsey, sondern auch für Sie, Missis Fitzgerald!«, fuhr Marys Mutter die beiden energisch an. »Vermutlich wollen die Banditen ein Lösegeld für uns erpressen. Und wenn wir mit ihnen Schritt halten können und sie nicht mit ständigem Gejammer reizen, ist noch nichts verloren.«

Mary wandte sich an ihren Vater. »Dad?«

Ihr Vater reagierte nicht. Unbeteiligt blickte er in die Dunkelheit der Nacht, die sie umhüllte wie ein Meer aus pechschwarzer Tinte.

»Dad? Hörst du mich?« Mary fasste ihn am Arm und rüttelte ihn sanft.

Daraufhin wandte er den Kopf und sah sie an, als wäre sie eine Fremde. Und noch immer brachte er kein Wort hervor. Aus seinem Gesichtsausdruck sprach eine erschreckende Teilnahmslosigkeit und Selbstaufgabe.

»Was ist nur mit dir, Dad? . . . Warum redest du nicht mit uns? Und warum bist du so . . . schrecklich unbeteiligt?«, fragte Mary mit zugeschnürter Kehle.

Ihr Vater sah sie einen langen Augenblick an, als versuchte er sich zu erinnern, wer sie war und was sie von ihm wollte, und schüttelte dann nur müde den Kopf. Er drehte sich um, legte sich zum Schlafen und verbarg seinen Kopf in den Armen.

»Euer Vater ist ein wenig verwirrt«, sagte Marys Mutter hastig und mit einem verräterischen Zittern in der Stimme. »Aber das wird sich legen. Bestimmt kommt alles wieder in Ordnung, Kinder. Wir müssen nur fest daran glauben und einander mit Mut und Zuspruch beistehen. So, und jetzt lasst uns beten, denn es ist Zeit zum Schlafen. Wir alle müssen morgen so ausgeruht wie nur möglich sein.«

Nach dem Nachtgebet schmiegte sich Mary an den Rücken ihrer Mutter, nicht nur wegen der Körperwärme, sondern mehr noch wegen der inneren Ruhe, die der körperliche Kontakt ihr schenkte. Und obwohl sie genauso erschöpft war wie alle anderen, sank sie jedoch nicht so schnell in den Schlaf.

»Mom, bist du noch wach?«, flüsterte sie und tastete nach der Hand ihrer Mutter.

»Ja, mein Kind.«

»Glaubst du wirklich daran, dass alles gut wird?«

»Ja, das tue ich.«

»Ich wünschte, ich könnte auch daran glauben.«

»Versuch es, Kind, und zwar mit aller Kraft.«

»Ich habe Angst, Mom . . . ganz schreckliche Angst sogar«, gestand Mary.

Ihre Mutter streichelte ihre Hand. »Ja, Mary, wir alle haben Angst. Vermutlich sogar die Indianer und dieses Franzosenpack. Denn deine Brüder werden uns schon mit einem starken Aufgebot auf den Fersen sein. Angst ist nichts, dessen man sich schämen müsste. Im Gegenteil. Angst in gesundem Maß ist gut, weil sie vorsichtig macht und die Wahrnehmung schärft. Aber lass nicht zu, dass die Angst dich beherrscht und kopflos macht.«

Mary lachte bitter auf. »Das ist leicht gesagt, Mom. Was soll mich denn sonst beherrschen?«

»Glaube, Hoffnung und Liebe – das ist es, was uns Menschen am Leben hält und das Leben erst lebenswert macht. Ohne Glaube, Hoffnung und Liebe bleibt uns nur die Nacht der Sinnlosigkeit und Verzweiflung«, antwortete sie mit leiser, aber fester Stimme. »Und dafür hat uns der Allmächtige nicht geschaffen. Vergiss das nie, mein Kind. Wann immer du die Wahl zwischen scheinbarer Sinnlosigkeit und Glaube, Verzweiflung und Hoffnung, Hass und Liebe hast – wähle immer den Glauben, die Hoffnung und die Liebe. Versprichst du mir das?«

Mary hauchte ein »Ja, Mom!« in die Dunkelheit und erwiderte den aufmunternden Händedruck ihrer Mutter. Irgendwo über ihnen in den Baumkronen stieg ein Nachtvogel mit lautem Flügelschlag auf. Und eine Eule schickte ihren klagenden Ruf in die kalte Frühlingsnacht, als wollte sie das Leid der Gefangenen allen Tieren im Wald mitteilen.

Noch eine ganze Weile lauschte Mary den vielfältigen Geräuschen der nächtlichen Wildnis, dabei einen Arm fest um die Taille ihrer Mutter geschlungen, als wollte sie ihre Umarmung nie mehr lösen. Schließlich übermannte sie die Müdigkeit und sie fiel in einen totenähnlichen Schlaf.

Viertes Kapitel

Kaum dämmerte der neue Tag herauf, als Bärentöter auch schon zum Aufbruch drängte. Die Gefangenen hatten von der Nacht auf der kalten Erde steife Glieder. Gezielte Stock- und Peitschenhiebe sorgten jedoch dafür, dass dennoch alle recht schnell auf die Beine kamen.

Es gab noch immer nichts zu essen und zu trinken. »Diese wilden Bestien in Menschengestalt wollen uns verhungern und verdursten lassen!«, zischte Betsey mit einer Mischung aus Hass und Verzweiflung.

»Wir werden schon noch etwas bekommen«, sagte ihre Mutter beruhigend. »Vermutlich später, wenn wir erst ein gutes Stück Weges hinter uns gebracht haben.«

Ihre Vermutung bestätigte sich. Als die Sonne im Osten den Himmel erklomm und im Wald die tiefschwarzen Schatten der Nacht allmählich dem Licht des neuen Tages wichen, legte Bärentöter am Rand einer kleinen Lichtung eine Rast ein. Und er erlaubte ihnen nicht nur ihren peinigenden Durst mit dem eiskalten Wasser eines dort vorbeifließenden Baches zu stillen, sondern er ließ unter ihnen auch ausreichend Brot sowie mehrere Scheiben geräucherten Speck austeilen.

Mary fiel wie ihre Leidensgefährten mit einer kaum zu bändigenden Gier sowohl über das Wasser als auch über das trockene Brot und den Speck her. Sie war in diesem Moment überzeugt, noch nie etwas so Köstliches getrunken und gegessen zu haben. Und sie musste ihre ganze Willenskraft aufbringen, um dem eindringlichen Rat ihrer Mutter zu folgen, bloß nicht übermäßig viel Wasser zu trinken und das Essen ja nicht in Windeseile hinunterzuschlingen, sondern so langsam und lange wie möglich zu kauen.

»Wenn ihr euch nicht daran haltet, werdet ihr schlimme Magenschmerzen bekommen, vielleicht sogar heftige Krämpfe!«, sagte ihre Mutter. »Und die werden euch noch mehr schwächen. Wie wollt ihr dann mit den anderen Schritt halten?« Was ihnen in diesem Fall drohte, brauchte sie nicht auszusprechen, weil es jedem sofort vor Augen stand.

Marys Vater rührte seine Ration Brot nicht an, wie er auch den Speck ignorierte. Alle eindringlichen Bitten und Beschwörungen blieben erfolglos. Weder gab er ihnen eine Antwort, noch nahm er einen Bissen zu sich. Stumm und unbewegt wie ein Fels in der Brandung, saß er in ihrer Mitte.

Bärentöter gönnte ihnen auf der sonnenhellen Lichtung nur wenige Minuten Rast. Dann gab er auch schon den Befehl zum Aufbruch. Und mit derselben Eile und Unnachgiebigkeit setzten sie ihren Marsch durch die fremde Wildnis fort.

Kurz bevor die Sonne ihren höchsten Stand erreichte, kamen sie über einen bewaldeten Bergrücken. Zu ihrer Linken erstreckte sich ein Flusstal. Als der Pfad sie nahe an den Waldsaum heranführte, konnten sie durch die Bäume hindurch in der Ferne die Palisaden einer kleinen Befestigung sehen.

»Fort Canagojigge. Indianer haben es vor anderthalb, zwei

Jahren gestürmt und niedergebrannt«, sagte Marys Vater und brach damit unverhofft sein Schweigen.

Mary schöpfte, wie auch ihre Mutter und ihre Geschwister, sofort Hoffnung, dass ihr Vater nun wieder ansprechbar sein und Anteil an ihrem Schicksal nehmen, ja vielleicht sogar einen Plan zu ihrer Rettung schmieden würde. Diese Hoffnung erfüllte sich jedoch nicht. Die Bemerkung über das niedergebrannte Fort Canagojigge war die erste, gleichzeitig aber auch die letzte, die Marys Vater in den Tagen seiner Gefangenschaft von sich gab.

Die Ruine des kleinen Forts, einst eine einsame, vorgeschobene Bastion der Weißen im Land des roten Mannes und nun schon seit Jahren verlassen und dem Verfall anheim gegeben, verschwand rasch aus ihrem Blickfeld. Ohne auf die schwindenden Kräfte ihrer Gefangenen Rücksicht zu nehmen, trieben Bärentöter und seine Krieger sie voran. Wer langsamer wurde und den Vormarsch der Kolonne ins Stocken brachte, handelte sich umgehend Hiebe ein.

Die Angst legte bei Mary Kräfte frei, die sie nie in sich vermutet hätte. Obwohl das Schuhwerk, das sie trug, nicht für lange Märsche durch die Wildnis taugte und obwohl sich längst schmerzhafte Blasen an ihren Füßen gebildet hatten, hielt sie tapfer das Tempo mit, das die Indianer vorgaben. Auch Patrick, der gleich hinter ihr ging, schien von ausdauernder Natur zu sein. Denn weder hörte sie ihn laut jammern, noch fiel er auch nur einmal zurück. Stets hielt er den Anschluss zu ihr. Und als sie ihn leise fragte, wie es ihm gehe, da antwortete er ihr geradezu trotzig: »Ich halte noch viel länger durch als du, wenn es sein muss! Mich machen die Rothäute nicht fertig!«

Sie glaubte ihm aufs Wort.

Wie schwer taten sich dagegen ihre Geschwister sowie die arme Missis Fitzgerald und ihre beiden Töchter! Sie zeigten sich den Strapazen und der nicht minder zermürbenden Angst einfach nicht gewachsen. Ihre seelischen wie körperlichen Kräfte schwanden im Laufe des zweiten Tagesmarsches sichtlich dahin. Vor Erschöpfung strauchelten sie über die kleinsten Hindernisse. Unfähig den Fuß hoch genug über eine dicke Baumwurzel zu heben oder einer tiefen Bodenrille auszuweichen, stolperten und stürzten sie immer häufiger. Am späten Nachmittag vermochten nicht einmal mehr Stock- und Peitschenschläge sie dazu zu bringen, das vorgegebene Tempo einzuhalten. Am Rande des Zusammenbruchs schleppten sie sich nur noch so dahin. Einzig das Wissen, dass die Dunkelheit nahte und dass man bald einen Lagerplatz für die Nacht suchen würde, hielt sie in den letzten Stunden aufrecht.

Als sich der Glutball der Sonne am westlichen Horizont in ein flammendes Meer aufzulösen schien, gelangten sie in ein düsteres Sumpfgebiet. Die immergrünen Schierlingstannen, die alten Weiden und die hohen Farne gaben der Landschaft im letzten, schwachen Licht des scheidenden Tages etwas überaus Unheilvolles und Bedrückendes.

Bärentöter führte sie in den Schutz einer Gruppe alter Schierlingstannen. »Hier Camp!«, teilte er ihnen grob mit und die Gefangenen sanken mit einem gequälten Laut der Erlösung zu Boden. Betsey und Missis Fitzgerald litten am schlimmsten unter Entkräftung. Sie verloren die Kontrolle über sich selbst und bekamen Muskel- und Weinkrämpfe.

Aber auch Mary schmerzte jeder Knochen und Muskel. Sie

fühlte sich dermaßen ausgelaugt, dass sie sich regelrecht dazu aufraffen musste, die Stücke Brot und Fleisch, die die Indianer jedem zuteilten, nicht wie ihr Vater unberührt in ihrem Schoß liegen zu lassen.

Die Dunkelheit stieg schon wie schwarzer Nebel aus dem Sumpf, an dessen Rand sie lagerten, als Bärentöter zu Mary kam und sich vor sie hinkniete.

»Ausziehen!«, befahl er schroff und deutete auf ihre Schuhe und Strümpfe, die wie der untere Teil ihres Kleides nach zwei Tagen Gewaltmarsch von dornigen Sträuchern und dichtem Unterholz in Fetzen gerissen waren.

Verständnislos und verängstigt, sah Mary ihn an, während ihre Geschwister der Szene keinerlei Beachtung schenkten. Sie waren viel zu erschöpft und zu sehr in ihren eigenen Ängsten gefangen, um sich Gedanken darüber zu machen, was der Anführer der Kriegerbande von ihr wollte. Ihre Mutter, die Betsey in den Arm genommen hatte, um sie zu beruhigen, verfolgte das rätselhafte Geschehen jedoch mit großer Aufmerksamkeit.

»Weg! Nicht gut für langen Marsch!«, teilte Bärentöter ihr mit und zerrte ihr erst die Schuhe von den Füßen und dann die zerfetzten Strümpfe. »Von jetzt an du tragen Mokassins!« Er winkte einen seiner Stammesbrüder heran, der ein schon eingelaufenes Paar Mokassins aus weichem Hirschleder brachte.

Bärentöter überzeugte sich davon, dass sie ihr passten, nickte zufrieden und begab sich dann zu Patrick hinüber, der ein paar Schritte weiter bei seiner Mutter und seinen Schwestern saß. Auch ihn forderte er auf Strümpfe und Schuhe auszuziehen, um sie gegen ein Paar Mokassins auszutauschen.

»Mein Kind . . .«

Mary wandte den Kopf. Ihre Mutter hatte sich neben sie gesetzt. »Verstehst du, warum er das getan hat, Mom?«, fragte sie und deutete auf die hirschledernen Mokassins, die sich an ihren Füßen angenehm anfühlten.

Ihre Mutter schluckte schwer, biss sich kurz auf die Lippen und nickte schließlich. »Ja, ich glaube, ich weiß, was das zu bedeuten hat, mein Liebling. Ich fürchte, der Augenblick ist gekommen, wo wir für immer voneinander Abschied nehmen müssen.«

»Nein!«, stieß Mary entsetzt hervor.

Ihre Mutter ergriff ihre Hände und hielt sie mit festem Druck. »Meine geliebte kleine Mary, du darfst jetzt auf keinen Fall die Nerven verlieren und eine auffällige Szene machen!«, warnte sie ihre Tochter leise, aber mit inständigem Nachdruck. »Dass du Mokassins von den Indianern erhalten hast, bedeutet, dass sie dein Leben verschonen werden – und wohl auch das des jungen Fitzgerald. Ihr habt euch die letzten Tage mehr als tapfer gehalten und seid deshalb keine Bürde für sie. Wir anderen dagegen . . .« Sie seufzte. »Nun, wir sind am Ende unserer Kraft und dieser Bande somit ein Klotz am Bein. Wir bringen sie nur in Gefahr, von ihren Verfolgern eingeholt zu werden. Und deshalb werden sie uns an diesem einsamen Ort mit ihren Tomahawks erschlagen...«

Kaltes Entsetzen schnürte Mary die Kehle zu. Unfähig etwas zu sagen, schüttelte sie heftig den Kopf. Was ihre Mutter sagte, konnte nicht... durfte nicht wahr sein!

Ihre Mutter schenkte ihr ein schmerzliches Lächeln. »Oh, ich weiß, wie grausam das ist, und es kommt mich bitterer an, als du es dir wohl jemals vorstellen kannst, dass ich mit diesen Worten von dir Abschied nehmen muss. Aber ich möchte dir in den letzten Minuten, die uns noch verbleiben, keinen Sand in die Augen streuen. Mit frommen Lügen ist keinem von uns gedient, mein Kind. In unserer Familie sind wir immer aufrichtig zueinander gewesen und du warst immer ein ungewöhnlich vernünftiges Kind und deinem Alter stets um einiges voraus. Deshalb rede ich ganz offen mit dir.«

Stumm sah Mary sie an, während ihr die Tränen in die Augen schossen.

»Ich habe mein Leben stets vertrauensvoll in Gottes Hand gelegt. Der Tod hat deshalb keinen Schrecken für mich, auch wenn ich die Grausamkeit unserer Entführer fürchte«, fuhr ihre Mutter mit fester Stimme fort. »Ich akzeptiere, dass meine Stunde gekommen ist, wie sie nun mal für jeden von uns kommt, ohne dass wir uns aussuchen können, wann und unter welchen Umständen sie uns ereilt. Was mein Herz jedoch bluten lässt, ist die Ungewissheit, was dich erwartet, mein geliebtes Kind. Welche Seelenqual mir der Gedanke bereitet, dich vielleicht für immer in Gefangenschaft der Indianer zu wissen.«

Die Tränen liefen Mary in Strömen über das Gesicht und

ihre Lippen bebten bei dem Versuch, das verzweifelte Schluchzen zu unterdrücken, das in ihr aufstieg und hinauswollte.

Ungehalten über sich selbst, schüttelte ihre Mutter den Kopf. »Wie töricht von mir, dir mit meinen Schmerzen und Sorgen das Herz noch schwerer zu machen, zumal ich von ihnen wohl schon bald erlöst sein werde«, tadelte sie sich selbst. »Anderes ist in diesem Augenblick ja so viel wichtiger. Also höre gut zu, was ich dir auftrage, Mary Jemison! Wenn du nun von uns gehst, vergiss nie deinen eigenen Namen, mein Kind, und auch nicht die Namen deiner Eltern und Geschwister! Halte uns in seligem Gedenken. Verlerne auch nicht deine Muttersprache, sondern übe dich weiter in ihr, notfalls im Geheimen, wenn du keine andere Möglichkeit hast. Und lege vor allem jederzeit die allergrößte Umsicht an den Tag, was immer du tust, solange du dich in der Gewalt der Indianer befindest!«

»Mom, ich lasse euch nicht im Stich! Ohne euch gehe ich nicht von hier . . .«, brachte Mary nun mit tränenerstickter Stimme hervor.

Ihre Mutter schüttelte den Kopf und gab ihr keine Gelegenheit, ihren Einwand zu beenden. »Du wirst mit ihnen gehen, denn damit rettest du dein Leben! Es ist deine Christenpflicht, mit ihnen zu gehen, denn kein Mensch hat das Recht, sein Leben wegzuwerfen.«

»Mom, ich kann nicht . . .«

»Unterbrich mich bitte nicht, mein Kind. Präge dir lieber gut ein, was ich dir sage«, fiel ihre Mutter ihr erneut ins Wort. »Wenn sich dir eine scheinbar Erfolg versprechende Möglichkeit zur Flucht bietet, widerstehe der Versuchung, so groß sie auch sein mag – es sei denn, es sind Weiße in der Nähe, die deinen Schutz garantieren können!«, schärfte sie ihr ein. »Denn hier in der Wildnis werden sie dich schneller wieder einfangen, als du es für möglich hältst, und dich für deinen Ungehorsam grausam bestrafen. Also widerstehe deinem natürlichen Drang, ihnen weglaufen zu wollen. Die Wildnis kann genauso tödlich sein wie der Tomahawk eines Indianers. Eine Flucht, die Aussicht auf Erfolg haben soll, muss immer wohl bedacht und vor allem gut geplant sein. Hast du mich verstanden?«

Mary nickte.

»Und noch etwas lege ich dir inständig ans Herz, meine geliebte Tochter: Vergiss nicht deinen Katechismus und die Gebete, die wir dich gelehrt haben! Sage sie so oft es geht und suche Kraft im Gebet. Danke dem Herrgott jeden Morgen für den neuen Tag, den er dir schenkt, und lege dich keine Nacht schlafen, ohne seinen Segen erbeten sowie dich und deine verstorbenen Lieben seiner großen Barmherzigkeit empfohlen zu haben.«

Inzwischen hatte auch Patrick Schuhe und Strümpfe ausgezogen und war in die Mokassins geschlüpft. Bärentöter befahl ihm nun aufzustehen und ihm zu folgen, was der Junge auch nach kurzem Zögern tat. Er schien zu ahnen, was es mit den Mokassins auf sich hatte – im Gegensatz zu seiner Mutter und seinen Schwestern.

»Weine nicht, Mary!«, redete ihre Mutter ihr weiterhin gut zu. »Weine nicht, mein geliebtes Kind. Du musst jetzt stark sein und dein Leben retten. Das ist mein sehnlichster Wunsch. Deshalb tu ohne Widerspruch, was die Indianer dir zu tun auftragen. Versuche das Beste aus deiner Situation zu machen. Füge dich dem Unabänderlichen. Es gibt viele Wege im Leben, sein Glück zu finden. Halte an dem Glauben fest, hörst du mich? Gottes Segen sei stets mit dir, mein Kind.«

Und dann standen auch schon Bärentöter und zwei seiner Krieger, die Schwarzer Mond und Stumme Zunge hießen, über ihnen. Der Häuptling zeigte mit seinem Tomahawk auf Mary. »Du uns folgen!«, forderte er sie auf.

Mary warf sich in die Arme ihrer Mutter und wollte sich an ihr festhalten. Doch der Indianer kannte kein Erbarmen und zerrte sie mit grobem, schmerzhaftem Griff von ihr weg. Und fast blind vor Tränen, folgte Mary den drei Shawanee, die sie von dem Lager unter den Schierlingstannen wegführten, weg von ihren Eltern und Geschwistern.

Fünftes Kapitel

Sie marschierten fast eine geschlagene halbe Stunde durch die kalte Nacht, bis sie zu einer von Sträuchern und kleinen Bäumen umschlossenen Senke kamen. Die geschützte Mulde besaß einen Durchmesser von annähernd dreißig Schritten. Dort befahl man ihnen sich schlafen zu legen.

Während Bärentöter und Schwarzer Mond wenig später schon wieder in der Dunkelheit verschwanden, wohl um zum ersten Camp zurückzukehren, blieb der Indianer Stumme Zunge, der seinem Namen alle Ehre machte, als Wache bei ihnen. Er streckte sich im Schutz eines Strauches aus, lag jedoch so, dass er sie gut in seinem Blickfeld hatte.

Mary kauerte mit Patrick in der Mitte der Senke auf dem nackten, kalten Erdboden, ein Dutzend Schritte von dem Shawanee entfernt, der sich in eine schwarze Decke aus grobem Stoff gewickelt hatte. Die Sterne zwischen den treibenden Wolkenfeldern am nächtlichen Himmel glitzerten wie eisige Glassplitter.

Mary empfand nun nichts anderes mehr als Verzweiflung. Die Welt, die sie einst gekannt und so geliebt hatte, existierte nicht mehr. Ihr zukünftiges Leben schien nur noch aus grenzenloser Schwärze zu bestehen, für immer jeden Lachens und jeden Glücks beraubt. Allein die unerträglichen Schmerzen würden bleiben und die grauenhaften Bilder, die sich ihrem inneren Auge aufdrängten.

Plötzlich durchfuhr sie ein Gedanke, der wie ein winziger Hoffnungsstrahl die erdrückende Finsternis durchschnitt: Was war, wenn sich ihre Mutter geirrt hatte und die Indianer gar nicht beabsichtigten die anderen Gefangenen zu töten? Könnte es denn nicht auch sein, dass sie Barmherzigkeit zeigten und sie dort am Rand des Sumpfes einfach ihrem Schicksal überließen? In ihrem entkräfteten Zustand waren sie doch wirklich für niemanden eine Gefahr.

Auf diese hoffnungsvolle Überlegung antwortete jedoch augenblicklich die nüchterne Stimme ihrer Vernunft. Und diese sagte ihr, dass die Shawanee bisher nicht das geringste Zeichen von Barmherzigkeit gezeigt hatten und ihren blutigen Raubzug so beenden würden, wie sie es gewohnt waren – nämlich mit den Skalps ihrer Opfer am Tomahawk oder am Gürtel. Außerdem würden schon die Franzosen darauf bestehen, dass keine Zeugen ihres blutigen Überfalls auf die Jemison-Farm überlebten. Nein, ihre Familie und die Fitzgeralds, die unter den Schierlingstannen zurückgeblieben waren, würden wohl kaum den nächsten Sonnenaufgang erleben. Und dennoch – ein kleines Fünkchen Hoffnung blieb.

Irgendwann versiegten die Tränen, trotz der Seelenqualen, die sie litt. Und dann bedrängte Patrick sie gemeinsam die Flucht zu wagen.

»Wir warten, bis der Bursche tief und fest schläft, und dann schleichen wir uns davon!«, flüsterte er ihr zu.

»Wenn er von seinem Häuptling den Auftrag erhalten hat, uns zu bewachen, wird er auch nicht einschlafen«, erwiderte Mary skeptisch. Sie hatte die eindringliche Warnung ihrer

Mutter noch allzu gut im Ohr. Aber selbst ohne diese Ermahnung hätte sie nicht viel von Patricks Vorschlag gehalten.

»Auch ein Indianer wird mal müde!«

Es war weniger die Angst als das Wissen um die Aussichtslosigkeit eines solchen Unternehmens, die Mary dazu brachte, sich dem Ansinnen des Jungen beharrlich zu widersetzen. »Auch wenn er wirklich einschläft, hilft uns das nicht weiter. Denn wohin willst du flüchten, kannst du mir das mal verraten? Kennst du dich in dieser Gegend vielleicht aus?«

»Nein, aber wenn wir nach Osten marschieren . . .«

Mary fühlte sich versucht ihn wegen seiner Naivität auszulachen. »Bei Nacht, ja? Und ohne den geringsten Proviant? Wie lange, glaubst du wohl, wird es dauern, bis uns die Indianer eingeholt haben? Wir würden nicht mal bis zum Morgengrauen auf freiem Fuß bleiben! Und ich will nicht daran denken, was sie mit uns anstellen, wenn sie uns dann wieder eingefangen haben.«

»Aber irgendetwas müssen wir doch tun!«

»Ja, wir müssen vor allem die Nerven bewahren, statt kopflos zu handeln und einen aussichtslosen Fluchtversuch zu unternehmen!«, erwiderte Mary gereizt und erzählte ihm von der Warnung ihrer Mutter. »Das Einzige, was wir im Augenblick tun können, ist abwarten und für uns und unsere Lieben beten.«

»Pah, beten!«, antwortete er abfällig. »Wofür soll das gut sein? Mit Beten entkommt man keiner Indianerbande!«

Mary warf ihm einen zornigen Blick zu. »Immerhin sind wir, im Gegensatz zum armen Mister Fitzgerald, noch am Leben!«, entgegnete sie und ein eisiger Schauer lief ihr über die Haut, als sie sogleich an das Schicksal ihrer Familie dachte, die sie unter den Schierlingstannen zurückgelassen hatten. Um nicht daran zu denken, fuhr sie hastig fort: »Außerdem habe ich es meiner Mutter versprochen. Und wir Jemisons halten unsere Versprechen!«

»Deine Mutter ist jetzt vielleicht schon tot, erschlagen von den Wilden!«, stieß er hervor und seine Stimme verlor ihren festen Klang. »Und wenn sie es jetzt noch nicht ist, wird sie es bald sein, darauf kannst du dich verlassen! Die Indianer werden sie umbringen. Alle ohne Ausnahme. Und Mom hat es nicht einmal kommen sehen, als sie uns die Mokassins gaben und den anderen nicht.«

Mary bekam einen Schweißausbruch und ihr wurde fast übel, als er ihr die Wahrheit so direkt und ungeschminkt auf den Kopf zu sagte. »Das mag sein!«, antwortete sie mit mühsam beherrschter Stimme. »Aber vielleicht lassen die Shawanee sie ja auch laufen. Eins wie das andere ist jedenfalls Grund genug zum Beten. Und wenn dir das nicht passt, kannst du ja machen, was du willst!«

Er nagte einen Moment unschlüssig an seiner Unterlippe und verzog dann das Gesicht. »Also gut, schaden kann es ja nicht, wenn wir für unsere Familien ein paar Fürbitten sprechen. Aber lass uns auch für uns und eine erfolgreiche Flucht beten!«

Das taten sie.

Hinterher streckten sie sich wie der Indianer auf der harten Erde aus und suchten eine Lage, in der sie von möglichst wenigen Steinen und Wurzeln gepiesackt wurden. Jedoch war trotz ihrer Müdigkeit für sie beide an Schlaf nicht zu denken.

»Die rote Ratte schläft!«, raunte Patrick plötzlich, seine

Lippen ganz nahe an Marys Ohr. »Ich hab's doch gewusst! Hörst du seinen gleichmäßigen Atem?«

»Ja, aber...«

»Das ist unsere Chance zur Flucht! Also was ist, kommst du mit oder nicht?«

»Nein!«, antwortete Mary, ohne dass sie lange überlegen musste. »Und du lässt es besser auch sein!«

»Du kannst tun, was du willst, ich mache mich jedenfalls aus dem Staub, solange ich es noch kann!«, flüsterte er ihr zu, richtete sich vorsichtig auf und schaute zu dem Indianer hinüber, der etwas oberhalb von ihnen am Rand der Senke lag und fest zu schlafen schien.

»Riskier es nicht, Patrick!«

Patrick warf ihr einen abschätzigen Blick zu, als wollte er sie der Feigheit bezichtigen, ersparte sich dann aber jegliche Antwort und wandte ihr wortlos den Rücken zu. Ganz langsam und mit lautlosen Schritten bewegte er sich in Richtung zweier Bäume, die am Rand der Senke aufragten.

Mary zollte dem Fitzgerald-Jungen im Stillen ein nicht ganz neidloses Kompliment wegen der Umsicht, mit der er seine Füße aufsetzte. Kein Zweig knackte unter seinen Mokassins und kein Stein knirschte. Schritt um Schritt entfernte er sich von ihr. Er machte seine Sache wirklich sehr gut. Und als er sich in Reichweite der Bäume befand, wo ihn jeden Moment die Dunkelheit verschlucken würde, regten sich in ihr auf einmal starke Zweifel, ob sie das Wagnis nicht vielleicht doch auf sich hätte nehmen sollen. Wenn ihm nun wirklich die Flucht gelang und sie allein...

Sie kam nicht dazu, den Gedanken zu beenden. Denn in diesem Moment hörte sie ein kurzes, sirrendes Geräusch, gefolgt von einem harten, dumpfen Laut, der wie ein Axthieb klang.

Das Geräusch kam von dem Tomahawk, den der ganz und gar nicht tief schlafende Indianer geworfen hatte – und der nun, eine halbe Armlänge von Patricks Kopf entfernt, im Stamm des rechten Baumes steckte.

Mary schrie genauso erschrocken auf wie Patrick, der zu Tode entsetzt herumfuhr. Dann griff er nach dem Kriegsbeil und riss es mit einem kraftvollen Ruck aus dem Stamm, als wollte er sich mit dieser Waffe verteidigen.

Der Shawanee saß aufrecht oben bei den Büschen, sein Messer in der Hand. Weder gab er einen Ton von sich, noch machte er eine Geste. Völlig gelassen schien Stumme Zunge abzuwarten, wofür sich sein Gefangener entschied.

Mary blieb fast das Herz stehen, denn ein quälend langer Augenblick verging, in dem Patrick mit dem Tomahawk in der Hand dort vor den beiden Bäumen stand, zwischen Tollkühnheit und Angst hin- und hergerissen. Dann jedoch sackten seine Schultern in einer Geste der Resignation herunter, seine Hand öffnete sich und der Tomahawk fiel ins Gras zu seinen Füßen.

Stumme Zunge gab einen seufzenden Laut von sich, als bedauerte er, dass sich das junge Bleichgesicht gegen den Kampf entschieden und ihn dadurch um einen willkommenen Vorwand gebracht hatte, ihn zu töten und seinen Skalp zu nehmen. Er steckte das Messer in die Lederscheide zurück und erhob sich ohne Eile, um seinen Tomahawk zu holen.

Jeglicher Hoffnung beraubt, kehrte Patrick indessen mit gesenktem Kopf zu Mary zurück. Als er sich neben ihr zu

Boden kauerte, sah sie, dass er weinte. Seine Schultern zuckten in einem stummen, verzweifelten Weinkrampf.

Mary sagte kein Wort, legte ihre Hand jedoch auf seinen Arm und ließ sie dort liegen. Ihn spüren zu lassen, dass sie keine Schadenfreude empfand, sondern mit ihm fühlte, war alles, was sie für ihn tun konnte.

Sechstes Kapitel

Der dritte Tag ihrer Gefangenschaft brachte frostige Kälte und einen bleigrauen Himmel. Die Wolkendecke hing tief über dem Land und riss nicht ein einziges Mal für einen kurzen Moment auf, um einen Sonnenstrahl hindurchzulassen, der Leib und Seele wärmen konnte.

Das Wetter entsprach Marys Gemütslage. Als sie an diesem Morgen erwachte und sah, dass sich alle Indianer und Franzosen bei ihnen eingefunden hatten, aber keiner von ihren Angehörigen mit ihnen gekommen war, da breitete sich eine unsägliche innere Kälte in ihr aus und sie zitterte wie Espenlaub. Alles in ihr drängte danach, in einem Akt rasender Verzweiflung aufzuspringen, sich ohne Rücksicht auf die Folgen auf Bärentöter und seine blutrünstigen Krieger zu stürzen, sie zu verfluchen und ihnen die Frage ins Gesicht zu schreien, was sie ihrer Familie und den Fitzgeralds angetan hatten.

»Verfluchte Schlächterbande!«, wollte sie ihnen entgegenschleudern. »Feiges, hinterhältiges Mörderpack! Dreckiges Indianergesindel!«

Doch unter dem eisigen, drohenden Blick des Kriegshäuptlings, der zu spüren schien, was in ihr vorging, kam ihr nicht ein einziges Wort über die bebenden Lippen. Auch Patrick wagte es nicht, ihre Entführer durch Wort oder Blick herauszufordern. Ihr Selbsterhaltungstrieb und die Angst um ihr eigenes Leben erwiesen sich als stärker als alles andere. Sie schlangen sogar das Brot und das Fleisch hinunter, das die Indianer ihnen zuwarfen, wie man Hunden Reste vorwirft. Das Einzige, was sie sich erlaubten, war ein stummes Schluchzen.

In großer, rücksichtsloser Eile setzten sie ihren Gewaltmarsch in westlicher Richtung fort. An diesem Tag kam es Mary ganz besonders zu Bewusstsein, mit welch außerordentlicher Achtsamkeit die Indianer ihren Weg durch die Wildnis wählten. Kaum einmal berührte einer von ihnen einen Strauch oder den Ast eines Baumes und schon gar nicht hinterließen sie erkennbare Zeichen in Form eines abgeknickten Zweiges, eines gesplitterten Stückes Unterholz oder eines verrückten Steines. Mit traumwandlerischer Sicherheit wichen sie feuchten und matschigen Stellen aus, wo ihre Mokassins einsinken und gut erkennbare Eindrücke hinterlassen konnten. Sogar Gras und Pflanzen, die sie niedertraten, richteten zwei Indianer der Nachhut mit Stöcken sorgfältig wieder auf, um jegliche verräterische Spuren zu tilgen.

Immer tiefer drangen sie in die gewaltigen Wälder der Allegheny Mountains ein. Am späten Nachmittag begann es beständig zu regnen. Als die regengetränkte Dunkelheit schließlich den letzten Rest Tageslicht jenseits der mächtigen Baumkronen auslöschte, schlug Bärentöter das Nachtlager am Rand eines Baches auf. Die Bäume und das dichte Unterholz wichen hier sichelförmig vom Wasserlauf zurück und so bot sich ausreichend Platz für ein Camp. Die Indianer errichteten am Waldrand einen Wetterschutz aus Zweigen, die sie geschickt und in Windeseile miteinander verflochten – und zum ersten Mal nach drei Tagen entzündeten sie Lagerfeuer.

»Das ist kein gutes Zeichen«, murmelte Patrick.

»Nein«, pflichtete Mary ihm bei. Lagerfeuer – und dann auch noch gleich drei an der Zahl! – bedeuteten, dass sich die Shawanee und die Franzosen nun vor ihren Verfolgern sicher fühlten. Damit konnten sie jede Hoffnung aufgeben, von dem Aufgebot der Siedler vom Marsh Creek aus der Gewalt ihrer Entführer befreit zu werden.

Sie waren jedoch so erschöpft und durchgefroren, dass sie sich mit paradoxer Dankbarkeit so nahe wie möglich an das Feuer setzten, das Bärentöter ihnen zuwies, um ihre Kleidung zu trocknen und ihre tauben Glieder aufzuwärmen. Unter bedrücktem, mutlosem Schweigen verzehrten sie die ihnen zugeteilte Ration.

Und dann wurden sie Zeugen einer entsetzlichen Prozedur, die ihnen mit erschreckender Deutlichkeit vor Augen führte, wie wenig Bärentöter und seine Stammesgenossen auf die Gefühle ihrer Gefangenen gaben.

Mary bekam es erst gar nicht mit. Sie fühlte sich körperlich und seelisch vollkommen ausgelaugt und starrte wie betäubt in die tanzenden Flammen des Feuers.

»O Gott!«, stieß Patrick plötzlich hervor und erbrach im nächsten Moment das wenige Essen, das er gerade erst zu sich genommen hatte.

Mary fuhr aus ihrer Betäubung auf – und schlug entsetzt die Hand vor den Mund, um einen Schrei zu ersticken. Bärentöter und seine Krieger hatten blutige Kopfhäute aus einem Lederbeutel gezogen. Die frischen Skalpe spannten sie nun auf kleine Rahmen aus Weidengeflecht, um sie am Feuer zu präparieren.

Maßloses Entsetzen packte Mary, als sie das herrlich rotblonde, lockige Haar ihrer Mutter und den dunklen, schütteren Schopf ihres Vaters wieder erkannte – an einem blutigen Fetzen Kopfhaut und in den Händen dieser Shawanee. Der Anblick der Skalpe vernichtete jeglichen noch so winzigen Funken Hoffnung, dass von ihren Eltern und Geschwistern auch nur einer mit dem Leben davongekommen war.

Mary konnte den Brechreiz, der sich augenblicklich bei ihr einstellte, genauso wenig unterdrücken wie Patrick. Sie übergab sich. Am Schluss würgte sie bittere Galle, die sich mit ihren Tränen vermischte.

Bärentöter, der mit Schwarzer Mond und Stumme Zunge auf der anderen Seite des Feuers saß, hob einen kleinen Stein auf und warf damit nach dem Fitzgerald-Jungen. Er traf ihn an der Schulter. Mit kreidebleichem Gesicht fuhr Patrick angsterfüllt herum und starrte ihn an.

»Bleichgesichter selbst schuld an ihrem Tod!«, rief Bärentöter ihnen grimmig zu. »Waren zu schwach, um mit den tapferen Kriegern der Shawanee Schritt zu halten. Aber wären noch am Leben, wenn andere Bleichgesichter uns nicht verfolgt und bedrängt!«

»Warum hast du sie nicht laufen lassen?«, stieß Patrick mit einer Mischung aus Hass und Verzweiflung hervor, während Mary weder die Kraft noch den Willen besaß, in diese Anklage einzufallen. Es war ohnehin sinnlos. Ihre Eltern und Geschwister waren tot. Nichts brachte sie zurück.

»Ein Shawaneekrieger auf dem Kriegspfad lässt keinen Gefangenen laufen!«, erwiderte Bärentöter.

»Was haben meine Mutter und meine Geschwister euch denn getan, dass ihr gegen sie auf den Kriegspfad zieht?«, schrie Patrick mit sich überschlagender Stimme.

»Bleichgesichter stehlen nicht nur das Land des roten Mannes, sondern großer Häuptling der Dreizehn Feuer im Osten zahlen Prämie für jeden Skalp, den Bleichgesichter bringen – von Squaw und Kind!«, erwiderte Bärentöter scharf und schlug sich dann vor die Brust, während er stolz fortfuhr: »Roter Mann dagegen nehmen Skalp nicht für Geld, sondern nur auf Kriegspfad, weil Zeichen von Tapferkeit!«

»Wehrlose Kinder und Frauen abzuschlachten hat nichts mit Tapferkeit zu tun, sondern ist abscheulich und feige!«

»Du noch Kind und reden wie Kind«, antwortete Bärentöter spöttisch. »Wenn du eines Tages ein Mann und zum ersten Mal selbst auf Kriegspfad, dann anders denken, reden und handeln. Dann nehmen Skalp deiner Feinde!«

»Nie!«, schrie Patrick voller Abscheu. »Niemals werde ich so etwas Ekelhaftes und Feiges tun!«

»Schweig, junges Bleichgesicht!«, herrschte Bärentöter ihn nun an. »Am Lagerfeuer tapferer Krieger haben Kinder zu schweigen! Noch ein Wort, und auch du verlieren deinen Skalp!«

Mit zuckenden Schultern saß Patrick am Feuer, während die Indianer jetzt mit grausamer Gefühllosigkeit die Skalpe präparierten. Sie dehnten die Kopfhäute auf den Weidenrahmen so weit wie möglich, hielten sie über das Feuer, bis sie an einer Stelle trocken waren, und kratzten mit dem Messer dort die Fleischreste weg. Dann nahmen sie sich die nächste Stelle vor. Das Trocknen und Abkratzen setzten sie so lange fort, bis die Kopfhäute völlig trocken und sauber waren. Zum Schluss kämmten sie die Haare mit größter Sorgfalt und färbten sie mit roter Farbe, die sie in einem kleinen Kürbistiegel anrührten.

Mary vergoss nur wenige Tränen, obwohl in ihrem Innern ein unbeschreiblicher Schmerz tobte. Dieser Schmerz erfüllte sie dermaßen, dass neben ihm nicht einmal mehr Platz für Hass blieb. Ihr fehlte dazu auch die Kraft. Sie schloss im Sitzen die Augen und betete stumm für ihre ermordeten Eltern und Geschwister.

Nachdem die Indianer mit dem Präparieren der Skalpe fertig waren, löschten sie die Lagerfeuer und legten sich in die heiße Asche, die ihre Körper bis in die frühen Morgenstunden warm hielt. Mary und Patrick mussten sich mit zwei Decken begnügen. Sie schmiegten sich aneinander, um sich gegenseitig ein wenig Körperwärme zu spenden.

Tags darauf setzten sie ihren Marsch durch die Wildnis mit derselben Zielstrebigkeit und Eile fort wie in den drei zurückliegenden Tagen.

»Wo, um alles in der Welt, wollen Bärentöter und sein Gesindel bloß mit uns hin?«, stöhnte Patrick, der vor Ermattung immer öfter stolperte.

»Bestimmt zurück zu seinem Stamm.«

»Und wo kann das sein, verdammt noch mal? Du bist doch hier im Grenzland groß geworden, du musst es doch wissen!« Er klang vorwurfsvoll und gereizt. Hinter seinem aggressiven Ton verbarg sich die Angst, dass auch ihm das schreckliche Schicksal ihrer Familienmitglieder drohte, wenn er nicht länger mit den Indianern und Franzosen Schritt halten konnte.

Mary lachte freudlos auf. »Das Grenzland, das ich kenne, haben wir schon am ersten Tag hinter uns gelassen! Und wo die Shawanee leben, weiß ich genauso wenig, wie ich dir sagen kann, wo wir uns zur Zeit befinden.«

Am fünften Tag kehrte der Winter mit aller Strenge zurück.

Er brachte nicht nur eisige Temperaturen, sondern auch Schneefall, der gegen Abend zu einem dichten Schneetreiben wurde. Die Indianer und Franzosen errichteten in einem Dickicht aus mannshohen Sträuchern am Rand einer schmalen Waldlichtung aus Zweigen primitive Unterstände und Windschirme, die einigermaßen Schutz boten. Mühsam kämpften die Lagerfeuer gegen Schneegestöber und Kälte an.

Patrick sank entkräftet zu Boden. »Ich stehe nicht wieder auf«, murmelte er. »Das ist das Ende. Sollen sie doch mit mir machen, was sie wollen. Ich kann nicht mehr . . . ich kann einfach nicht mehr . . . Und ich will auch nicht mehr.«

Mary war ebenfalls am Ende ihrer Kräfte angelangt. Taub von Kälte und Nässe und sterbenselend, glaubte sie ebenso wenig wie Patrick, dass sie noch einen weiteren Tag Gewaltmarsch überstehen würde. Wo es keine Reserven mehr gab, da vermochte auch ein starker Wille nichts mehr zu erreichen. Und so breitete sich in ihr eine Gleichgültigkeit aus, die sie mit innerem Frieden erfüllte und sie an den Rand der Selbstaufgabe brachte. Sollte der Tod sie nur holen! Dann hatten alle Qualen endlich ein Ende und sie würde im Reich Gottes wieder mit ihrer Familie vereint sein. Ja, der Tod hatte nun viel von seinem Schrecken verloren.

Gegen Morgen verwandelte sich das heftige Schneetreiben in einen ausgewachsenen Sturm, der es ihnen unmöglich machte, ihren Marsch fortzusetzen.

Drei Nächte und zwei Tage zwang der Schneesturm sie mit seinem Wüten an diesem Ort auszuharren. Ein glücklicher Zufall führte einen Hirsch am Nachmittag des ersten Tages, als der Sturm eine kurze Atempause einlegte, zu ihnen auf die Lichtung. Bevor er die Gefahr wittern konnte, in der er sich befand, hatten Bärentöter und Stumme Zunge das Tier auch schon erlegt.

Mary und Patrick erhielten genug gebratenes Wildbret, um zum ersten Mal nach sechs Tagen ihren Hunger richtig stillen zu können. Und sosehr auch die Kälte an ihnen zehrte, so ermöglichte ihnen die lange Rast doch immerhin sich etwas von den Strapazen der vergangenen Tage zu erholen und wieder ein wenig zu Kräften zu kommen. Als der Sturm sich endlich legte und Bärentöter mit ihnen weiterzog, hatten Mary und Patrick wieder zu einem starken Überlebenswillen zurückgefunden. Zudem drängte der Anführer der Shawanee nicht mehr auf ein scharfes Tempo.

Am achten Tag nach dem Überfall am Marsh Creek gelangten sie in ein gewaltiges Tal, das sich mit seinen dicht bewaldeten Hügelketten im Licht der Nachmittagssonne bis an den fernen Horizont erstreckte. Zwei Flüsse, die sich in der Ebene zu einem breiten Strom vereinigten, zogen wie eine riesige, silberne Schlange weite Bögen durch die waldreiche Landschaft.

»Mein Gott, schau doch! Dort, wo die Flüsse sich treffen, steht ein Fort!«, rief Mary aufgeregt.

Patrick kniff die Augen zusammen, blickte gegen die tief stehende Sonne in die Richtung, in die Mary zeigte, und machte nun auch die klobigen Palisaden aus Baumstämmen und die klotzigen Wachtürme aus, die über den Befestigungen aufragten.

»Fort Du Quesne!«, rief fast im selben Augenblick einer der Franzosen voll freudiger Erleichterung und nicht nur seine Landsleute redeten plötzlich ausgelassen durcheinander, sondern auch die Shawanee. Die Indianer teilten die Freude, dieses Fort zu sehen, ganz offensichtlich mit den Franzosen. Und als sie näher kamen, sahen Mary und Patrick, dass unterhalb der Garnison auf einer Wiese am Flussufer mehrere kleine Rindenhütten standen.

Das einsame Fort Du Quesne, erst vor wenigen Jahren von den Franzosen errichtet, lag am Zusammenfluss des Monongahela und des Allegheny River, die von hier an den berühmten Ohio bildeten.

Mary und Patrick sahen sich nur kurz an. Dann verschwand der hoffnungsvolle Ausdruck von ihren Gesichtern. Wenn ihre Entführer mit ihnen zu diesem Fort wollten, hatten sie wenig Grund, sich Hoffnungen zu machen, dort ihre Freiheit wiederzuerlangen. Bärentöter würde sie kaum zu Weißen führen, mit denen er nicht verbündet war.

Wenig später legte der Kriegshäuptling eine Rast ein, die den Zweck hatte, Mary und Patrick zumindest oberflächlich in Indianer zu verwandeln. Mit einem Kopfschütteln musterte Bärentöter ihre Kleidung, die nach dem langen Marsch durch die Wildnis fast nur noch in Fetzen an ihnen herabhing. Dann gab er einen Befehl und Stumme Zunge kämmte ihr verfilztes Haar mit einem Knochenkamm, was sehr schmerzhaft war, und färbte schließlich dieses sowie ihre Gesichter nach Indianerart mit roter Farbe. Patrick verlor dabei den Großteil seines Haares, denn Schwarzer Mond rasierte ihm den Kopf kahl und ließ nur einen schmalen Haarkamm in der Mitte stehen.

»Ihr nicht länger Bleichgesichter! Ihr Indianer und sprechen kein Wort, sonst ihr trinken eigenes Blut!«, drohte Bärentöter und demonstrierte mit seinem Messer, dass er ihnen die Kehle durchschneiden würde. »Männer in Fort sind Franzosen und Verbündete der tapferen Shawaneekrieger!«

Die Dunkelheit lag schon über Fort Du Quesne und dem Ohio, als Mary und Patrick, dicht umdrängt von Shawaneekriegern, den befestigten Handels- und Militärposten der Franzosen betraten. Ihnen blieb noch nicht einmal genug Zeit, um sich im Innern des Forts auch nur flüchtig umzusehen. Denn Bärentöter schaffte sie umgehend in eine der Blockhütten, die sich nahe dem Tor befanden. Sie erhielten zwei alte, zerschlissene Decken, Brot und eine Blechkanne Wasser. Damit schloss er sie in einer fensterlosen Kammer ein, vor deren Tür er Stumme Zunge als Wache postierte.

»Ein Laut – und mein roter Bruder kehrt mit euren Skalps an die Feuer unserer Väter zurück!«, warnte sie Bärentöter, bevor er die Tür zuschlug und von außen den Riegel vorschob.

Pechschwarze Finsternis umfing sie. Die Wände aus dicken Baumstämmen, deren Fugen mit reichlich Lehm verschmiert waren, ließen keinen Schimmer Licht hindurch und erstickten auch die Geräusche, die von draußen kamen.

Sie wickelten sich in die Decken, setzten sich auf den harten, fest gestampften Boden und teilten Brot und Wasser miteinander. »Wenigstens sind wir hier geschützt vor Wind und Wetter«, meinte Patrick, um sich selbst Mut zu machen. »Und irgendwie habe ich das Gefühl, dass die elende Marschiererei mit unserer Ankunft in diesem Fort ein Ende hat.«

»Ja, das Gefühl habe ich auch«, sagte Mary. »Aber warum haben sie uns am Leben gelassen, eine ganze Woche durch die Wildnis getrieben und uns schließlich in dieses Fort gebracht? Wozu das alles? Was hat Bärentöter mit uns vor? Was mag uns bloß erwarten, Patrick?«

Er wusste die Antwort so wenig wie sie.

Siebtes Kapitel

Die Ungewissheit, welches Schicksal sie erwartete, brachte sie in dieser Nacht um den Schlaf. Immer wieder erwachten sie aus kurzen Alpträumen, in denen sie sich skalpiert oder der Tortur am Marterpfahl ausgesetzt sahen.

Mary quälte in dieser Nacht und insbesondere in den frühen Morgenstunden eine noch größere Angst als in den Tagen und Nächten zuvor. Denn sie erinnerte sich wieder mit erschreckender Deutlichkeit an die Worte eines durchreisenden, grauhaarigen Händlers, der vor anderthalb Jahren auf ihrer Farm Station gemacht hatte. Er hatte ihr und ihren beiden jüngeren Brüdern in der Scheune von den grausamen Sitten der Indianer erzählt.

»Lieber tot als Gefangener der Rothäute zu sein! Denn wenn die Wilden auf ihren Kriegszügen selbst Tote zu beklagen haben, dann martern die Hinterbliebenen des Kriegers mit Vorliebe für jeden Gefallenen einen Gefangenen«, hatte er ihnen anvertraut, während er die Radnarben seines schweren Kastenwagens schmierte. »Deshalb sind die Rothäute auch so erpicht darauf, Gefangene zu machen und zu verschleppen. Ein Skalp gilt als begehrenswerte Kriegstrophäe, ist aber nicht halb so viel wert wie ein Verschleppter, den man bei der Rückkehr zur fürchterlichen Folter an den Marterpfahl binden kann. Daraus machen diese elenden Heiden ein richtiges Fest!

Und je länger sich die Tortur hinzieht, desto größer ist ihr teuflisches Vergnügen an den Qualen ihres Opfers. Ich sage euch, diese Wilden verstehen sich so gut darauf, einen Menschen lange leiden zu lassen, dass der Satan höchstpersönlich noch etwas von ihnen lernen könnte! Darum verschleppen sie auch nur die kräftigsten und widerstandsfähigsten ihrer Gefangenen, die etwas aushalten können und ihnen eine lange Folter am Marterpfahl versprechen. Ja, die Rothäute sind ein grausames heidnisches Volk, das kein Erbarmen kennt und deshalb auch keine Gnade von unsereinem verdient, sofern es sich nicht bekehrt. Gelobt sei der Tag, an dem sie vertrieben und ausgemerzt sind und dieses herrliche Land nur noch von ordentlichen Christenmenschen bevölkert wird!«

Die Worte des alten Händlers gingen Mary nicht mehr aus dem Kopf. Hatte Bärentöter vielleicht Patrick und sie nur deshalb am Leben gelassen, weil sie die Ausdauerndsten und Widerstandsfähigsten waren und daher gute Opfer für den Marterpfahl abgaben?

Die Angst legte sich wie eine Eisenklammer um ihre Brust und zog sich immer mehr zusammen, bis sie meinte keine Luft mehr bekommen zu können. Die Dunkelheit setzte ihr zusätzlich zu. Sie sehnte den neuen Tag herbei, fürchtete sich jedoch gleichzeitig auch davor, was er ihr und Patrick bringen mochte. Und in diesem Wechselbad aus Hoffnung und Angst wurden die Stunden des Wartens zu qualvollen Ewigkeiten.

Endlich war es so weit. Die schwere Balkentür schwang auf und aus dem Hauptraum der Blockhütte flutete helles Tageslicht in ihre fensterlose Kammer. Mary blinzelte in das Licht und ihr zitterten die Knie, als Bärentöter ihnen mit barscher

Stimme befahl ihm und seinen Kriegern Stumme Zunge und Schwarzer Mond zu folgen.

Er führte sie aus dem Fort, das im hellen Licht des Tages samt seinen französischen Soldaten einen überaus schäbigen Eindruck machte, und ging dann auf die Gruppe Indianerzelte zu, die in Ufernähe standen. Vor einigen Zelten brannten Kochfeuer, an denen sich Frauen zu schaffen machten. Mehrere Ponys grasten mit zusammengebundenen Vorderhufen oberhalb der Zelte. Und unten am Wasser lagen schlanke Kanus aus Birken- und Ulmenrinde im Sand.

Bis zu den ersten Unterkünften waren es vielleicht noch zwei Dutzend Schritte, als Bärentöter neben einem Baumstumpf kurz stehen blieb. »Wartet hier!«, befahl er, sagte in seiner Muttersprache etwas zu seinen beiden Gefährten und hielt auf eines der rauchenden Kochfeuer zu, neben dem zwei Frauen standen, die nun in ihrer Arbeit innehielten.

Mary beobachtete mit klopfendem Herzen, wie Bärentöter mit den beiden Frauen redete und dabei mehrmals auf Patrick und sie deutete.

»Mein Gott, was hat das bloß zu bedeuten?«, flüsterte Patrick mit vor Angst heiserer Stimme. »Wer sind diese beiden Indianersquaws und warum zeigt er immer auf uns?«

Mary war nicht weniger ratlos und verängstigt. »Ich weiß es nicht, aber wir werden es wohl gleich erfahren«, antwortete sie leise, denn nun kehrte Bärentöter mit den beiden Frauen zu ihnen zurück.

Die jüngere der beiden Indianerinnen, deren Alter Mary auf Mitte bis Ende zwanzig schätzte, war von schlanker Gestalt, während die andere eine erheblich kräftigere Figur besaß und wohl auch gute fünf, sechs Jahre älter war als ihre Schwester.

Dass diese beiden Indianerfrauen, die ihr pechschwarzes Haar zu Zöpfen geflochten hatten, Schwestern sein mussten, verriet die ins Auge fallende Ähnlichkeit ihrer Gesichtszüge.

Die beiden Indianerinnen blieben wenige Schritte vor Mary und Patrick stehen und schienen sie eingehend zu mustern, ja zu begutachten, während Bärentöter gestenreich auf sie einredete. Und je länger das Palaver dauerte, desto stärker wurde in Mary das unangenehme Gefühl, dass die beiden Frauen sie so taxierten, wie man auf dem Viehmarkt den Wert zum Verkauf stehender Pferde oder Rinder einzuschätzen versucht.

Die beiden Squaws ließen bald von Patrick ab und konzentrierten sich ganz auf sie. Als sie die Nasen rümpften, wurde sich Mary plötzlich bewusst, wie sehr sie und Patrick nach Dreck, Schweiß, Erbrochenem und Exkrementen stanken. Mehrmals gingen die Indianerinnen um sie herum, befühlten ihr rotblondes Haar und drückten ihre Arme und Beine, als wollten sie ihre Muskelkraft prüfen und einen Hinweis auf ihre mögliche Ausdauer suchen. Doch Ausdauer wofür? Für die Tortur am Marterpfahl?

Mary hatte kein Auge für den herrlichen Morgen. Stocksteif vor Angst stand sie im milden Licht der aufsteigenden Sonne. Und als Bärentöter ihr befahl den Mund zu öffnen und ihre gesunden Zähne zu zeigen, da kam sie sich endgültig wie ein

Stück Vieh vor, das von seinem Besitzer angepriesen wurde. Zu ihrer Angst gesellte sich merkwürdigerweise ein Gefühl tiefer Scham, als wäre sie selbst schuld an dieser Erniedrigung.

Endlich hatte die eingehende Musterung ein Ende. Die beiden Squaws wandten sich nun wieder Bärentöter zu. Mary las aus ihren Gesten und zufriedenen Gesichtern, dass der Handel, welcher Art er auch sein mochte, perfekt war.

Bärentöter bestätigte ihren Verdacht Augenblicke später, als er sich zu ihr umdrehte und ihr auf seine barsche Art mitteilte: »Kleine Wolke und Singendes Wasser sind Squaws vom Stamm der Seneca. Gehören zum tapferen Volk der Irokesen! Sie haben vor dreimal drei Monden Bruder auf Kriegspfad verloren. Du ihnen jetzt gehören und gehorchen!« Dann gab er seinen Gefolgsleuten die Anweisung, Patrick ins Fort zurückzubringen.

Mary kämpfte mit einem Schwächeanfall. Bärentöter hatte sie ausgerechnet den Irokesen ausgeliefert, die für ihre Grausamkeit, mit der sie ihre Gefangenen quälten, so bekannt und gefürchtet waren wie kein anderes Volk der Rothäute!

»Vielleicht schaffst du es, mit dem Leben davonzukommen!«, rief Mary, die ihre schlimmsten Befürchtungen bestätigt sah, Patrick mit zitternder Stimme zum Abschied zu. »Vergiss mich nicht und bete für mich, Patrick Fitzgerald!«

»Und du für mich, Mary Jemison!«, rief er zurück. Doch seine Stimme klang längst nicht mehr so verängstigt wie noch vor einer halben Stunde, als man sie aus der fensterlosen Kammer der Blockhütte geführt hatte. Ihm war die Erleichterung, dass die beiden Irokesensquaws vom Stamm der Seneca nicht ihn, sondern Mary ausgewählt hatten, deutlich anzumerken.

Mary biss sich auf die Lippen, um die Tränen der Verzweiflung zurückzuhalten. Die beiden Senecaindianerinnen Kleine Wolke und Singendes Wasser trauerten um ihren gefallenen Bruder, und sie, Mary Jemison vom Marsh Creek, würde als Rache für seinen Tod am Marterpfahl sterben!

Achtes Kapitel

Eine knappe Stunde später saß Mary mit den zwei Irokesinnen in einem Kanu, das diese mit gekonnten Paddelschlägen auf dem Ohio flussabwärts lenkten.

Im Kanu vor ihnen saß Bärentöter mit seinen Kameraden. Stumme Zunge hatte die Skalps, die zur Beute der Shawaneekrieger gehörten, an einen langen Stock gebunden. Im Kanu stehend, trug er die Stange mit den Kriegstrophäen an ihrem Ende wie eine erbeutete Fahne über der Schulter, damit jeder, der sie auf ihrem Weg stromabwärts vorbeikommen sah, ihnen die gebührende Bewunderung zollte. Und als sie schon kurz nach ihrem Aufbruch von Fort Du Quesne ein Shawaneedorf passierten, da stießen Bärentöter und Schwarzer Mond gellende Schreie aus, die von ihren Stammesangehörigen an Land lautstark erwidert wurden.

Der ständige Anblick der Skalps machte Mary ganz elend. Sie vermochte diesem Bild nicht einmal zu entfliehen, indem sie die Augen schloss, denn es hatte sich längst in ihr eingebrannt. Und das schrille, triumphierende Geheul der Indianer ging ihr durch Mark und Bein. Sie fror, obwohl die Sonne an diesem Tag zum ersten Mal mit ausgesprochen wärmender Kraft vom Frühlingshimmel schien. Denn sie dachte an das höhnische Geheul, mit dem die blutrünstigen, nach Rache dürstenden Indianer ihre Leiden wohl schon bald am Marterpfahl begleiten würden. Es gab Momente, da wünschte sie auf dem Marsch durch die Wildnis weniger Ausdauer an den Tag gelegt zu haben. Denn dann wäre auch ihr ein schneller Tod dort unter den Schierlingstannen am Sumpf vergönnt gewesen.

Der Tag wurde Mary schrecklich lang – und konnte ihr gleichzeitig doch nicht lang genug sein, denn sie fürchtete sich vor dem, was am Ende dieser Kanufahrt auf sie wartete. Stunde um Stunde glitten die beiden Kanus auf dem breiten, rasch dahinfließenden Ohio flussabwärts, vorbei an scheinbar undurchdringlichen Wäldern. Nur einmal legten sie eine kurze Rast ein, wobei die Senecasquaws sich etwas abseits von den drei Shawaneekriegern hielten. Kleine Wolke und Singendes Wasser gaben Mary zu trinken und zu essen, doch von der fast schon sanftmütigen Friedfertigkeit der beiden Indianerinnen ließ Mary sich nicht täuschen.

Kurz vor Einbruch der Dämmerung erreichten sie schließlich ihr Ziel: ein kleines Dorf der Senecaindianer, in dem Kleine Wolke und Singendes Wasser lebten. Es hieß Shenanjee und lag an der Einmündung des gleichnamigen schmalen Flusses in den Ohio River. Hier steuerten die beiden Frauen ihr Kanu an Land, während Bärentöter, Stumme Zunge und Schwarzer Mond ihre Fahrt fortsetzten.

Mary konnte nicht umhin ein wenig Mut zu schöpfen, als sie das Boot mit den Shawaneekriegern, die den Tod ihrer Eltern und Geschwister und den der Fitzgeralds auf dem Gewissen hatten, hinter der Flussbiegung verschwinden sah.

Kleine Wolke und Singendes Wasser stiegen aus dem Kanu, bedeuteten Mary jedoch nachdrücklich im Boot sitzen zu bleiben, während sie es an Land zogen und neben den anderen Kanus an einem in den Boden getriebenen Pflock festbanden. Dann liefen sie die Uferböschung hinauf und verschwanden hinter den Büschen und jungen Bäumen, die einen ungehinderten Blick auf das weiter oberhalb gelegene Dorf verwehrten. Der Schein eines Feuers und der Geruch von Rauch sowie zahlreiche Stimmen und Hundekläffen waren jedoch deutliche Hinweise, dass sich dort oben eine Indianersiedlung befand – von den anderthalb Dutzend Booten aus Ulmen- und Birkenrinde, die am Ufer lagen, einmal ganz abgesehen.

Als sie so allein im Kanu saß, sich im Dämmerlicht umschaute und nirgendwo in ihrer Nähe auch nur eine Indianerseele entdecken konnte, die ein Auge auf sie hielt, kam ihr augenblicklich der Gedanke an Flucht. Dieser Gedanke drängte sich ihr an diesem Tag nicht zum ersten Mal auf, doch er hatte nie zu etwas geführt. Ein Sprung aus dem Kanu wäre eine sinnlose Verzweiflungstat gewesen. Die Indianer hätten sie bestimmt in Windeseile wieder aus dem Fluss gefischt. Was hätte sie damit gewonnen? Sie hätte bloß den Zorn der Squaws erregt und ihre Situation damit noch schlimmer gemacht.

Und auf welche Weise hätte sie denn fliehen sollen? Diese zerbrechlich wirkenden Kanus lagen so leicht wie Korken auf dem Wasser, sodass man schon sehr geübt sein musste, um die Balance zu halten und nicht zu kentern. Sie machte sich da nichts vor: Was bei Kleine Wolke und Singendes Wasser so leicht und natürlich ausgesehen hatte, war das Ergebnis jahrelanger Übung, die sicherlich schon im Kindesalter begonnen hatte. Nein, mit dem Kanu würde sie keine zehn Paddelschläge weit kommen, ohne aus dem Boot zu kippen, das stand fest. Und bei einer Flucht zu Fuß standen ihre Chancen genauso schlecht. Sie befand sich mitten im Indianerland. Wohin sollte sie da flüchten?

Zudem hatte sie die eindringliche Ermahnung ihrer Mutter, das Beste aus ihrer Situation zu machen und sich bloß nicht auf einen von vornherein erfolglosen Fluchtversuch einzulassen, noch gut in Erinnerung.

Wie sehr sie es auch drehte und wendete und wie bedrückend das Ergebnis ihrer fieberhaften Überlegungen auch sein mochte, sie musste der Tatsache ins Auge sehen, dass es aussichtslos war, ihr Heil in der Flucht zu suchen. Damit würde sie alles nur noch schlimmer machen, was immer sie auch erwartete.

Und da kamen auch schon die beiden Senecafrauen zurück, womit sich jede weitere Grübelei erübrigte. Die zierlichere der beiden Squaws, Kleine Wolke, hatte verschiedene Kleidungsstücke aus gegerbtem Hirschleder über ihrem Arm, während ihre Schwester Singendes Wasser zwei große Kürbisschalen trug.

Die Schwestern redeten nun auf Mary ein, und als diese nicht reagierte, weil sie nun mal kein Wort der Senecasprache verstand, nahmen sie sie bei der Hand und zogen sie aus dem Boot. Dabei gingen sie jedoch so sanft vor, dass Mary ein wenig Zutrauen fasste. Auch die frischen indianischen Kleider, die Kleine Wolke vorher oberhalb der Boote ins Gras gelegt hatte, weckten neue Hoffnung in ihr. Denn sie waren mit Perlen und Schweineborsten kunstvoll verziert und sahen wunderbar aus. Es fiel ihr schwer, sich vorzustellen, dass man sie erst derart aufwendig neu einkleidete, um sie dann am Marterpfahl einer grausamen Tortur zu unterziehen, wobei doch auch die neuen Kleider in Fetzen gehen würden. Aber was verstand sie schon von den Ritualen der Indianer? Schmückten manche Völker nicht die Opfer, die sie zur Schlachtbank zu führen gedachten, ganz besonders festlich?

Hoffnung und Angst kämpften in Mary miteinander, während sie im knietiefen Uferwasser stand und der unmissverständlichen Aufforderung der beiden Indianerinnen, sich auszuziehen, nur sehr zögerlich nachkam. Als sie nur noch ihre Leibwäsche trug, weigerte sie sich, auch diese noch abzulegen.

Kleine Wolke und Singendes Wasser redeten auf sie ein, doch Mary kreuzte trotzig die Arme vor der Brust und weigerte sich mit schamhafter Standfestigkeit sich noch weiter zu entkleiden. Schließlich hatte die Geduld der beiden Frauen ein Ende und sie machten mit dem Rest ihrer arg mitgenommenen und nicht gerade angenehm duftenden Kleidung kurzen Prozess. Singendes Wasser zog ein Messer hervor, durchtrennte den Stoff ihres Unterkleides am Rücken und riss es ihr mit einem Ruck vom Körper. Dasselbe geschah mit ihrer knielangen Unterhose, wie sehr sie das auch zu verhindern versuchte. Augenblicke später war sie so nackt, wie Gott sie geschaffen hatte.

»Nein, nicht!«, schrie Mary, als nun Kleine Wolke ihre dreckigen, eingerissenen Kleider packte und sie in hohem Bogen auf den Fluss hinauswarf, wo die dunklen Fluten ihre schäbigen Sachen verschluckten.

Kleine Wolke und Singendes Wasser lachten wie über einen kindlich törichten Einwand und begannen nun zu Marys großer Verlegenheit damit, sie gründlich von Kopf bis Fuß zu waschen. Gleichzeitig konnte sie jedoch nicht umhin diese

Reinigung als dringend nötig und angenehm zu empfinden. Es war tatsächlich eine Wohltat, den Dreck und Schweiß loszuwerden. Zudem gingen die beiden Frauen mit großer Behutsamkeit vor, die verriet, dass sie ihr nicht wehtun wollten. Sie rieben ihren mageren Körper ganz vorsichtig mit einer braunsandigen, seifenähnlichen Substanz ein, die sogar ein klein wenig schäumte.

Die Bäume am Ufer warfen indessen schon tiefe Schatten. Das letzte Sonnenlicht verglomm am westlichen Himmel. Die Nacht warf ihr dunkles Tuch über das Land, als die beiden Schwestern Mary aus dem Wasser führten, sie sorgfältig abtrockneten und ihr Haar auskämmten, das sie anschließend nicht zu einem Zopf banden, sondern offen auf ihre Schultern herabhängen ließen. Als das geschehen war, legten sie ihr die indianische Kleidung an, die sie mitgebracht hatten und die nicht so aussah, als hätte schon jemand vor ihr diese Sachen getragen. Zuerst gaben sie ihr neue Mokassins und banden ihr weich-lederne Leggins um die Oberschenkel. Fransen und Stickereien aus Stachelschweinborsten verzierten diese Beinfutterale, die hinten offen waren. Dann wickelten sie ihr ein rockartiges Lederteil, das ihr bis über die Knie reichte, um die Hüften. Zum Abschluss zogen sie ihr ein bequemes, locker herabfallendes und fransenbesetztes Lederhemd mit kurzen Ärmeln über, dessen Brustpartie mit kunstvollen Verzierungen aus bunten Perlen versehen war.

Mit dem Ergebnis ihrer Bemühungen sichtlich zufrieden, nahmen sie Mary nun in ihre Mitte und führten sie über das sanft ansteigende Gelände in die Siedlung. Das Dorf der Seneca umfasste ein gutes Dutzend länglicher Häuser, von denen einige von beeindruckender Größe waren, sowie mehrere andere große Unterkünfte, die sich hufeisenförmig um einen freien Platz gruppierten. An der offenen Seite dieses Hufeisens ragte ein fast mannsdicker Stamm aus dem Boden – der Marterpfahl.

Mary brach der Angstschweiß aus, als es einige Sekunden lang so aussah, als wäre der Marterpfahl das Ziel der beiden Indianerinnen, die sich so viel Mühe gemacht hatten, sie zu waschen und ganz neu einzukleiden. Doch dann lenkten Kleine Wolke und Singendes Wasser ihre Schritte nach links, wo eine der großen Irokesenhütten stand. Ihre Angst wollte sich jedoch nicht legen, denn was hatten die klagevollen Worte zu bedeuten, die die Schwestern allen zuriefen, die ihnen begegneten? Und warum strömten jetzt von allen Seiten Frauen jeden Alters zusammen und folgten ihnen?

Im Wigwam brannte ein Feuer, dessen Rauch zur Öffnung im Dach aufstieg. Kleine Wolke und Singendes Wasser wiesen Mary mit einem Schluchzen in der Stimme eine Stelle zu, wo sie auf einer Rindenmatte Platz zu nehmen hatte, während hinter ihnen immer mehr Frauen in das Zelt drängten. Schon füllten Dutzende die Behausung und es zwängten sich immer mehr hinein. Es schien, als wollten sich alle Indianerinnen des Dorfes um dieses Lagerfeuer versammeln.

Kaum hatte Mary sich auf die Matte gekauert, als die Frauen in ein entsetzliches Geheul ausbrachen und sich dabei mit kurzen stampfenden Schritten zu bewegen begannen. Die Frauen, die sie wie eine Mauer umschlossen, wogten ein, zwei kleine Schritte vor und zurück, vor und zurück, vor und zurück. Immer und immer wieder. Gleichzeitig schwoll ihr

Zetergeschrei im Takt ihrer Bewegungen an und ab wie die Fluten einer mächtigen Brandung.

Mary bekam eine Gänsehaut und befürchtete das Schlimmste. Die von Schmerz und Trauer verzerrten Gesichter, auf denen der Widerschein des flackernden Feuers lag, erschienen ihr wie abscheuliche Masken, hasserfüllte Vorboten des Unheils, das ihrer harrte.

Singendes Wasser warf eine Hand voll Tabakblätter in das Feuer und würziger Rauch erfüllte Augenblicke später den großen Raum.

Der einheitliche Chor der Frauenstimmen brach plötzlich auseinander, als hätten sie die gemeinsame Melodie verloren, und verwandelte sich in eine grässliche Kakophonie aus lautem Jammern und Wehklagen. Jede Frau stimmte ihr eigenes Klagelied an, das sie mit ausdrucksvollen Grimassen des Schmerzes, Tränen, Händeringen und Gezerre an ihrer Kleidung begleitete. Und jede schien den Rest der Versammlung mit ihrer dramatischen, lautmalerischen Darstellung schier unerträglichen Kummers übertreffen zu wollen.

Das schrille Jammern und Schreien aus vielen Dutzend Frauenkehlen ging Mary durch Mark und Bein. Sie zitterte vor Angst vor dem, was noch kommen mochte. Zweifellos handelte es sich bei diesem Geschrei um die Totenklage für den Bruder von Kleine Wolke und Singendes Wasser, der bei einem Kriegszug umgekommen war. Den wilden Gesichtern und dem Geheul dieser Frauen nach zu urteilen, hatte sie kaum etwas Gutes zu erwarten. Las sie in den Grimassen der Indianerinnen denn nicht das Verlangen nach Rache?

In ihrer Verzweiflung suchte sie Zuflucht im Gebet. Denn nur ein Wunder konnte sie jetzt noch vor der Rache dieser blutrünstigen Wilden bewahren. Und so flehte sie in Gedanken die barmherzige Muttergottes um ihren Beistand und Schutz an und sprach ein stummes Ave-Maria nach dem anderen.

Auf einmal sank das laute unbeherrschte Wehgeschrei zu einem leisen Wimmern herab und die Stimme von Singendes Wasser erhob sich aus dem Geseufze und Geraune. Halb singend, halb im Sprechgesang, rezitierte sie nun die rituelle Totenklage, die ihrem gefallenen Bruder galt:

»Unser Bruder Rollender Donner ist tot. Unser Bruder ist von uns gegangen. Niemals wird er wieder zu uns zurückkehren. Einsam starb er auf dem Feld des Blutes, wo seine Knochen nun unbeerdigt liegen. Keine Tränen fallen um sein Grab. Nicht eine Träne seiner Schwestern tränkt den Boden, wo das Leben von ihm floss. Oh, wer würde nicht sein trauriges Schicksal beklagen?

Unser Bruder Rollender Donner ist tot. Unser Bruder ist von uns gegangen. Er hat uns in großem Schmerz zurückgelassen und so beklagen wir seinen Verlust. Wo ist jetzt sein Geist? Sein Geist ging nackt von ihm. Hungrig irrt er daher und, von Durst und Schmerz gequält, will er zurückkehren. Oh, wie hilflos und elend sein Geist den Weg in die ewigen Jagdgründe sucht!

Unser Bruder Rollender Donner ist tot. Unser Bruder ist von uns gegangen. Kein Fell wird ihn jemals wieder wärmen und kein Essen wird ihn jemals wieder stärken. Kein Kerzenlicht wird ihm mehr leuchten und niemals wird seine Hand sich noch einmal um eine Waffe legen. All dies ist ihm auf immer verwehrt.

Unser Bruder Rollender Donner ist tot. Unser Bruder ist von

uns gegangen. Doch wir werden immer seiner Taten gedenken! Unser Bruder Rollender Donner konnte es mit dem Lauf des schnellsten Hirsches aufnehmen! Der Panther schreckte beim Anblick seiner Kraft zurück! Seine Feinde fielen wie geschnittenes Gras zu seinen Füßen! Niemand übertraf ihn an Mut und Tapferkeit im Kampf! Und zugleich besaß er die Sanftmut eines Rehkitzes. Seine Freundschaft war grenzenlos wie der Himmel und unerschütterlich wie die stärkste Eiche. Sein Temperament war mild und rein wie sommerlicher Morgentau, sein Mitgefühl war so groß wie die Wälder des Ohio!

Unser Bruder Rollender Donner ist tot. Unser Bruder ist von uns gegangen. Aber warum klagen wir um ihn? Er ging von uns als tapferer Krieger, der an der Seite der Kriegshäuptlinge zum Ruhm der Seneca kämpfte. Sein Kriegsschrei war durchdringend wie der Schrei eines Adlers und so gefürchtet wie das Fauchen der gefährlichsten Raubkatze. Sein Gewehr lag zielsicher in seiner Hand und brachte seinen Feinden den Tod. Sein Tomahawk trank ihr Blut und sein Messer nahm ihre Skalps. Weshalb also beklagen wir den Tod unseres Bruders? Fiel er nicht als tapferer Krieger auf dem Feld des Blutes? Auf dem Kriegspfad stieg sein Geist auf in das Land seiner Väter. Dort, wo der Große Geist über die ewigen Jagdgründe herrscht, haben unsere Ahnen ihn mit großer Freude empfangen, seinen Hunger und Durst gestillt, ihn mit neuer Kleidung versehen und ihn in ihrem Kreis willkommen geheißen. Oh, Schwestern und Freundinnen, unser Bruder Rollender Donner ist glücklich im Land des Großen Geistes. Deshalb lasst uns nicht länger trauern und unsere Tränen trocknen.«

Obwohl Mary nicht ein einziges Wort von dem eindringlichen rituellen Sprechgesang verstand, den Singendes Wasser vortrug, so spürte sie doch deutlich, welche Veränderungen in den Frauen vor sich ging. Das gedämpfte Wehklagen und Schluchzen der versammelten Frauen, das den Vortrag von Singendes Wasser anfangs noch begleitet hatte, erstarb mehr und mehr. Die Tränen versiegten und das erschreckende Maskenschneiden hörte auf. Die Gesichter der Frauen glätteten sich zunehmend und nahmen einen sanften Ausdruck an. Zum ersten Mal, seit Mary die Hütte betreten hatte, gewann die Hoffnung in ihr wieder die Oberhand über die Angst. Doch wie groß war ihre Verwunderung, aber auch ihre Erleichterung, als Singendes Wasser nach einer kurzen Pause fortfuhr und sich die Augen der Indianerinnen voller Güte und Freundlichkeit auf sie, die weiße Gefangene, richteten.

»Unser Bruder Rollender Donner hat unseren Kummer und unsere Not gesehen und uns deshalb eine Hilfe gesandt, die wir mit Freude begrüßen. Wir haben eine neue Schwester erhalten. Lasst sie uns mit großer Herzlichkeit bei uns willkommen heißen. Seht, wie hübsch und liebenswürdig sie ist! Ihr Haar hat die herrlich leuchtende Farbe des ersten Tageslichts, kurz bevor die Sonne im Osten am Himmel aufsteigt. Und ihre Stimme klingt wie zwei Stimmen in einer, die wie aus weiter Höhe fallen gleich den Fluten des Flusses in meiner Heimat, dem Land der Fallenden Wasser. Deshalb soll sie von nun an Zwei-Fallende-Stimmen heißen. Sie ist unsere neue Schwester, die hiermit in unserem Stamm den Platz unseres gefallenen Bruders Rollender Donner einnimmt. Mit schwesterlicher Güte und Fürsorge wollen wir sie fortan vor allem Kummer und allen Gefahren bewahren. Möge unsere Schwester Zwei-Fallende-Stimmen bei uns glücklich sein, bis ihr Geist uns verlässt und dem Pfad des Großen Geistes in die ewigen Jagdgründe folgt, den wir alle eines Tages beschreiten müssen. Aiee, so soll es sein!«

»Aiee!«, riefen die anderen Frauen.

Mary wusste nicht, wie ihr geschah, als Kleine Wolke und Singendes Wasser sie nun von der Rindenmatte hochzogen und sie wie ein verlorenes Kind, das wieder nach Hause gefunden hatte, an sich drückten. Auch die anderen Indianerfrauen bedachten sie mit einem Strom herzlich klingender Worte sowie mit Gesten und Berührungen, die unmissverständlich von Freude und Zuneigung sprachen.

Es sollten noch mehrere Tage vergehen, bis Mary vollends begriffen hatte, dass ihr nicht etwa der Marterpfahl oder ein sklavenähnliches Leben drohte, sondern dass Kleine Wolke und Singendes Wasser sie als Schwester adoptiert und ihr den indianischen Namen Zwei-Fallende-Stimmen gegeben hatten, womit sie von nun an in den Augen aller Indianer zum Stamm der Seneca gehörte.

Neuntes Kapitel

Nicht das Tipi, in dem Marys indianische Schwestern den Tod ihres Bruders beklagt und die Ankunft ihrer Adoptivschwester Zwei-Fallende-Stimmen gefeiert hatten, wurde nun ihr neues Zuhause, sondern eines der Langhäuser, in dem jeweils die Großfamilien, *Ohwachira* genannt, eines der acht Senecaklane unter einem Dach lebten: Wolf, Bär, Schildkröte, Biber, Hirsch, Schnepfe, Reiher und Falke. Mancher Klan zählte so viele Großfamilien, dass zwei Langhäuser nötig waren, um sie zu beherbergen. Da Kleine Wolke und Singendes Wasser zum Biberklan gehörten, zog Mary als ihre Adoptivschwester zu ihnen in jenes Langhaus, das das Totemzeichen dieses Klans trug.

Mary hatte die elterliche Blockhütte am Marsh Creek für ein geräumiges, stattliches Gebäude gehalten. Doch gegen die Ausmaße dieser indianischen Langhäuser schrumpfte das Farmhaus zu einer kleinen, bescheidenen Hütte zusammen.

Die Langhäuser der Irokesen, die aus Ulmrindenmatten über einem Holzgerüst bestanden und zumeist ein Tonnendach aufwiesen, maßen bis zu achtzehn Fuß in der lichten Höhe und über zwanzig Fuß in der Breite und sie erstreckten sich bis zu zweihundert Fuß in die Länge. Die Häuser waren so errichtet, dass die beiden Schmalseiten, wo sich auch die Eingänge befanden, stets nach Osten und Westen wiesen.

Wuchsen die Ohwachiras, die Großfamilien eines Klans, und wurde mehr Platz gebraucht, so konnte man das Haus ohne große Probleme erweitern, indem man einfach die Rindenmatten von einer der Schmalseiten abnahm, das Grundgerüst um das gewünschte Stück verlängerte und es mit neuen Matten aus Ulmenrinde bedeckte.

Im Innern der Langhäuser, die den Irokesen nicht nur Wohnstätte, sondern zugleich auch Sinnbild ihres sozialen und politischen Gefüges waren, gab es einen breiten Mittelgang, von dem rechts und links die Wohn- und Schlafkammern der einzelnen Familien abzweigten. Diese Bereiche wurden durch Felle und Matten abgetrennt und erstreckten sich über zwei Etagen. Die unteren Bettstellen waren breiter als die oberen, ragten in den Mittelgang hinaus und dienten gleichzeitig als Sitzbänke. Je zwei gegenüberliegende Familien teilten sich eine Feuerstelle, die in der Mitte des Durchgangs lag, sodass in einem Langhaus, das zwanzig Familien beherbergte, zehn Feuer brannten.

Beklommen sah Mary sich um, als Singendes Wasser und Kleine Wolke sie in dieser Nacht in das Langhaus ihres Biberklans führten. Sie zählte acht Feuer, die im Mittelgang dieses langen Rindenhauses brannten und deren Rauch zu den darüber liegenden Öffnungen im Dach aufstieg. Vom Dachgebälk hingen hölzerne Gerätschaften für die Feldbestellung, getrocknete Kräuter, Felle, Lederbeutel jeder Art und Größe, Tabakblätter, Kürbisschalen, Pulverhörner, mit Pfeilen gefüllte Köcher und vieles andere mehr herab. Ein eigenartiger, aufdringlicher Geruch, der sich nur zu einem Teil aus Mais und Tierfett zusammensetzte, erfüllte das Langhaus.

Die Männer, Frauen und Kinder des Biberklans nahmen

Mary mit freundlichen Blicken und Grußworten, die sie nicht verstand, in ihrem Langhaus auf, zeigten jedoch keine sonderliche Aufregung. Die Adoption eines Bleichgesichtes schien nichts Außergewöhnliches zu sein. Niemand unterbrach seine Tätigkeit, mit der er gerade beschäftigt war. Sogar die Hunde, die hier und da zwischen den Feuerstellen auf dem fest gestampften Lehmboden oder auf einem der Bettgestelle lagen, hoben nur mit schwachem Interesse den Kopf, beschnupperten sie kurz im Vorbeigehen und beließen es dabei.

Am dritten Feuer, vom östlichen Eingang aus gesehen, hatten Kleine Wolke und Singendes Wasser ihre Kammern und Bettstellen. Die beiden jungen Frauen fragten sie mit Hilfe der Zeichensprache, ob sie Hunger habe, was Mary mit einem Nicken beantwortete. Wenig später hielt sie eine Holzschale in den Händen, die mit einer dickflüssigen Suppe gefüllt war. Argwöhnisch tauchte sie den geschnitzten Holzlöffel in die Suppe und probierte das indianische Gericht, während Kleine Wolke und Singendes Wasser sie erwartungsvoll lächelnd ansahen.

Die dickflüssige Suppe, die zu einem guten Teil aus Maisbrei bestand, schmeckte ausgesprochen fad. In ihr steckte auch nicht die allerkleinste Prise Salz. Voll Sehnsucht dachte Mary an die stark gewürzten Speisen, die den täglichen Speisezettel ihrer Familie bestimmt hatten. Enttäuscht verzog sie das Gesicht, was bei ihren indianischen Schwestern Unverständnis, ja fast sogar Betroffenheit hervorrief. Doch da ein nagender Hunger sie quälte, löffelte sie die Schüssel bis auf den Grund leer.

Danach war es auch schon an der Zeit, sich schlafen zu legen. Die Feuer im Mittelgang fielen in sich zusammen, sodass von ihnen bald nur noch ein schwaches Glimmen ausging. Kleine Wolke legte sich auf das obere Bettgestell, während Mary in der unteren Kammer, die sie mit Singendes Wasser teilte, ihr Nachtlager zugewiesen bekam. Es bestand aus mehreren muffigen Biberfellen auf einer Schicht von dünnen Rindenmatten, erwies sich jedoch als angenehm weich.

Das verhaltene Stimmengewirr, das eben noch im Langhaus des Biberklans geherrscht hatte, sowie die Geräusche von klappernden Gerätschaften, korbflechtenden Händen und knackenden Holzscheiten wurden mehr und mehr von einem leisen, vielstimmigen Chor aus gleichmäßigem Atmen, Schnarchtönen, Seufzen sowie hier und da einem Knarren, Husten und leisen Flüstern abgelöst.

Mary lag noch wach, lange nachdem Singendes Wasser und Kleine Wolke eingeschlafen waren. Mit bangem, klopfendem Herzen lauschte sie auf die ihr fremden nächtlichen Geräusche, die sie umgaben, und versuchte zu verstehen, was ihr an diesem Tag im Senecadorf widerfahren war und was diese

Zeremonie der Frauen für sie zu bedeuten hatte. Was mochte der morgige Tag, die nächste Woche ihr bringen? Vielleicht gehörte die unerklärliche Freundlichkeit, mit der man sie in diesem Irokesendorf aufgenommen hatte, ja zu einem besonders grausamen Plan. Möglicherweise wollte man sie erst in Sicherheit wiegen und ihr vorgaukeln noch einmal mit dem Leben davongekommen zu sein, um sie dann doch noch an den Marterpfahl zu binden und sie langsam zu Tode zu quälen. War den Irokesen, von deren wilder Freude an den Leiden ihrer Gefangenen am längst in allen Kolonien unterrichtet war, solch ein abscheuliches Katz-und-Maus-Spiel denn etwa nicht zuzutrauen? Ihre Gedanken irrten zu Patrick und sie überlegte kurz, was aus ihm geworden war. Hatte er es besser getroffen? Was mochten die Shawanee mit ihm gemacht haben, nachdem sich Kleine Wolke und Singendes Wasser für sie entschieden hatten? Ob sie ihn den Franzosen in Fort Du Quesne überlassen hatten? Würden sie sich jemals wieder sehen – oder lag er vielleicht schon längst irgendwo erschlagen und skalpiert? Und würde sie früher oder später dasselbe Schicksal erwarten?

Die schrecklichsten Bilder tauchten vor Marys innerem Auge auf, während ihr diese beängstigenden Fragen durch den Kopf gingen. Es waren Bilder, die von Schierlingstannen und einem düsteren Sumpf geprägt waren, von unbarmherzig herabsausenden Tomahawks und blutigen Skalpen. Bilder, die ihr immer wieder aufs Neue das Blut in den Adern gefrieren ließen, das Herz schmerzhaft zusammenzogen und ihr die Tränen ohnmächtiger Verzweiflung in die Augen trieben.

Plötzlich huschte etwas Helles vom Mittelgang auf das Bettgestell. Mary erschrak sich im ersten Moment, sah dann jedoch, dass es sich um einen der Hunde handelte, die sie vorhin in der Nähe der Feuerstelle liegen gesehen hatte. Dieser war noch jung und sein weißes Fell leuchtete in der Dunkelheit wie ein großes Wollknäuel.

Zögernd streckte Mary die Hand nach ihm aus. »Bist du gekommen, um mich zu trösten?«, raunte sie.

Der Hund schnupperte an ihrer Hand und begann sie abzulecken. Mary ließ es geschehen, kraulte ihm dann die Ohren und strich über sein flauschiges Fell, was ihm sehr zu behagen schien. Wenig später legte sich der Hund zu ihr. Mit seinem Rücken schmiegte er sich an ihre Seite und seine kalte Nase berührte ihren Arm. Die Anschmiegsamkeit dieses Tieres, das ihre Nähe gesucht hatte und nun so vertraulich bei ihr lag, milderte ein wenig das entsetzliche Gefühl der Einsamkeit und der Verlorenheit.

Leise sprach Mary ihr Nachtgebet und die Fürbitten für die Verstorbenen, strich noch einmal über das weiche Fell des Hundes und schlief mit dem Gedanken ein, dass vielleicht doch nicht alles so schwarz aussah, wie sie es vor kurzem noch befürchtet hatte, und dass sie auf keinen Fall die Hoffnung aufgeben durfte.

Tiefe Dunkelheit umgab sie, als sie in den frühen Morgenstunden erwachte, geweckt von einem drängenden menschlichen Bedürfnis. Der Hund lag noch immer neben ihr, wenn auch in einer anderen Position, nämlich auf einer Höhe mit ihrem Kopf, die Schnauze zwischen seinen Pfoten. Er riss das Maul weit auf und gähnte herzhaft, als sie sich bewegte.

Mary fuhr ihm über den Kopf und rutschte dann vorsichtig von der Bettstelle, um Singendes Wasser nicht zu wecken, die eingerollt und mit dem Rücken zu ihr auf ihrem Schlafplatz

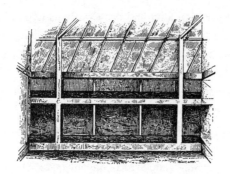

lag. So lautlos, wie es ihr möglich war, schlich sie den Gang hinunter, vorbei an den kalten Feuerstellen. Niemand begegnete ihr. Behutsam schob sie den schweren Vorhang aus zusammengenähten Fellen zur Seite und trat ins Freie. Gleichzeitig huschte der junge Hund, der ihr gefolgt war, an ihren Beinen vorbei aus dem Langhaus.

Marys Blick fiel sofort auf den östlichen Horizont. Dort kündigte sich der neue Tag schon an, auch wenn es bis zum Sonnenaufgang noch einige Zeit dauern würde. Die Sonne schickte jedoch schon ihre Vorboten, die ihr den Weg bereiteten. Erste grau aufsteigende Fluten verwässerten das nächtliche Schwarz des Sternhimmels, der sich noch über dem Indianerland wölbte.

Die Luft war frisch, und fröstelnd lief Mary auf ein Gebüsch zu, hinter das sie sich hockte und ihre Blase erleichterte. Dann zog es sie zum Fluss hinunter, wo die Kanus vertäut lagen und wo am Abend zuvor das Letzte von ihr genommen worden war, was sie – bis auf ihre Erinnerungen – mit ihrem Zuhause am Marsh Creek noch verbunden hatte, nämlich ihre Kleider, die Kleidung einer Weißen. Die Sachen, die ihre selige Mutter einst für sie genäht hatte.

Weil der Boden kühl und das Gras feucht von Morgentau war, setzte sich Mary in eines der Boote. Der junge Hund mit seinem makellos weißen Fell folgte ihr auch dorthin. Er legte sich zu ihren Füßen.

Eine ganze Weile saß Mary dort im Kanu und schaute auf den breiten Fluss hinaus, in dessen dunklen, still dahinfließenden Fluten sich der Mond und die Sterne widerspiegelten. Das Bild vermittelte den Eindruck tiefen Friedens, vermochte in Mary jedoch nicht die quälende Sehnsucht nach ihrer Heimat und Familie zu lindern.

»Eines Tages werde ich dorthin zurückkehren, wo meine Heimat ist und wo ich hingehöre!«, schwor sie sich. »Niemand wird das verhindern. Keine Macht der Welt! Nur der Tod wird mich davon abhalten können!«

Der Hund zu ihren Füßen hob den Kopf und sah sie an, als verstünde er jedes Wort, das sie sagte.

»Ich weiß nicht, wie du heißt, mein Kleiner. Vielleicht geben Indianer Hunden ja keine Namen. Zuzutrauen ist ihnen alles, nicht wahr?« Nach kurzem Überlegen sagte sie: »Ich will dich Robby nennen, nach meinem jüngsten Bruder, dessen Leben so schrecklich kurz gewesen ist. Ja, Robby, das passt zu dir. Und dir allein will ich mich anvertrauen. Also höre gut zu, was ich dir zu sagen habe und was von nun an unser Geheimnis ist: Ich werde eines Tages meine Freiheit wiedererlangen!« Sie spürte, wie sehr es ihr half, neue Zuversicht zu schöpfen, indem sie diesen Entschluss in Worte fasste und deutlich aussprach. »Aber ich werde Geduld haben, mich darauf vorbereiten und die richtige Stunde abwarten, so wie ich es Mom versprochen habe! Ja, eines Tages werde ich wieder frei sein!«

Wenig später erhob sie sich, stieg aus dem Kanu und kehrte

mit ihrem neuen vierbeinigen Freund Robby zum Langhaus des Biberklans zurück.

Dass Singendes Wasser sie nicht eine Sekunde unbeobachtet gelassen hatte, seit sie von ihrem Felllager aufgestanden war, und dass die Indianerin die ganze Zeit oberhalb der Landestelle zwischen den Büschen gestanden hatte, während sie mit Robby im Boot saß und ihren Gedanken an den Tag ihrer Freiheit nachhing, all das ahnte Mary nicht. Sie sah und hörte niemanden auf ihrem Weg zurück ins Dorf. Und als sie wieder leise und vorsichtig auf das untere Bettgestell kroch, da lag Singendes Wasser, scheinbar tief schlafend, in derselben Stellung auf ihren Fellen wie vor einer guten halben Stunde, als Mary sich aus dem Langhaus geschlichen hatte.

Zehntes Kapitel

Es dauerte Tage, bis Mary begriff, dass sie nicht länger eine Gefangene war, die jederzeit mit ihrem Tode rechnen musste, sondern dass sie von den Schwestern durch die Zeremonie adoptiert und mit einem neuen Namen versehen worden war und damit nach Stammesrecht zum Biberklan gehörte, wie jedes andere Senecamädchen in diesem Langhaus.

Es fiel ihr anfangs schwer zu glauben, dass die Indianer sie, ein Bleichgesicht, das sie von verbündeten Shawanee gekauft oder geschenkt bekommen hatten, von nun an wirklich ohne Vorbehalt als die junge Schwester von Kleine Wolke und Singendes Wasser betrachten würden. Zu fest eingeprägt war in ihr das düstere Bild, das Siedler und Männer wie jener fahrende Händler von den Rothäuten gemalt hatten.

Auch wenn die Berichte über die Grausamkeit, mit der die Irokesen Gefangene zu Tode marterten, der Wahrheit entsprachen, so war dies doch nur die halbe Wahrheit – bestenfalls. Es gehörte zu ihren Sitten, dass die Krieger bei ihrer Rückkehr von einem Kriegszug derjenigen Familie, die bei diesem Unternehmen einen Angehörigen verloren hatte, als Ausgleich möglichst einen Gefangenen mitbrachten. Hatten sie keine Gefangenen machen können, gehörte es sich, zumindest den Skalp eines Feindes zu überreichen. Verschleppte Feinde stellten jedoch als Kriegsbeute einen weitaus höheren Wert dar.

Was mit dem Gefangenen geschah, nachdem er im Heimatdorf der Familie eines Gefallenen übergeben werden war, lag ausschließlich im Ermessen der weiblichen Hinterbliebenen, also der Mutter, Frau oder Schwestern des gefallenen Kriegers, da bei den Irokesen allein die Frauen die Verantwortung für den Bestand der Familie trugen. Adoptionen von gefangenen Indianern feindlicher Stämme wie auch von Weißen gehörten zum allseits akzeptierten und bewährten Mittel, um den Verlust in der eigenen Familie auszugleichen. Nur wenn der oder die Verschleppte nicht den Erwartungen entsprach oder wenn der Schmerz über den Tod des geliebten Angehörigen noch gar zu frisch und zu tief war, gab man dem Verlangen nach Vergeltung und einem langsamen, qualvollen Tod am Marterpfahl nach.

Es sollte noch sehr lange dauern, bis Mary ihr Misstrauen ablegte. Zwar besaß sie die Klugheit, sowohl ihre Gedanken als auch ihre wahren Gefühle für sich zu behalten und gute Miene zum bösen Spiel zu machen, aber in ihrem Innersten wies sie den Anspruch ihrer Adoptivschwestern, sie zu einer Seneca gemacht zu haben, voller Empörung und Stolz zurück.

Wie konnten diese Rothäute bloß so einfältig sein zu glauben, dass Indianerkleidung und eine solch primitive Zeremonie in dieser verräucherten Hütte, von der sie kein einziges Wort verstanden und der sie somit auch nicht zugestimmt hatte, sie vergessen lassen sollte, wer sie wirklich war? Nichts konnte lächerlicher und absurder sein als die Behauptung, sie sei nun eine Schwester von ihnen und gehöre fortan zum Biberklan der Seneca!

Gut, sie verdankte Kleine Wolke und Singendes Wasser wohl ihr Leben und die beiden Schwestern mochten für heidnische Verhältnisse ja auch wirklich von überaus warmherziger Natur sein, aber das änderte doch nichts daran, dass sie nie im Leben eine Indianerin aus ihr machen würden. Sie war Mary Jemison und würde stets Mary Jemison bleiben, verschleppt und gegen ihren Willen bei den Indianern festgehalten! Und die Freundlichkeit der beiden jungen Frauen konnte sie auch nicht davon abhalten, alles daranzusetzen, ihre Freiheit wiederzuerlangen, mochten auch noch so viele Jahre darüber vergehen!

Ja, Mary gab sich keinen falschen Hoffnungen hin. Sie wusste, dass die Freiheit in weiter Ferne lag und sie große Geduld aufbringen musste, wenn sie den Tag ihrer Befreiung erleben wollte. Und sie wusste auch, dass sie in dieser Zeit viel über das Leben in der Wildnis lernen und sich dabei so willig wie möglich in die Rolle schicken musste, die man ihr zugedacht hatte. Denn dies waren die Voraussetzungen für eine Erfolg versprechende Flucht aus der Tiefe des Indianerlandes, in die man sie verschleppt hatte.

»Also gut, dann werde ich mich eben tapfer darum bemühen, so zu tun, als würde ich mich dem Willen meiner angeblichen Schwestern fügen, und das Indianermädchen Zwei-Fallende-Stimmen zu sein, so, wie sie es von mir erwarten!«, sagte sie zu sich selbst. »Aber ich werde nicht einen Tag lang vergessen, wer ich wirklich bin, wo meine wahre Heimat ist und was ich mir geschworen habe!«

Mit dem fremden Leben der Indianer vertraut zu werden und sich ihm anzupassen bereitete Mary erheblich weniger Schwierigkeiten, als sie befürchtet hatte. Das Einzige, womit sie sich in den ersten Wochen wirklich schwer tat, war das Essen.

Bei den Irokesen waren Mais, Bohnen und Squash die Hauptnahrungsmittel und galten als die *Drei heiligen Schwestern*, mit denen der Große Geist das rote Volk reich beschenkt hatte und denen man großen Respekt zu erweisen hatte. Ganz besonders traf das auf den Mais zu, von dem die Irokesen auf ihren Feldern über ein Dutzend verschiedener Sorten anbauten und der ihren Speisezettel in allen möglichen Variationen bestimmte. Die Indianer behandelten den Mais, egal ob als Saatkorn, heranwachsende Pflanze oder Mehl, mit einer hingebungsvollen, geradezu religiösen Ehrfurcht und Dankbarkeit. Aus Maishülsen, -blättern und -fäden bastelten sie deshalb auch Masken und Puppen für ihre religiösen Zeremonien. In ähnlicher Weise heilig war ihnen auch der Tabak, den sie nicht zum persönlichen Genuss rauchten, sondern für rituelle Rauchopfer verwendeten.

Fisch und Wildbret bereicherten den Speiseplan der Seneca nur sehr unregelmäßig und galten deshalb mehr als seltener Leckerbissen denn als Hauptnahrungsmittel, wie Mary zu ihrer großen Verwunderung feststellte. Zumeist verzehrten die Männer, die auf Jagd gingen, das erlegte Wild schon während ihrer oftmals wochenlangen Jagdexpeditionen und brachten nur gelegentlich eine ordentliche Fleischlast zurück ins Dorf, sodass jeder daran teilhaben konnte. Und so war es denn überwiegend Mais, manchmal gesüßt mit Ahornsirup, der sich zusammen mit Bohnen oder Squash zur Essenszeit in den Holzschalen der Irokesen fand.

Die ewigen Maisgerichte wie auch das Fehlen von Salz setzten Mary in den ersten Wochen wirklich zu und oft genug musste sie sich überwinden, um sich ihren Widerwillen nicht anmerken zu lassen. Aber welche andere Wahl blieb ihr denn, ihren Hunger zu stillen?

Nach kurzer Zeit begann sie sich jedoch an diese Art der Ernährung zu gewöhnen. Kleine Wolke und Singendes Wasser bemühten sich zudem sehr, ihr das Einleben im Senecadorf an der Mündung des Shenanjee in den Ohio so leicht wie nur eben möglich zu machen und sie in allem mit Geduld und großer Nachsicht anzuleiten. Die Arbeiten, die sie ihr in diesen ersten warmen Frühlingswochen auftrugen, forderten ihr wenig an Kraft und Ausdauer ab. Ihre Aufgaben bestanden hauptsächlich darin, Wasser zu holen und Feuerholz im Wald zu sammeln sowie später auf den Maisfeldern beim Versetzen und Pflegen der jungen Pflanzen einen bescheidenen Beitrag zu leisten. Sie ließen ihr viel freie Zeit und ermunterten sie ausdrücklich sich an den Beschäftigungen der anderen Mädchen im Dorf zu beteiligen, die wie die Perlstickerei, das Korbflechten und das Angeln stets eine Mischung aus Spiel und Arbeit darstellten, und auf diese Weise Freundschaften mit Gleichaltrigen zu schließen. Es war, als wollten sie ihr unmissverständlich zu verstehen geben, dass sie, Zwei-Fallende-Stimmen, für sie wirklich ihre junge Schwester war und keine billige Arbeitskraft, die sie nach Gutdünken ausnutzen konnten.

Einzig was ihre Sprache anging, zeigten sie sich kompromisslos. Sie duldeten es nicht, dass Mary auch nur ein Wort Englisch sprach. Vom ersten Tag an unterrichteten die Schwestern sie mit großer Geduld und Hingabe in ihrer Muttersprache, wann immer sie dazu Zeit fanden. Dabei machte es ihnen nichts aus, den Namen eines Gegenstandes oder einer Tätigkeit so lange zu wiederholen, bis sie den Sinn begriffen hatte und die richtige Aussprache beherrschte. Aber als sie Mary eines Abends dabei ertappten, wie sie leise ihr Nachtgebet sprach, da gerieten die Schwestern in mühsam beherrschten Zorn und überschütteten sie mit einem erregten, ärgerlichen Wortschwall. Zwei-Fallende-Stimmen hatte die Sprache der Irokesen zu lernen und die der Bleichgesichter zu vergessen!

Im ersten Moment hatte Mary befürchtet, es werde nicht bei lauten Ermahnungen bleiben und sie habe nun Schläge und andere Züchtigungen zu erwarten. Aber nichts dergleichen geschah und die beiden Schwestern drohten ihr auch keine derartigen Bestrafungen an. Im Gegenteil, am nächsten Morgen entschuldigten sie sich für ihre scharfen Bemerkungen.

Mary fand dann bald heraus, dass die Irokesen ihre Kinder niemals schlugen, was immer sie auch anstellten. Das war etwas, was sie völlig verblüffte, gehörten in ihrer Welt Ohrfeigen sowie Hiebe mit dem Stock oder Gürtel doch zu den Selbstverständlichkeiten, sogar wenn man das Glück hatte, in einem Elternhaus wie dem ihren aufzuwachsen, in dem es nicht gleich bei jeder kleinsten Ungehörigkeit oder Pflichtverletzung schmerzhafte Hiebe setzte wie bei den Pattersons und ihresgleichen. Und diese Leute befanden sich wahrlich nicht in der Minderzahl, weder unter den Siedlern noch unter den Bewohnern von Dorf und Stadt, wie sie wusste.

Die Irokesen aber erhoben nicht nur niemals die Hand gegen ihre Kinder, sondern sie schrien sie noch nicht einmal an! Sie begnügten sich einfach nur mit Ermahnungen, die ohne jedes despotische Gebrüll und ohne schrille Tonlagen auskamen. Im schlimmsten Fall griffen sie zu ein wenig Wasser, das sie dem ungehörigen Kind ins Gesicht spritzten. Dies galt als große Demütigung, zumal in Anwesenheit anderer. Und Mary stellte zu ihrer großen Verwunderung fest, dass diese scheinbar läppischen Spritzer Wasser dieselbe Wirkung erzielten wie bei ihnen, den Bleichgesichtern, schallende Ohrfeigen oder eine anständige Tracht Prügel. Nein, das stimmte nicht! Die Wirkung dieser indianischen Methode übertraf allemal die Kindeserziehung der Weißen durch Schläge, wie Mary sich beschämt eingestehen musste. Denn bei den Irokesenkindern blieb nach dieser Art der »Bestrafung« kein Groll auf die Erwachsenen zurück und schon gar kein ohnmächtiger Zorn oder gar hasserfüllter Wunsch, stark genug zu sein, um ungestraft zurückschlagen zu können, wie das bei den Weißen oft genug der Fall war. Sie brauchte doch bloß an Henry zu denken, den ältesten Sohn der Pattersons, der in blindem Zorn sogar schon einmal zur Axt gegriffen hatte und auf seinen Vater losgegangen war, nachdem dieser ihn blau und grün geprügelt hatte.

Wie widersinnig, dachte Mary, dass es nicht die christlichen, zivilisierten Weißen, sondern die Rothäute, die barbarischen Wilden, waren, die ihre Kinder weder anschrien noch schlugen und sie einzig durch Geduld und Sanftmut, ruhige Ermahnungen und schlimmstenfalls durch ein paar Spritzer Wasser in ihre Schranken wiesen!

Später, als sie ihre Sprache besser verstand, erklärte ihr Singendes Wasser einmal: »Kinder sind einem Indianer heilig. Denn sie sind lebendige Schätze, die teuersten Geschenke vom Großen Geist. Deshalb darfst du sie auch nie so behandeln, als ob sie dir gehörten wie ein schön geschnitzter

Wassernapf oder ein hübsches Haarband. Kinder sind uns nur anvertraut; gehören tun sie dem Schöpfer, zu dem wir alle eines Tages zurückkehren.«

Mary konnte sich im Dorf und auch außerhalb frei bewegen und niemand behandelte sie wie eine Fremde, die bei den Seneca nichts zu suchen hatte, oder begegnete ihr gar mit Feindseligkeit. In den Augen der Seneca galt sie seit der Adoption in Gegenwart aller Frauen und heiratsfähigen Mädchen des Dorfes nicht mehr als Bleichgesicht, sondern als eine von ihnen – nämlich als Zwei-Fallende-Stimmen, die junge Schwester von Singendes Wasser und Kleine Wolke. Und falls doch jemand Vorbehalte gegen sie hegte, so ließ er sich das jedenfalls nicht anmerken, weil er in der Gemeinschaft der Großfamilien und Klane auf wenig Verständnis gestoßen wäre.

Auch von den Kindern und gleichaltrigen Mädchen ihres Dorfes wurde Mary ohne Misstrauen und Abwehr aufgenommen. Natürlich gab es Neugier, prüfende Blicke und auch so manches Gekicher hinter vorgehaltener Hand. Aber das unterschied sich nicht von dem, was ihr widerfahren wäre, wenn sie mit ihrer Familie in einen anderen Bezirk gezogen und zum ersten Mal in die Klasse ihrer neuen Sonntagsschule gekommen wäre.

Mit den beiden Mädchen Sommerregen und Fetter Mond, die alles andere als fett, sondern schlank wie eine Gerte war, schloss Mary bald eine besonders herzliche Freundschaft. Bei keinem von ihnen spielte die Hautfarbe und Herkunft der anderen eine Rolle. Das gab ihrer Freundschaft allenfalls einen zusätzlichen Reiz.

Niemals lernt man eine Sprache und die dazugehörige

Kultur schneller kennen, als wenn man sich einem anderen unbedingt verständlich machen möchte und wenn zudem noch das Herz daran beteiligt ist. Und wie sehr drängte es Mary danach, das fröhliche Geschnatter von Fetter Mond, Sommerregen und den anderen zu verstehen und daran teilnehmen zu können! Sie war in einem Haus mit vielen Geschwistern aufgewachsen und sehnte sich danach, neue Gefährtinnen und Freundinnen zu finden und dadurch das schreckliche Gefühl der Verlorenheit und Einsamkeit abzuschütteln, das sie noch so oft bedrückte.

Fetter Mond und Sommerregen brachten ihr vieles bei, was man wissen und beherrschen musste, um sich in der Dorfgemeinschaft harmonisch einfügen und von Nutzen für alle sein zu können. Worauf Mary jedoch zuerst drängte, war, dass sie ihr beibrachten, wie man in einem Kanu die Balance bewahrte und wie man es fachgerecht paddelte. Denn ohne Kanu, das ahnte sie, würde ihre Flucht eines Tages keine Aussicht auf Erfolg haben.

Elftes Kapitel

Dass der ergraute Vater von Fetter Mond, der den rätselhaften Namen Steht-und-schaut-zurück trug, ein *Sachem* und damit einer der Friedenshäuptlinge der Seneca war, erfuhr Mary erst viele Monate später, als sie die Sprache der Indianer besser verstand und sich auch selbst schon recht ordentlich auszudrücken wusste. In der ersten Zeit war einfach zu viel Neues auf sie eingedrungen, als dass sie sich über solche vergleichsweise unwichtigen Dinge groß den Kopf zerbrochen hätte. Dass nun ausgerechnet Fetter Mond, die jüngste Tochter des Sachem Steht-und-schaut-zurück, eine ihrer ersten Freundinnen geworden war, hatte Mary natürlich sehr geholfen auch von den anderen Mädchen und Jungen des Dorfes im Handumdrehen in ihre Gemeinschaft aufgenommen zu werden.

Es war an einem heißen Sommernachmittag, als Fetter Mond und Mary sich nach der Arbeit auf den Feldern wieder einmal eines der Kanus nahmen und den Shenanjee flussaufwärts paddelten. Für Fetter Mond und Sommerregen, die sie oft begleitete, stellte eine solche Fahrt eine reizvolle Ablenkung von den alltäglichen Arbeiten im Dorf dar. Dagegen hatte Mary ihre geheimen Gründe, warum sie so erpicht darauf war, ihre Fertigkeiten im Umgang mit Boot und Paddel zu vervollkommnen und Ausdauer zu erlangen.

Gewöhnlich legten sie nach einer halben oder Dreiviertelstunde eine Rast ein, und zwar begaben sie sich in den Schatten einer alten Flussweide, deren dichter Vorhang aus herabhängenden Zweigen weit über das Wasser hinausragte und nur schmale Fäden hellen Sonnenlichtes hindurchließ.

Auch diesmal legten sie an diesem vertrauten Ort eine Rast ein. Und als sie im warmen Ufersand saßen, fiel Mary etwas ein, was sie ihre Freundin schon immer mal hatte fragen wollen. »Sag mal, dein Vater muss ja wohl ein ganz besonders tapferer Krieger sein, wenn das Dorf ihn zu seinem Häuptling gewählt hat«, sagte sie anerkennend, aber auch mit einem fragenden Unterton in der Stimme.

Fetter Mond sah sie stolz an. »Mein Vater geht nicht länger auf den Kriegspfad, doch zu seiner Zeit übertraf er alle anderen an Kühnheit und Tapferkeit! Noch heute erzählt man sich an den Feuern nicht nur dieses Dorfes von seinen großen Taten, vor allem von seinen Kriegszügen gegen die räudigen Huronen. Sie fürchteten ihn mehr, als ein altes, einsames Weib sich vor den Winterstürmen ängstigt. Und diese Furcht, die allein schon der Anblick meines Vaters unter den Huronen hervorrief, brachte meinem Vater dann auch seinen neuen Namen ein.«

»Was genau hat denn dieser Name ›Steht-und-schaut-zurück‹ zu bedeuten, Fetter Mond?«, rückte Mary nun mit ihrer eigentlichen Frage heraus. Dass man bei den Indianern nicht gleich mit der Tür ins Haus fiel, wenn man etwas Bestimmtes erfahren und dabei doch dem Anstand gerecht werden wollte, gehörte zu den Dingen, die sie mittlerweile gelernt hatte.

»Vor vielen Sommern, lange bevor ich dem Leib meiner Mutter entschlüpfte, zog mein Vater, der damals noch den Namen Wolfszahn trug, mit einer kleinen Gruppe junger Krieger auf den Kriegspfad gegen die Huronen«, begann Fetter Mond zu erzählen. Und ihre braunen Augen glänzten dabei wie polierter Bernstein. »Im Land der donnernden Wasser, wo heute die Bleichgesichter das Fort Niagara errichtet haben, vollbrachten sie große Heldentaten. Sie nahmen auf ihren Raubzügen so manchen Huronenskalp, besonders mein Vater. Als sie dann den Rückzug antreten mussten, weil sich zwei von ihnen schwere Verletzungen im Kampf zugezogen hatten, wurden sie von einer Huronenbande verfolgt. An einem breiten Fluss, schon fast im Senecaland, übernahm mein Vater mit zwei Getreuen die todesmutige Aufgabe, die Nachhut zu bilden und mit ihnen die Verfolger lange genug aufzuhalten, damit die anderen die Verletzten über den Fluss in Sicherheit bringen konnten.

Als die Huronen sie eingeholt hatten, trat ihnen mein Vater im vollen Waffenschmuck entgegen. Und da geschah das, was den Ruhm meines Vaters begründete: Entsetzen erfasste nämlich die Huronenbande, als sie sah, wer ihnen da gegenüberstand, und obwohl sie in der Überzahl waren, wandten sie sich um und ergriffen wie alte, zitternde Weiber die Flucht! Später erzählten die beiden Krieger, die bei ihm geblieben waren, dass mein Vater im Angesicht seiner Feinde wie ein Fels gestanden und voller Verachtung auf die Huronen geschaut hatte. Deshalb ehrte man ihn nach seiner Rückkehr mit dem Namen Steht-und-schaut-zurück.«

»Da hat dein Vater wirklich großen Mut bewiesen«, sagte Mary beeindruckt. »Aber warum hat man ihm nicht einen eindeutigeren Namen gegeben wie etwa ›Steht-und-schlägt-mit-Blicken-in-die-Flucht‹?«

Fetter Mond lächelte belustigt. »Der Name meines Vaters ist für jeden eindeutig, Zwei-Fallende-Stimmen. Denn jeder kennt die Geschichte, die dazugehört und ihm den neuen Namen eingetragen hat«, erklärte sie. »Und zwar nicht nur in den Dörfern der Seneca, sondern im ganzen Land des mächtigen Irokesenbundes, der aus den sechs stolzen Völkern der Seneca, Mohawk, Oneida, Onondaga, Cayuga und Tuscarora besteht. Sie machen das große Irokesenvolk aus, das Volk der Langhäuser!« Aus jedem Wort sprach der Stolz von Fetter Mond, eine Seneca zu sein, zum Volk der Irokesenstämme zu gehören – und einen Sachem wie Steht-und-schaut-zurück zum Vater zu haben.

Damit hörte Mary zum ersten Mal vom Irokesenbund, der schon seit der zweiten Hälfte des 16. Jahrhunderts bestand und auch die Liga der sechs Nationen genannt wurde. In diesem Moment interessierte sie jedoch der schon jahrhundertealte Zusammenschluss der verschiedenen Stämme nicht sonderlich.

Zudem fuhr Fetter Mond nun fort: »Alle Namen haben bei uns Irokesen eine Bedeutung. Und jeder Klan besitzt besondere Namen, die nur dieser Klan und niemand sonst vergeben kann.«

»Du meinst, eurem Wolfsklan beispielsweise gehören Namen, die wir vom Biberklan nicht verwenden dürfen?«

Fetter Mond nickte. »Aiee, der Name hat großen Einfluss auf den Lebensweg und die Persönlichkeit eines Irokesen. Alle Namen haben eine tiefe Bedeutung und sind mit Geschichten und magischen Kräften verknüpft. Ein Irokese kann im Laufe seines Lebens mehrere Namen erhalten. Hat er einen neuen angenommen, darf er den alten jedoch nicht mehr gebrauchen.«

»Und wer achtet darauf, wer welchen Namen tragen darf?«

»Natürlich der Hüter der Namen, den es in jedem Klan gibt. Es ist ein sehr wichtiges Amt, sodass es als große Ehre gilt, wenn man für diese Aufgabe ausgewählt wird.«

»Das glaube ich dir. Aber nichts übertrifft die Ehre, von allen Kriegern des Dorfes zum Häuptling gewählt zu werden, nicht wahr?«

»Mein Vater ist nicht von den anderen Kriegern zum Häuptling gewählt worden«, erwiderte Fetter Mond. »Dazu haben die Männer gar kein Recht.«

Mary sah sie verständnislos an. »Ja, aber wer soll ihn denn sonst zum Häuptling wählen?«

»Ein Sachem ist ein Friedenshäuptling und wird bei den Seneca nicht gewählt, schon gar nicht von den Männern, sondern er wird von den Frauen aus der Schar der tapfersten und tugendhaftesten jungen Männer ausgewählt«, erklärte Fetter Mond. »Der Rat der Frauen einigt sich auf einen Mann, von dem sie annehmen, dass er der Aufgabe gewachsen ist. Und diese Entscheidung der Frauen muss einstimmig ausfallen. Dann wird der Vorschlag dem Ältestenrat der Männer mitgeteilt und dieser verkündet die Wahl.«

Mary sah sie sprachlos an und wollte ihr erst nicht glauben.

Dass Indianerfrauen solche Macht besitzen und Krieger bei der Wahl ihrer Häuptlinge nichts zu sagen haben sollten, das überstieg im ersten Moment ihr Fassungsvermögen. Sie war in einer Kultur aufgewachsen, wo Frauen keine ernst zu nehmenden Rechte besaßen und fast so abhängig von den Männern waren wie unmündige Kinder. Alle wichtigen Dinge regelten bei ihnen, den zivilisierten Weißen, die Männer mit großer Selbstverständlichkeit nach ihrem Gutdünken, und erst recht alle Entscheidungen, die mit Politik und Macht zusammenhingen.

»Und das nehmen eure Männer einfach so hin?«, fragte Mary verblüfft.

Nun war es an ihrer indianischen Freundin, ein verständnisloses Gesicht zu machen. »Ja, warum denn nicht? Was sollten sie denn dagegen einzuwenden haben, Zwei-Fallende-Stimmen? Männer haben ihre eigenen Aufgaben und Rechte, sie sind für die Rodung der Felder verantwortlich, für den Schutz des Dorfes, sie haben die Jagd und sie gehen auf den Kriegspfad. Die Frau dagegen ist die Quelle des Lebens, so ist es vor unzähligen Sommern gewesen, als der Große Geist die Welt erschuf, und so wird es immer sein, solange die Bäume im Frühling in frischem Grün leuchten, die Maisfelder im Sommer reife Frucht tragen und Frauen neues Leben zur Welt bringen. Und als Quelle des Lebens tragen Frauen nun mal eine besonders große Verantwortung. Deshalb hat der Große Geist sie auch mit besonderen Rechten ausgestattet.«

»Na ja, schlecht finde ich das nicht«, sagte Mary nun mit einem verschmitzten Lächeln. »Die Vorstellung, als Frau mit entscheiden zu können, wer von den Männern Häuptling wird, gefällt mir eigentlich ganz gut.« Und im Stillen dachte sie, was für einen gewaltigen Sturm der Entrüstung es bei ihnen unter den Männern geben würde, wenn Frauen solch ein Ansinnen in der Öffentlichkeit auch nur zur Diskussion stellen würden. Man würde sie bestenfalls auslachen und verhöhnen, eher jedoch für verrückt erklären und unter Prügeln davonjagen, darauf konnte man sein Leben verwetten, ohne Angst haben zu müssen es zu verlieren!

»Mein Vater allerdings ist nicht von der Versammlung der Frauen und heiratsfähigen Mädchen ausgewählt worden, wie das bei den meisten Friedenshäuptlingen der Fall ist, sondern er ist von Federfrau, der *Royaneh* unserer Ohwachira, bestimmt worden«, fügte Fetter Mond nun hinzu.

»Was, um alles in der Welt, ist eine Royaneh?«, fragte Mary irritiert und setzte eine gequälte Miene auf.

»Die von allen hoch geachtete Hüterin eines Sachem-Titels, der zu den vererbten Sonderrechten einer Großfamilie gehört«, antwortete Fetter Mond und erklärte ihr, dass dieses Privileg jeweils von einer Frau dieser Ohwachira verwaltet wurde, die wegen ihres Alters, ihrer einwandfreien Lebensführung und ihrer Weisheit von den anderen Frauen der Großfamilie zur Hüterin des Sachem-Titels gewählt worden war und seitdem den ehrenvollen Titel einer Royaneh trug. Diese Frau bestimmte, wer Sachem wurde, auch wenn der Rat der Frauen ihrer Wahl zustimmen musste. Die Weisheit einer Hüterin des Sachem-Titels lag unter anderem darin, einen Kandidaten vorzuschlagen, mit dem alle einverstanden sein konnten. Die Royaneh, der zur Unterstützung ein junger, tapferer Krieger als eine Art von Adjutant zugeteilt wurde, setzte in einem zeremoniellen Akt dem zum Sachem gewählten Mann als Zeichen seiner Würde die Geweihkrone auf und hängte ihm das heilige *Wampum*-Band um, eine Kette aus zylindrischen Perlen, die aus Seemuscheln gefertigt waren. Diese Wampum-Schnüre besaßen für die Irokesen eine ähnlich religiöse Bedeutung wie der geweihte Rosenkranz für einen gläubigen Katholiken.

Eine Royaneh konnte einen von ihr eingesetzten Sachem jedoch auch wieder seines Amtes entheben, wenn er sich dessen als nicht würdig erwies oder seine Aufgabe nicht erfüllte, Vertreter und Sprecher der Frauen zu sein, die ihn gewählt hatten. »Dreimal wird er angemahnt. Das erste Mal durch die Royaneh allein. Das zweite Mal durch den obersten Krieger der Ohwachira. Und das dritte Mal wieder durch die Royaneh, wobei sie diesmal vom obersten Krieger begleitet wird. Wenn der Sachem sich nach diesen drei Zurechtweisungen nicht auf seine Pflichten besinnt, dann ist er die längste Zeit Häuptling gewesen.«

»Wir würden so eine Person wohl eine Königsmacherin nennen, obwohl das nicht dasselbe ist, denn welche Frau hat bei uns schon die Macht, einen König nicht nur zu ernennen, sondern ihn gegebenenfalls auch wieder abzusetzen«, sagte Mary, die das Ganze ungeheuer faszinierend fand. »Ich kann es einfach nicht fassen, dass bei euch der Stammeshäuptling nur von Frauen gewählt wird.«

»Es stimmt auch nicht ganz«, erwiderte Fetter Mond. »Jeder Stamm hat mehr als nur einen Friedenshäuptling. Zwar sind die Erbhäuptlinge aus den verschiedenen privilegierten Großfamilien immer in der Mehrzahl, aber es gibt auch Häuptlinge, die wegen ihrer hervorragenden Leistungen für die Gemeinschaft vorgeschlagen wurden – und zwar von den Männern.«

Mary runzelte die Stirn. »Du redest die ganze Zeit von den

Sachem, den Friedenshäuptlingen. Bedeutet das, dass es bei den Irokesen auch Kriegshäuptlinge gibt?«

Fetter Mond nickte und fuhr mit ihren Erklärungen geduldig fort: »Selbstverständlich. Die Friedenshäuptlinge kümmern sich um die vielfältigen Belange des Stammes in Friedenszeiten. Und nur sie gehören zum ständigen Großen Rat des Irokesenbundes, der aus fünfzig Sachem besteht, von denen wir vom Stamm der Seneca acht stellen.«

»Und was ist mit den Kriegshäuptlingen?«, wollte Mary wissen. »Wer wählt sie? Doch wohl bestimmt nicht die Frauen, oder?«

Fetter Mond lachte über diese Frage. »Nein, natürlich nicht. Die meisten Kriegshäuptlinge werden nicht wirklich gewählt, sondern einzelne Krieger machen sich dazu.«

Mary runzelte die Stirn. »Wie bitte? Jeder kann sich einfach so zum Kriegshäuptling aufschwingen?«, fragte sie ungläubig. »Das kann doch wohl nicht sein.«

»Aiee, jeder kann versuchen ein Kriegshäuptling zu werden, aber einfach ist es deshalb noch lange nicht«, antwortete Fetter Mond amüsiert. »Kriegshäuptling wird ein Mann nämlich nur, wenn er öffentlich verkündet, dass er auf den Kriegspfad ziehen will, und wenn es ihm außerdem gelingt, eine Gruppe von Kriegern um sich sammeln, die mit ihm als ihrem Anführer in den Krieg ziehen wollen. Ein Krieger, der sich und sein Ansehen überschätzt, kann sich schnell schrecklich blamieren, wenn niemand seinem Aufruf folgt. Solch eine Schande wird er so schnell nicht wieder los. Deshalb versucht es eben auch nicht jeder. Man muss schon großen Mut besitzen und sich als Krieger einen Namen gemacht haben, um Kriegshäuptling zu werden.«

Mary war in ihrer Unwissenheit über die Sitten und Gebräuche der Indianer ganz selbstverständlich davon ausgegangen, dass ein Krieg nur von einer Art Vollversammlung aller Krieger oder von deren gewähltem Oberhaupt erklärt werden konnte, so wie das bei allen ihr bekannten europäischen Nationen der Fall war. Und nun hörte sie, dass jeder Krieger offenbar auf den Kriegspfad gehen konnte, wann es ihm beliebte!

»Die Sachem haben also nichts zu sagen, wenn irgendein Krieger auf die Idee kommt, auf den Kriegspfad zu ziehen?«, vergewisserte sie sich.

»Nein, das geht sie nichts an«, bestätigte Fetter Mond. »Und ein Sachem, der selbst auf den Kriegspfad ziehen will, muss vorher sein Amt niederlegen und gehört dann auch nicht mehr zum Großen Rat der sechs Nationen.«

Mary schüttelte verständnislos den Kopf. »Ich begreife nicht, wie es jedem Krieger völlig freigestellt sein kann, irgendjemandem den Krieg zu erklären! Hat denn die Dorfgemeinschaft oder der Stammesrat dabei wirklich nichts zu sagen?«

Fetter Mond erwiderte Marys Unverständnis, wie ihre verdutzte Miene verriet. »Weshalb? Wer nicht mit uns verbündet ist oder einen Waffenstillstand mit uns geschlossen hat, ist unser Feind. Und mit Feinden liegt man immer im Krieg. Man braucht ihn also nicht erst zu erklären. Deshalb kann jeder Krieger in den Krieg ziehen, wann immer es ihm passt.«

So einfach und klar ist das also bei den Irokesen, dachte Mary verblüfft. »Und was ist mit diesem Großen Rat der sechs Nationen?«

»Der wird nur angerufen, wenn wir von einer großen Feindesmacht bedroht werden und alle Stämme ihre Maßnahmen zur Abwehr der Gefahr gemeinsam abstimmen müssen. Es können dann vom Großen Rat besondere Kriegshäuptlinge bestimmt werden. Meist werden zwei ernannt. Doch diese haben dann nur die Aufgabe, die Kriegsziele und die Art des Vorgehens festzulegen. Vollmacht über alle Krieger haben die beiden jedoch nicht. Im Kampf führt nämlich jeder reguläre Kriegshäuptling nur seine eigene Gruppe an.«

Mary verzog das Gesicht. »Puh, das ist aber alles ganz schön kompliziert.«

Fetter Mond fand das gar nicht, war sie mit diesen Sitten doch von Kindesbeinen an aufgewachsen. Als sie sich nun wieder ins Kanu setzten, weil es Zeit war, ihre Kanufahrt zum alten Biberbau fortzusetzen, wo sie gewöhnlich ihre zweite Rast einlegten, bevor sie sich gemächlich mit der Strömung zum Dorf zurücktragen ließen, da drehte Fetter Mond sich zu Mary um und sagte verschmitzt: »Ich habe da noch was vergessen, nämlich wer allein einen ehrgeizigen Krieger und seine kampfwilligen Männer davon abhalten kann, auf den Kriegspfad zu ziehen.«

»Und wer ist das?«, fragte Mary gespannt.

»Die Mütter, Ehefrauen und Schwestern der Männer!«, antwortete Fetter Mond zu Marys großer Überraschung. »Denn ohne ausreichenden Proviant kann ein Kriegszug keinen Erfolg haben. Ob und in welchem Umfang der benötigte Proviant zur Verfügung gestellt wird – nun, das entscheiden in jeder Ohwachira allein die Frauen.«

»Ich werde verrückt!«

Lachend tauchte Fetter Mond das Paddel ein und brachte das Boot aus dem kühlen Schatten, den die Weide mit ihrem mächtigen, ausladenden Geäst über das seichte Uferwasser warf. Libellen tanzten im warmen Sonnenlicht dicht über der Oberfläche des Shenanjee und das Wasser perlte klar und mit leisem Plätschern von ihren Paddelblättern.

Zwölftes Kapitel

Schon bald nach der Maisernte begannen sich die Wälder am Ohio zu verfärben. Das sterbende Laub der Bäume, die von der warmen Jahreszeit mit einem prächtigen Fest der Farben Abschied nahmen, kündete Tier und Mensch den heraufziehenden Winter an. Die Zeit der bitterkalten Winde und Stürme, die aus dem hohen Norden kamen, über die Großen Seen fegten und in das Ohio-Tal einfielen, war nun nicht mehr weit.

Mit der ersten Herbstfärbung der Wälder traf in der Indianersiedlung die Nachricht ein, dass die Rotröcke der Bleichgesichter, womit Soldaten der englischen Kolonialarmee gemeint waren, wieder einmal mit den Franzosen im Krieg lagen und in das Land am Ohio eingedrungen waren. Die Engländer wollten die Franzosen endlich aus Fort Du Quesne vertreiben, das sie als Dorn in ihrem Fleisch betrachteten. Und diesmal sah es wirklich nicht sehr gut für die Besatzung der Garnison am Zusammenfluss des Monongahela und des Allegheny River aus.

Diese neu aufflammenden Auseinandersetzungen zwischen Engländern und Franzosen, die so erbitterte Todfeinde waren wie die Huronen und Irokesen, veranlassten viele Indianer die Gunst der Stunde zu nutzen und auf den Kriegspfad gegen Soldaten sowie Händler und Siedler zu ziehen, die zumeist im Gefolge der Truppen ins Land kamen.

Auch in Shenanjee wollte sich so mancher Krieger nicht die wohl letzte Gelegenheit des Jahres entgehen lassen, auf Beutezug zu gehen und seinen Ruhm durch tapfere Taten zu mehren. Und so wurde Mary zum ersten Mal Zeuge, wie ein Seneca um Gefolgsleute für ein kriegerisches Unternehmen warb und schließlich als Kriegshäuptling bestätigt wurde.

Es war an einem frühen, sonnig klaren Morgen. Mary hatte Asche aus dem Langhaus getragen und stand nun mit Sonnenregen und Fetter Mond vor dem Langhaus des Wolfklans. Sie unterhielten sich darüber, dass die Dorfgemeinschaft schon in wenigen Wochen Shenanjee verlassen und ihr Winterlager ein gutes Stück weiter flussabwärts an einem Ort aufschlagen würde, der Sciota hieß und an der Mündung des gleichnamigen Flusses lag. Dort gab es nicht nur mehr Schutz vor den Schneestürmen, sondern auch mehr Wild. Die winterlichen Jagdexpeditionen und die aufgestellten Fallen brachten in der Gegend am Sciota River eine bedeutend reichere Ausbeute als in den Wäldern am Shenanjee.

Plötzlich ließ ein schriller, durchdringender Schrei die drei Mädchen zusammenfahren. Und Robby, der zu Marys Füßen gesessen und die Schnauze gerade zu einem herzhaften Gähnen aufgerissen hatte, stand augenblicklich hellwach und mit gespitzten Ohren da.

Jeder, der sich im Freien aufhielt, blickte zum Marterpfahl hinüber, der zwölf Fuß hoch aufragte und dessen farbige Markierungen und Zeichen von vergangenen Heldentaten dieses Stammes kündeten. Ein Eingeweihter vermochte an den Einkerbungen sogar abzulesen, bei welchen Kriegszügen die Seneca dieses Dorfes wie viele Skalpe genommen hatten und wie viele Gefangene ihnen in die Hände gefallen waren. Und dort, auf dem freien Platz um den Marterpfahl, schwang jetzt ein breitschultriger Krieger seinen Tomahawk über dem Kopf. Dabei stieß er weiterhin gellende Schreie aus, die immer wieder für kurze Augenblicke von einem schrillen Trillern unterbrochen wurden.

»Seht doch, das ist Der-mit-den-Elchen-reitet!«, rief Sonnenregen aufgeregt.

Fetter Mond nickte. »Ja, der tapferste Krieger aus dem Langhaus des Hirschklans! Er hat das Kriegsbeil ausgegraben und will auf den Kriegspfad ziehen.«

»Bestimmt gegen die rot berockten Bleichgesichter der Dreizehn Feuer, die es auf Fort Du Quesne abgesehen haben!«, sagte Sonnenregen verächtlich. Sie wie auch Fetter Mond dachten sich nichts dabei, in Gegenwart ihrer Freundin Zwei-Fallende-Stimmen abfällig von den Bleichgesichtern zu sprechen, war sie in ihren Augen doch eine Seneca wie sie.

»Davon ist schon seit Tagen an allen Feuern die Rede«, pflichtete Fetter Mond ihr bei. »Der-mit-den-Elchen-reitet wird keine Schwierigkeiten haben, eine große Schar Krieger zusammenzutrommeln. Er ist immer mit vielen Skalps von seinen Beutezügen zurückgekehrt!«

Mary ließ sich nichts anmerken, innerlich zuckte sie jedoch zusammen, als Fetter Mond die Skalpe erwähnte. Und sofort erinnerte sie sich wieder an die Kopfhäute, die Bärentöter und seine Kameraden vor einem halben Jahr in ihrer Gegenwart am nächtlichen Feuer präpariert hatten. Waren ihr diese grauenhaften Dinge tatsächlich erst vor so wenigen Monaten widerfahren? Manchmal kam es ihr vor, als gehörte all das einer Zeit an, die schon erschreckend weit zurücklag und zu einem anderen Leben gehörte – und einer anderen Mary.

Der-mit-den-Elchen-reitet trug die dunkelrote Kriegsbemalung, die den Indianern bei den Weißen die Bezeichnung Rothäute eingetragen hatte, sowie den dazugehörigen Schmuck in Form von rot gefärbten Federn und schwarzen Wampum-Schnüren. Er konnte sich mittlerweile der Aufmerksamkeit aller im Dorf sicher sein – und trieb nun seine Streitaxt mit einem kraftvollen Hieb in den Stamm des Marterpfahls.

Jetzt folgte die Werbung um Gefolgsleute, die mit ihm als ihrem Anführer auf den Kriegspfad ziehen wollten. Mit lauter Stimme und pathetischen Gesten ging Der-mit-den-Elchen-reitet zwischen den Langhäusern umher und forderte seine männlichen Stammesangehörigen auf sich ihm anzuschließen.

Er brauchte nicht lange zu werben. Die ersten drei Krieger traten schon nach wenigen Minuten vor den Marterpfahl und schlugen ihre Tomahawks neben den von Der-mit-den-Elchen-reitet. Innerhalb einer guten halben Stunde hatten sich über zwei Dutzend Krieger um den Marterpfahl versammelt. Vermutlich wären ihm noch viel mehr kriegsfähige Männer gefolgt, wenn nicht die bevorstehende Umsiedlung an den Sciota River ihre Anwesenheit im Dorf erfordert hätte.

Der lang gezogene Kriegsschrei von Der-mit-den-Elchen-reitet wurde nun von seiner Gefolgschaft beantwortet und ging in einen wechselseitigen Kriegsgesang über, der unter dem Dröhnen mehrerer Trommeln von einem Kriegstanz um den Marterpfahl begleitet wurde. Die Zeremonie, mit der sich die Krieger auf ihr Unternehmen einstimmten, dauerte bis in die Nacht. Dabei trat immer wieder einer der Männer hervor und hielt eine flammende Rede, in der er die Tapferkeit der Seneca pries, von den glorreichen Kriegszügen der Vergangenheit erzählte sowie sich und seine Kameraden mit Hinweisen auf die Ruhmestaten anfeuerte, die sie unter ihrem Anführer Der-mit-den-Elchen-reitet bald vollbringen würden.

Beim ersten Morgengrauen, als noch dichte Nebelfelder über den Flussniederungen trieben, luden die Krieger Proviant und Waffen in ihre Kanus und paddelten davon. Der Nebel verschluckte sie, kaum dass sie den Shenanjee verlassen hatten und die Kanus von der Strömung des breiten Ohio erfasst worden waren.

Als sie vier Wochen später wiederkehrten, hatte das Dorf sein Winterlager am Sciota River schon bezogen. Die Rückkehr der Männer wurde mit demselben Kriegsgeschrei begleitet, das auch am Vortag ihres Aufbruchs durch das Dorf gegellt war.

Wie groß waren Freude und Erleichterung bei allen Dorfbewohnern, besonders natürlich bei den Angehörigen, als die Kanus anlegten und eine schnelle Zählung ergab, dass Der-mit-den-Elchen-reitet auf seinem Kriegszug nicht einen einzigen Mann verloren, mit seiner Gefolgschaft dem Feind jedoch ein gutes Dutzend Skalpe, einige Feuerwaffen sowie Gerätschaften, Felle und andere nützliche Dinge abgenommen hatte. Die Männer brachten zudem die Nachricht mit, dass die Franzosen Fort Du Quesne nicht hatten halten können. Nun wehte die Fahne der Rotröcke über der Befestigung, der sie sogleich einen neuen Namen gegeben hatten, nämlich Fort Pitt.

Die glückliche Heimkehr aller Krieger wurde mit einem Fest

begangen, bei dem die Tapferkeit der Männer gebührend gerühmt wurde. Und viele hegten die feste Überzeugung, dass Der-mit-den-Elchen-reitet wohl bald den Ehrentitel eines Pine-Tree-Häuptlings verliehen bekommen würde.

Als Fetter Mond ihr davon erzählte, verstand Mary zuerst gar nicht, wieso diese so simple Bezeichnung »Fichtenbaum-Häuptling« etwas Besonderes darstellen sollte. Erst als ihr zu Bewusstsein kam, dass die nordamerikanische Fichte, die leicht eine Höhe von über sechzig Metern erreicht und einen Durchmesser von mehr als zwei Metern misst, sich mit der Technik der Irokesen nicht fällen ließ, da begriff sie, welch eine Ehre es war, zum Pine-Tree-Häuptling ernannt zu werden.

Die harten Monate des Winters begannen, in denen das Auskommen der Dorfgemeinschaft zu einem gut Teil auch vom Erfolg der verschiedenen Jagdexpeditionen abhing. Zwar hatten die Maisfelder zur Erntezeit reiche Frucht getragen und die vielen Herbsttage, die sie im Wald mit dem Sammeln von Nüssen, Pilzen und Wurzeln verbracht hatten, waren ebenfalls mit gutem Erfolg gesegnet gewesen. Dennoch konnte einem Dorf eine schwere Hungersnot drohen, falls den Männern das Jagdglück einen ganzen Winter lang ausblieb.

Schneestürme von fürchterlicher Gewalt, die tagelang wüteten und die Welt in einen lebensgefährlichen Hexenkessel aus peitschendem Schneetreiben verwandelten, wechselten sich mit wochenlangen Schönwetterperioden ab, in denen die Sonne von einem ebenso kalten wie klaren Himmel auf die tief verschneite Landschaft schien.

Der Winter war die Zeit der Geschichtenerzähler und die

Indianer verstanden sich auf diese Kunst. Sie genoss bei ihnen ein hohes Ansehen. Wie bei allen Naturvölkern, die ihre Mythen, Stammesgeschichten und Lebenserfahrungen für die nachfolgenden Generationen nicht schriftlich festhalten, sondern ihr Wissen mündlich weitergeben, besaßen die Alten der Seneca große Autorität. Sie waren der Hort aller Erfahrung und Tradition und wurden deshalb als weise Hüter des Stammeswissens verehrt.

Mary konnte von ihren Geschichten nie genug bekommen, die in jenen langen Winternächten oder sturmgepeitschten Tagen an den Feuern der Langhäuser erzählt wurden. So manches Mal nahmen die Alten und Sachem dazu Wampum-Schnüre zur Hand, aus denen sie ihren Stammesangehörigen wichtige Ereignisse aus der Stammesgeschichte sozusagen »vorlasen«. Denn jede dieser heiligen Perlenketten erzählte demjenigen, der um die Bedeutung der einzelnen Glieder wusste, eine ganz besondere Geschichte. Jede der verschiedenfarbigen, zylindrischen Perlen symbolisierte ein ganz bestimmtes Geschehen. Wampum-Ketten dienten auch als eine Art Verträge, die Stämme nach Abschluss der Verhandlungen gegenseitig austauschten. Ein erfahrener Sachem oder Hüter des Wissens konnte seiner Zuhörerschaft anhand dieser Wampum-Schnüre sogar die genauen Vereinbarungen eines Vertrages erklären, der schon Generationen zurücklag.

Mary machte in diesen strengen Wintermonaten, in denen der bittere Frost die Bäume vor Kälte knacken und ächzen ließ, mehr als einmal die verwirrende Feststellung, dass sie immer mehr in der Sprache der Seneca dachte statt in ihrer Muttersprache. Das traf auch auf ihre Träume zu. Sogar wenn ihre Eltern und Geschwister oder Patrick ihr in ihren Träumen begegneten, redeten sie nicht in Englisch mit ihr, sondern in der Sprache der Seneca. Die Rolle der indianischen Adoptivtochter, in die sie nach ihrer Verschleppung notgedrungen geschlüpft war, um ihr Leben zu retten, wurde ihr zweifellos immer mehr zur eigenen Natur. Manchmal schien es ihr gar, als wäre ihr dieses Leben bei den Indianern auf den Leib geschneidert worden – ja, als hätte es das Bleichgesicht Mary Jemison vom Marsh Creek nie wirklich gegeben und als wären ihre Erinnerungen einem Traum entsprungen, dessen Bilder nun langsam zu verblassen begannen.

Wenn Mary sich dabei ertappte, dass sie sich in der Welt der Indianer wohl zu fühlen und einzurichten begann, kehrten mit der Scham wegen ihrer Treulosigkeit gegenüber ihren ermordeten Eltern und Geschwistern augenblicklich auch Schmerz und Trauer sowie Sehnsucht nach ihrer Heimat zurück. Und dann bemühte sie sich tagelang mit großer Hingabe, im Geheimen wieder das wettzumachen, was sie lange Zeit vernachlässigt hatte – nämlich sich in ihrer Muttersprache zu üben.

Ihr erster selbst gefertigter Rosenkranz, den sie aus Bucheckern, einer dünnen Schnur aus Rindenbast und einem primitiven, selbst geschnitzten Kruzifix bastelte, war das Ergebnis einer solch heißen Schuldanwandlung. Sie hatte ihrer Mutter in der Nacht ihres schrecklichen Todes hoch und heilig versprochen ihre Sprache und Gebete nicht zu verlernen. Und von der Einhaltung dieses Versprechens durfte und wollte sie nicht ablassen, was immer auch geschehen mochte!

»Was ist denn das?«, fragte Fetter Mond, als ihr diese eigenartige Kette einmal zufällig unter die Augen kam.

»Ach, so etwas wie eine Wampum-Schnur, mit deren Hilfe ich alles festhalte, was so passiert ist«, antwortete Mary vage

und dachte, dass sie damit noch nicht einmal gelogen hatte. Denn hielten die einzelnen Perlen des Rosenkranzes nicht fest, was Jesus und der Muttergottes widerfahren war?

Von nun an hielt Mary ihre primitive Gebetskette jedoch vorsichtshalber vor ihren Freundinnen und vor allem vor Kleine Wolke und Singendes Wasser versteckt. Sie bewahrte sie in ihrem kleinen Medizinbeutel aus dem Balg eines Eichhörnchens auf, den sie unter ihrer Kleidung um den Hals trug, und holte sie nur hervor, wenn sie allein und unbeobachtet war. Später ersetzte sie die Kette durch einen etwas gefälligeren Rosenkranz, dessen geschnitzte Holzperlen sie auf dünne, miteinander verknüpfte Bibersehnen aufzog.

Zur Zeit des dreizehnten Vollmonds, der nach dem Kalender der Weißen in diesem Jahr 1759 in den Februar fiel, feierten die Seneca eines ihrer größten und wichtigsten religiösen Feste, nämlich das Mittwinterfest.

Die verschiedenen Jagdexpeditionen, von denen einige schon seit Wochen fern dem Lager weilten, sorgten ohne jede Ausnahme dafür, dass sie rechtzeitig zum mehrtägigen Fest in das Winterlager am Sciota River zurückkehrten. Das Jagdglück war den Männern wohlgesonnen gewesen. Die Fleischtöpfe würden bis weit über das Fest voll sein, sodass alle im

Dorf Anlass hatten, dem großen Ereignis mit großer Freude entgegenzusehen.

Zwei Tage vor Beginn der Feierlichkeiten spielte Mary bei Einbruch der Dämmerung mit ihrem treuen vierbeinigen Gefährten am Ufer des zugefrorenen Sciota River. Mit großer Ausgelassenheit jagte Robby jedem Stöckchen nach, das sie warf, um es zurückzubringen und ihr schwanzwedelnd vor die Füße zu legen. Nur wenn sie ihn mit Schneebällen foppte, die ihm im Maul natürlich auseinander fielen, wenn er sie aufheben wollte, wurde er ärgerlich und forderte sie bellend auf ihm doch gefälligst etwas Anständiges zuzuwerfen.

Als Mary wieder zu einem Stock griff und ihn weit von sich warf, sah sie ihre Freundinnen Fetter Mond und Sonnenregen zwischen den schneebedeckten Bäumen die Uferböschung herunterkommen. Sie winkte ihnen lachend zu.

»Habt ihr mich gesucht?«, fragte Mary fröhlich, als die Mädchen sie erreicht hatten.

Die Mädchen nickten, doch ihre Mienen blieben ernst.

»Ist etwas passiert?«

»Noch nicht, aber zu Beginn des Mittwinterfestes wird etwas geschehen, worauf du besser vorbereitet sein solltest«, sagte Fetter Mond.

»Wir machen uns nämlich Sorgen um dich – wegen des Hundes, Zwei-Fallende-Stimmen«, fügte Sonnenregen hinzu. »Wie gut, dass du nicht oben im Dorf geblieben, sondern zum Fluss hinuntergegangen bist.«

Mary blickte sie verständnislos an. »Sorgen wegen des Hundes? Ihr sprecht in merkwürdigen Rätseln! Und wieso ist es gut, dass ich nicht im Dorf, sondern hier am Flussufer bin? Wovon redet ihr?«

»Wir wissen, wie sehr du an dem Hund hängst«, sagte Fetter Mond mitfühlend und zog ein Messer. »Deshalb wollen wir dafür sorgen, dass die Wahl nicht auf ihn fällt. Und es wird höchste Zeit. Denn Der-mit-den-Wolken-sprach, der Schamane von der Medizingemeinschaft *Falsche Gesichter*, ist mit seinen Männern nämlich schon losgezogen.«

In jeder irokesischen Stammesgemeinschaft, das hatte Mary während der letzten Monate nach und nach erfahren, gab es verschiedene Medizinmänner, Schamanen genannt, die mit ihrer kleinen Gefolgschaft auserwählter Mitglieder logenähnliche Gesellschaften bildeten. Einige waren geheim und nahmen nur Mitglieder auf, denen der Große Geist Visionen gesandt und außergewöhnliche spirituelle Kräfte verliehen hatte. Andere Gemeinschaften standen jeder Frau und jedem Mann offen, die die uralte indianische Heilkunst erlernen und sich der Kranken annehmen wollten. Sie trugen so rätselhafte Namen wie *Altehrwürdige Wächter über die Geheime Kraft*, auch unter dem Namen *Kleine-Wasser-Gesellschaft* bekannt, *Die mit den Geistern reden*, *Schwestern der Bewahrer des Lebens*, *Großer Medizinbund des Nachtgesangs* und eben *Falsche Gesichter*.

Angehörige dieser Schamanengemeinschaften führten in den Wohnstätten der Kranken die Heilungsriten aus, hielten Kontakt mit den Geistern und trugen die Verantwortung für die Organisation und vorschriftsmäßige Einhaltung aller religiösen Zeremonien und Feste. Die Seneca kannten allein elf derartige Medizingemeinschaften, von denen die *Falsche-Gesichter*-Gemeinschaft, die ihren Namen den grotesken Masken verdankte, die ihre Mitglieder bei wichtigen Zeremonien trugen, den höchsten Rang einnahm. Deshalb oblag auch dem Schamanen Der-mit-den-Wolken-sprach, der diesem Medizinbündnis vorstand, gemeinsam mit seinen Gefolgsleuten die Planung und Ausführung des so bedeutenden Mittwinterfestes.

Mary verstand nicht, was der Schamane und das bevorstehende Fest mit ihr und ihrem geliebten Hund zu tun hatten. Zu ihrer Irritation gesellte sich beim Anblick des Messers auch noch eine wachsende Beunruhigung.

»Verschont wovon?«, fragte sie ängstlich.

»Es muss sein«, sagte Sonnenregen.

Fetter Mond fing ihren Blick auf und nickte ihr zu. »Bringen wir es schnell und so schmerzlos wie möglich hinter uns!«, forderte sie ihre Freundin auf.

Mary erschrak, als Sonnenregen sich nun über ihren Hund stellte, seinen Körper erst locker in die Zange ihrer Beine nahm und ihm die Ohren kraulte, um ihm dann scheinbar spielerisch die Schnauze mit beiden Händen zuzuhalten. Im selben Moment presste sie ihre Beine fest an seinen Körper, sodass er sich nicht entwinden konnte.

»Nein, tut Robby nichts! Bitte nicht!«, stieß Mary in ungläubigem Entsetzen hervor. Sie verstand nicht, warum ihre Freundinnen ihrem Hund ein Leid zufügen wollten, aber sie ahnte, dass sie mit dem festen Vorsatz gekommen waren, Robby etwas anzutun, und fürchtete um sein Leben. Sie sprang vor und wollte sich zwischen Fetter Mond und ihren geliebten Hund zwängen, um ihn vor dem Messer ihrer Freundin zu schützen.

Fetter Mond hatte offenbar damit gerechnet und reagierte blitzschnell, indem sie ihr einen groben Stoß vor die Brust versetzte, der Mary rücklings in den Schnee stürzen ließ. Und bevor sie sich wieder aufrappeln konnte, sauste das Messer zweimal auf ihren Hund herab.

Mary schrie entsetzt auf, als Robby vor Schmerzen aufheulte, sich in der Beinzange von Sonnenregen wand und Blut aus zwei Schnittwunden in den Schnee spritzte. Fetter Mond hatte ihrem Hund die Spitze des linken Ohrs abgeschnitten und ihm eine zweite klaffende Schnittwunde zugefügt, die über dem Nasenrücken bis hoch zu den Augen verlief.

Sonnenregen ließ den Hund los, der sofort davonstürzte und dabei eine feine Blutspur hinter sich ließ. Zehn, zwölf Sprünge von den drei Mädchen entfernt, wälzte er sich dann im Schnee, um seine brennenden Wunden zu kühlen.

»Seid ihr verrückt geworden? Wie könnt ihr so grausam sein? Warum habt ihr das getan? Ich hasse euch!«, schrie Mary außer sich vor Zorn und wollte sich auf die beiden Indianermädchen stürzen, die sie bisher für ihre treuesten Freundinnen gehalten hatte.

Fetter Mond und Sonnenregen hatten ihre liebe Not, sie zu bändigen und daran zu hindern, mit den Fäusten auf sie einzuschlagen.

»Es musste sein!«, rief Fetter Mond ihr begütigend zu. »Wir haben es nur zu seinem und deinem Besten getan, Zwei-Fallende-Stimmen.«

»Aiee!«, bekräftigte Sonnenregen. »Hätten wir das nicht getan, hätte bestimmt Der-mit-den-Wolken-sprach oder einer der Männer der Schamanengruppe deinen Hund für das *Opfer der Weißen Hunde* ausgewählt.«

»Wir haben ihm das Leben gerettet!«, fügte Fetter Mond hastig hinzu. »Denn dein Robby ist makellos gewachsen, so wie es die Vorschriften verlangen, und hat genau das richtige Alter für die Opferzeremonie zu Beginn des Mittwinterfestes.«

Mary, die sich aus dem Griff der Mädchen hatte befreien wollen, gab ihren wütenden Widerstand augenblicklich auf. Ihr von Wut und Rachedurst verzerrtes Gesicht glättete sich.

»Bei dem Fest werden weiße Hunde geopfert?«

Ihre Freundinnen nickten und Fetter Mond erklärte: »Für das Opfer der Weißen Hunde werden jedes Jahr zwei ausgewachsene Jungtiere ausgewählt, die ein makellos weißes Fell und auch sonst keine Mängel aufweisen. Sie werden dem Großen Geist zum Dank für all die Gaben, mit der er sein rotes Volk beschenkt hat, am Ende des Mittwinterfestes geopfert und, beladen mit all unseren Sünden, zu ihm zurückgeschickt.«

»Aiee, zwei Hunde von vollkommener Reinheit, so verlangt es der Bund, den der Große Geist mit seinen Völkern geschlossen hat«, setzte Sonnenregen die Erklärung fort. »Bei ihrem Tod darf kein Knochen gebrochen werden, keine offene Wunde auftreten und nicht ein einziger Tropfen Blut fließen.«

»Ja, aber wie . . .«, setzte Mary zu einer Frage an.

»Deshalb werden sie vom Schamanen stranguliert«, kam Fetter Mond ihr mit der Antwort zuvor, noch bevor sie ihre Frage vollendet hatte.

Mary wurde es ganz flau im Magen und sie schluckte schwer. »Und das . . . das kann meinem Robby nun nicht mehr passieren?« Erst jetzt verstand sie, weshalb die Seneca so viele Hunde in ihrem Dorf tolerierten – und weshalb sie ganz besonders die weißen Hunde so gut behandelten.

»Robby ist nicht länger makellos. Sein linkes Ohr ist verstümmelt und er wird auf seiner Schnauze eine lange Narbe zurückbehalten. Damit ist er für die Opferzeremonie wertlos geworden«, beruhigte sie Fetter Mond. »Du brauchst dir um Robby also keine Sorgen mehr zu machen. Er mag jetzt Schmerzen haben, aber die Schnitte werden rasch heilen. Und er wird niemals mehr in Gefahr geraten, zu Beginn des Mittwinterfestes geopfert und an einer Stange aufgehängt zu werden.«

Mary hatte Tränen in den Augen. Sie schämte sich und wusste nicht, wie sie ihren Freundinnen, die sie vor wenigen Minuten noch einer schändlichen Tat für fähig gehalten hatte, danken sollte.

»Aber warum müssen denn ausgerechnet Hunde geopfert werden?«, wollte sie wissen.

»Weil sie die klügsten und treuesten Gefährten des Menschen sind«, antwortete Sonnenregen. »Nur sie können unsere Sünden auf sich nehmen und sie über den großen Fluss zum Großen Geist ins Land der Seelen tragen.«

»Das Opfer der Weißen Hunde ist sehr wichtig, denn so ist es zwischen dem Großen Geist, von dem alles Leben kommt, und seinem Volk seit Beginn der Zeit ausgemacht«, sagte

Fetter Mond ernst. »Aber wir beide dachten, dass es genug andere Hunde im Dorf gibt und es deshalb nicht unbedingt Robby, den Hund unserer Freundin Zwei-Fallende-Stimmen, treffen muss.«

»Aiee!«, bekräftigte Sonnenregen.

»Ich danke euch. Das werde ich euch nie vergessen«, sagte Mary mit erstickter Stimme und lief dann zu Robby, um ihn an sich zu drücken und zu trösten.

Dreizehntes Kapitel

Obwohl Mary wusste, dass die rituelle Strangulierung der beiden Hunde, auf die die Wahl des Schamanen gefallen war, nicht aus Lust an Grausamkeiten geschah, erschauderte sie doch, als das neuntägige Mittwinterfest mit dem Erstickungstod dieser Tiere begann.

In einer überaus ernsten und feierlichen Zeremonie wurden die Gesichter der toten Opferhunde sowie die Ränder ihrer Ohren und einige andere Körperstellen mit roter Farbe bemalt. Anschließend schmückten der Schamane und seine Männer vom *Falsche-Gesichter*-Medizinbund sie mit verschiedenfarbigen Bändern und einer Fülle schönster Federn.

»Der-mit-den-Wolken-sprach verwendet nur Adlerfedern«, wisperte Fetter Mond Mary zu. »Weil es Federn sind, die schon den Himmel berührt haben!«

So hergerichtet, wurden die toten Hunde an zwei gut zwanzig Fuß lange Stangen gebunden, die für die Dauer des Mittwinterfestes neben der Tür der größten aller Rindenhütten aufragten, in der Ratssitzungen und andere gemeinschaftliche Versammlungen abgehalten wurden.

Als dies getan war, liefen der Schamane und seine Männer, die trotz der eisigen Kälte nur mit einem Lederschurz bekleidet waren, durch das Dorf, schlugen an die Langhäuser und forderten ihre Stammesangehörigen auf sich in der großen

Ratshütte zu versammeln. Bei diesem ersten Rundgang von vielen trug ein jeder von ihnen ein gewöhnliches Paddel, wie es sich in jedem Kanu fand. Sie benutzten das Paddel dazu, um Asche aufzuheben, mit der sie dann die Langhäuser der Reihe nach in jeder Himmelsrichtung bestäubten.

Als Nächstes wurden alle Feuer im Dorf gelöscht. Männer, Frauen und Kinder trugen Asche und verkohlte Holzscheite aus den Langhäusern und reinigten die Feuerstellen. Die Männer der Schamanengemeinschaft zogen indessen von Haus zu Haus, entzündeten mit Feuerstein und Zunderholz in jeder Rindenhütte ein neues Feuer und erbaten unter Gesang sowie dem Klang ihrer Wassertrommeln und rituellen Rasseln aus Schildkrötenpanzern, Bisonhörnern und ausgehöhlten Kürbissen den Segen des Großen Geistes. Dies zog sich über den ganzen ersten Tag hin.

Am zweiten Tag tanzten Der-mit-den-Wolken-sprach und seine Männer, die nun Bärenfelle an ihren Beinen trugen, stundenlang durch das Dorf. Unter einem Arm hielten sie jeder einen Weidenkorb, in dem sie von den Dorfbewohnern Opfergaben sammelten, insbesondere den als heilig geltenden Tabak. In der anderen Hand schwangen sie eine Schildkrötenrassel, die mit trockenen Bohnen gefüllt war. Der lang gestreckte, präparierte Hals des Panzertieres diente, im Innern verstärkt durch ein Stück Holz, dabei als Griff. Die Männer der Medizingemeinschaft strichen mit diesen Rasseln bei ihrem Tanz immer wieder über die Rindenmatten der Langhäuser.

So ging es auch am dritten Tag weiter, während die Dorfgemeinschaft in der Ratshütte das Fest ihrerseits mit stundenlangen Tänzen und Gesängen beging. In dieser Zeit hielten die Sachem lange Sitzungen über nationale Belange und die Vorkommnisse des letzten Jahres ab, wie sie auch darüber berieten, was zukünftig zum Wohl ihres Volkes zu geschehen habe. Zudem gab es fröhliche Spiele und Wettkämpfe.

Die Trommeln, deren hölzerne Hohlkörper unter den straff gespannten Fellen unterschiedlich hoch mit Wasser gefüllt waren und sich daher in ihrem Klang deutlich unterschieden, dröhnten von morgens bis in die tiefe Nacht, begleitet von scheinbar endlosen Gesängen, deren eigenartige Melodien Mary von Tag zu Tag mehr in ihren magischen Bann zogen.

Am vierten Tag des Mittwinterfestes setzten die Männer der *Falsche-Gesichter*-Gemeinschaft ihre grotesken Masken auf, die Namen wie *Der Alte mit der gebrochenen Nase*, *Buckelmann*, *Langnase*, *Lachender Bettler* oder *Grinsender Büffel* trugen und Gestalten aus der indianischen Mythologie darstellten. Sie symbolisierten Geisterkräfte und Elemente, von denen ihr Wohlergehen abhing. Manche der aus Maishülsen und Blättern hergestellten Masken repräsentierten zudem übernatürliche Wesen, die jedoch erdgebunden waren und mit denen die Indianer vor Urzeiten einen Pakt geschlossen hatten.

Verkleidet mit diesen teils Furcht einflößenden, teils erheiternden Masken, führten Der-mit-den-Wolken-sprach und seine Männer ihre Tänze bis zur Erschöpfung fort. Sie reinigten dabei das Dorf und seine Bewohner nach und nach von allen bösen Geistern und nahmen alle Sünden und Verfehlungen, die ihre Stammesangehörigen im Laufe des vergangenen Jahres begangen hatten, auf sich.

Bei diesem Tanz, der von einem kraftvollen und mitreißend rhythmischen Gesang begleitet wurde, dominierten die schweren Schildkrötenrasseln. Jedes Mitglied der Schamanengesellschaft schwang ein solches Instrument, während zwei Vorsänger auf einer Holzbank saßen und mit einem ähnlichen Instrument den Takt vorgaben, indem sie dieses auf das Holz zwischen ihren gespreizten Beinen schlugen. Das Donnern und Rasseln der mit Bohnen gefüllten Schildkrötenpanzer ergab einen eindringlichen hämmernden Klang und Mary hatte mehrmals das Gefühl, nicht mehr weit von einem tranceähnlichen Zustand entfernt zu sein.

Am letzten Tag des Mittwinterfestes holte der Schamane die beiden toten Hunde von den hohen Stangen. Umringt von den Mitgliedern des *Falsche-Gesichter*-Medizinbundes, vereinigte Der-mit-den-Wolken-sprach all die Sünden, die seine Männer während der vergangenen Tage »eingesammelt« hatten, auf sich. Dabei legten gleichzeitig alle anderen Bewohner des Dorfes, die sich zu dieser Zeremonie vollzählig eingefunden hatten, ein öffentliches Schuldbekenntnis über ihr Fehlverhalten und ihre Verletzung von Tabuvorschriften ab, deren sie sich im Verlauf des vergangenen Jahres schuldig gemacht hatten. Danach tanzte der Schamane um die bemalten und üppig geschmückten Tiere herum und ließ dabei all das Schlechte, das er aufgenommen hatte, auf die beiden Opferhunde übergehen.

Anschließend bettete Der-mit-den-Wolken-sprach die Tiere, die nun mit den gesamten Sünden des Stammes beladen waren, auf einen kunstvoll errichteten Scheiterhaufen und setzte diesen in Gegenwart des versammelten Stammes mit einer Fackel in Brand. Zum Dank, dass mit den Opferhunden auch all ihre Sünden verbrannten und reuevoll zum Großen Geist aufstiegen, warfen die Indianer Tabak, Minzkräuter und anderes als Rauchopfer in die prasselnden Flammen.

Den Abschluss des Mittwinterfestes bildete ein großartiges und üppiges Essen, bei dem sich die gesamte Dorfgemeinschaft in der geräumigen Ratshütte zu einem Gericht aus Fleisch, Mais und Bohnen, alles zusammen gekocht in großen Kesseln, einfand und es sich gut gehen ließ.

Nach dem Essen führten die Männer den Kriegstanz auf. Danach kreiste die Friedenspfeife, wobei der Tabak erst auf den Boden, dann in alle vier Himmelsrichtungen und zum Schluss in Richtung Sonne geblasen wurde. Mit dieser Zeremonie endete das neuntägige Fest. Erschöpft, aber wohlgesättigt und glücklich darüber, das neue Jahr von allen Sünden gereinigt beginnen zu können, kehrte nun jeder in das Langhaus seines Klans zurück.

In dieser Nacht lag Mary noch lange wach – mit Robby in ihrer Armbeuge. Und während sie zärtlich über das dichte Fell ihres treuen, vierbeinigen Gefährten strich, dachte sie voller Beklommenheit, wie entsetzlich schnell man doch verlieren konnte, woran das Herz so voller Liebe hing.

Vierzehntes Kapitel

Endlich gab der Winter das Land aus seiner monatelangen, eisigen Tyrannei frei.

»Die Sonne hat die Erde umarmt!«, frohlockte Fetter Mond, als die Sonne an Kraft gewann. »Bald werden wir die Kinder dieser Liebe sehen!«

Mit dem Frühling, der überall junges, zartes Grün hervorzauberte und die beste Zeit für die Fallenjagd auf Biber war, kehrten die Wasservögel in großer Zahl aus dem Süden zurück – und die Seneca in ihr Sommerlager am Shenanjee.

Als Mary mit den anderen im Dorf bei den Feldern eintraf, da ahnte sie nicht, dass sie schon bald das Fort am Zusammenfluss des Monongahela und des Allegheny River wieder sehen würde, das nun Fort Pitt hieß und von den Engländern gehalten wurde, und dass sich dort ein folgenschweres Ereignis zutragen sollte.

Aber noch wies nichts darauf hin, dass ihr Leben schon bald eine entscheidende Veränderung erfahren würde. Im Dorf der Seneca ging alles seinen gewohnten Gang, so wie es die Jahreszeit nun mal verlangte. Und der Frühling war eine besonders arbeitsreiche Zeit. Die Rindenhütten mussten ausgebessert, die Felder für die Aussaat vorbereitet und eine ganze Zahl neuer Kanus gebaut werden. Da wurde jede Hand gebraucht. Denn schon bald nach der Aussaat hieß es zum

Anzapfen der Ahornbäume in die Wälder gehen, um den süßen Sirup zu gewinnen.

In diesen Wochen kurz vor Beginn der Feldarbeiten stand wie jedes Jahr eine Entscheidung an, die für den ganzen Stamm von allergrößter Bedeutung war: die Wahl der *Feldmatrone*. Schon seit Tagen wurde in den einzelnen Großfamilien und Klanhäusern lang und breit darüber geredet, wer wohl die geeignetste Kandidatin für dieses verantwortungsvolle Amt sei.

Auch Mary unterhielt sich mit ihren Freundinnen darüber, während sie beim Flechten neuer Rindenmatten saßen. »Ich bin sicher, dass die Wahl auch dieses Jahr wieder auf Die-mit-der-Schlange-schläft aus dem Reiherklan fällt«, sagte Sonnenregen. »Sie hat ihre Aufgabe in den letzten vier Sommern so gut erfüllt, wie man es nur tun kann.«

Fetter Mond antwortete mit skeptischer Miene: »Aiee, Die-mit-der-Schlange-schläft war all die Jahre eine ausgezeichnete Feldmatrone, deren Weisheit und Weitsicht niemals in Frage standen. Aber ob sie auch dieses Jahr die Mehrheit der Stimmen auf sich vereinigen kann, ist gar nicht so sicher.«

»Und weshalb nicht?«, fragte Sonnenregen.

»Meine rote Schwester weiß doch selbst nur zu gut, wie bitter der Winter unserer langjährigen Feldmatrone zugesetzt hat«, sagte Fetter Mond. »Mit ihrer Hüfte steht es immer noch nicht zum Besten. Auch haben ihre Augen nicht mehr den scharfen Blick, der sich einst mit dem eines Adlers hatte messen können. Die-mit-der-Schlange-schläft ist eine Frau, die schon viele heiße Sommer und kalte Winter gesehen hat. Und nun zeigt sich, dass ihr Körper sich immer öfter weigert ihrem Willen zu folgen.«

»Aiee, das stimmt natürlich«, räumte Sonnenregen ein. »Aber

ihre große Erfahrung gleicht vieles aus. Und wer ist schon in der Lage in die Mokassins einer solchen Feldmatrone zu treten?«

»Mein Vater meint, dass Gesprenkelte Schildkröte, die schon letztes Jahr ihre rechte Hand war, eine gute Feldmatrone abgeben wird und auch gute Chancen hat, dieses Jahr Die-mit-der-Schlange-schläft abzulösen – sofern diese sich überhaupt noch einmal zur Wahl stellt. Er meint, dass sie in Ehren abtreten will und sogar Gesprenkelte Schildkröte als ihre Nachfolgerin empfehlen wird.«

»Könnt ihr mir mal erklären, warum die Wahl dieser Feldmatrone so wichtig ist?«, bat Mary nun um Aufklärung. »Und welche Fähigkeiten muss eine Frau denn besitzen, um für dieses Amt in Betracht zu kommen?«

»Zuerst einmal muss sie im ganzen Dorf wegen ihres einwandfreien, tugendhaften Lebenswandels bekannt und wegen ihrer Weisheit bei allen geschätzt sein«, antwortete Sonnenregen. »Sonst hat sie keine Chance, in der Versammlung aller Frauen und erwachsenen Mädchen mit überwiegender Mehrheit gewählt zu werden.«

»Und sie muss natürlich eine ältere Frau sein, deren Erfahrung über jeden Zweifel erhaben ist. Außerdem sollte sie die Fähigkeit besitzen, Tatkraft mit Rücksicht und Gerechtigkeit gegen alle zu verbinden«, fügte Fetter Mond hinzu. »Denn immerhin trägt sie vom Tag ihrer Wahl an die alleinige Verantwortung für die Bestellung der Felder und für alle anderen Arbeiten, die bis zur Erntezeit anfallen und auf die einzelnen Großfamilien verteilt werden müssen.«

»Dann ist diese Feldmatrone sozusagen der Häuptling aller Feldfrauen?«, fragte Mary.

Fetter Mond und Sonnenregen lachten. Erstere antwortete

belustigt: »Auch der Feld*männer*, denn jeder, der nicht durch andere Aufgaben verhindert ist, hilft selbstverständlich bei der Arbeit auf den Feldern mit, insbesondere die älteren Männer, die nicht mehr auf den Kriegspfad ziehen und auch weder an Jagd- noch an Handelsexpeditionen teilnehmen.«

»Aber vor allem ist die Feldmatrone zuständig für die Arbeitsaufteilung«, ergänzte Sonnenregen. »Das betrifft nicht nur die Feldarbeit, sondern auch das Anzapfen der Ahornbäume, das Sammeln von Nüssen, Wurzeln und Pilzen und die Erdbeerernte zur Zeit des fünften Mondes. Dabei ist es ganz wichtig, dass die Feldmatrone gut einzuschätzen weiß, welche Großfamilie zu welcher Leistung fähig ist und wer für welche Tätigkeit am besten geeignet.«

»Obwohl also nicht jede Großfamilie dieselbe Arbeit leistet, aus welchen Gründen auch immer, bekommt am Schluss jedoch jeder von allem den gleichen Anteil, nicht wahr?«, fragte Mary. »Ist das nicht ungerecht gegenüber denjenigen, die härter als andere arbeiten und auf ihren Feldern mehr erzeugen? Nimmt das den tatkräftigen Männern und Frauen nicht die Lust, so hart zu arbeiten? Ich meine, wenn sie es etwas langsamer angehen lassen, bekommen sie letztlich doch genau denselben Anteil, oder?«

Fetter Mond und Sonnenregen sahen sie irritiert an, als hätte sie Zweifel an der Wiederkehr des täglichen Sonnenaufgangs angemeldet.

»Nein, jeder arbeitet so viel und so gut, wie er eben kann«, antwortete Fetter Mond. »Wer mehr arbeiten kann und mehr erzeugt, erhält dadurch keinen Vorteil, höchstens einen Zuwachs an Achtung, wie auch der bessere Jäger mehr Ehre und Ansehen gewinnt als der, der weniger geschickt ist.«

»Und weshalb sollte jemand, der mehr leisten kann, es nicht tun oder gar wütend auf diejenigen sein, die weniger schaffen können, etwa weil sie zu schwach oder krank sind? Wir gehören doch alle zusammen, Zwei-Fallende-Stimmen«, sagte Sonnenregen. »Und nur wenn wir wie eine große Familie zusammenhalten, können wir alle gut leben. Ein dünnes Reisigholz lässt sich sogar von Kinderhand brechen, doch ein dickes, fest geschnürtes Bund Reisig vermag selbst rohen Männerkräften ohne Schwierigkeiten zu widerstehen.«

Fetter Mond nickte nachdrücklich. »Was nutzt es denn dem Stamm, wenn in einem Langhaus einige Großfamilien auf üppigen Vorräten sitzen, während andere hungern? Die Männer der hungernden Ohwachiras werden dann zu schwach sein, um auf Jagd gehen oder bei einem Angriff gar das Dorf verteidigen zu können. Und die Frauen, die nicht wissen, wie sie ihren Hunger und den ihrer Kleinkinder stillen sollen, bleiben unfruchtbar und verlieren Töchter und Söhne. All das würde den Stamm schwächen, sodass auch die Ohwachiras, denen es scheinbar gut geht, in große Gefahr gerieten.«

Mary musste zugeben, dass diese Art der Verteilung aller Güter große Vorzüge barg und ein bewundernswerter Zug der Indianer war. Wie sie beobachtet hatte, gab es auch sonst kein privates Eigentum bei den Seneca. Alles gehörte der Großfamilie, ja letztlich der ganzen Dorfgemeinschaft. Das traf nicht nur auf Grund und Boden zu, sondern auch auf alles andere. Jeder erhielt, was er benötigte, sofern genug vorhanden war. Einzig Kleinigkeiten wie geschnitzte Löffel mit dem eigenen Totem sowie eigene Trinkbecher waren von dieser Regel ausgenommen. Zwar gehörten zeremonielle Gegenstände wie Masken, Perlen- und Federarbeiten sowie Wampum-Schnüre zu den Gütern einer Ohwachira, doch nicht im Sinne von Besitz, über den die Großfamilie nach Gutdünken verfügen konnte, sondern mehr im Sinne der Verwahrung zum Nutzen der gesamten Gemeinschaft.

Es grenzte schon an ein Wunder, wie Mary fand, dass die Seneca in wahrhaft friedlicher Gütergemeinschaft lebten und nicht den Neid und die Raffgier kannten, die das Zusammenleben in der Welt der Bleichgesichter beherrschten – und oftmals vergifteten. Sie brauchte doch bloß an die Siedler am Marsh Creek zu denken. Sicher, auch unter ihnen gab es aufrichtige Christenmenschen, die bittere Not in ihrem Bezirk mit milden Gaben zu lindern versuchten. Aber wer wäre ernsthaft gewillt gewesen seine gute Ernte und was er sonst noch besaß, mit Nachbarn zu teilen, die wegen Krankheit, Alter oder anderer Widrigkeiten des Lebens mit leeren Scheunen und Vorratskammern in den Winter gingen? Sie wusste keinen. Nicht einmal ihr Vater wäre dazu bereit gewesen, geschweige denn Leute wie die Pattersons.

»Die Bleichgesichter könnten eigentlich viel von den angeblich so wilden und unzivilisierten Indianern lernen«, sagte Mary später zu ihrem Hund, als sie noch einmal über das Gespräch mit ihren Freundinnen nachdachte, und stutzte dann.

Hatte sie gerade wirklich »die Bleichgesichter« gesagt und gedacht, statt von »uns, den Weißen« zu sprechen?

Ja, gehörte sie von ihrem Denken, Fühlen und Leben her denn überhaupt noch zu den Weißen? War sie nicht schon zu sehr in die Haut der Indianerin geschlüpft?

Mary grübelte lange über diese Frage nach, ohne zu einem abschließenden Ergebnis zu kommen. Sie fürchtete weder das eine noch das andere zu sein.

Fünfzehntes Kapitel

Es geschah, wie Fetter Mond vermutet hatte. Die-mit-der-Schlange-schläft bewarb sich nicht noch einmal um das Amt der Feldmatrone und bewies damit erneut ihre große Weisheit, zu der eben auch die Einsicht in die eigenen Beschränkungen gehört. Sie sprach sich in der Versammlung der Frauen und erwachsenen Mädchen für Gesprenkelte Schildkröte als ihre Nachfolgerin aus und die Versammlung folgte ihrem Rat. Gesprenkelte Schildkröte wurde einstimmig zur Matrone gewählt.

Während nun die Maisfelder für die Aussaat vorbereitet wurden, ließ man das kostbare Saatgut einige Tage lang im Wasser aufquellen.

Mary machte in diesem Frühling ihre erste Aussaat mit. Sie lernte mit einer Art Grabelöffel ein kleines Loch auszuheben, jeweils zehn Körner in die Vertiefung zu legen und sie mit Erde zu bedecken. Später würde man die Pflänzlinge, die daraus erwuchsen, in gehörigem Abstand versetzen.

»In guten Jahren bringt uns ein Saatkorn über tausend Körner zur Erntezeit«, erklärte Fetter Mond.

Mary hatte Freude an der Arbeit, die in fröhlicher Gemeinschaft und mit reichlich Erholungspausen zwischendurch ausgeführt wurde. Junge Mütter nahmen ihre Säuglinge, fest auf ein mit Schnitzereien verziertes Tragebrett gewickelt, mit auf die Felder. Sie hängten die Tragegestelle mit den Kindern an die Äste von Bäumen, wo sie sanft vom Frühlingswind geschaukelt wurden. Selten einmal hörte Mary einen der Säuglinge schreien.

Als sie eines Spätnachmittags mit den anderen von den Feldern ins Dorf zurückkehrte, traf dort gerade ein Bote von einer weiter flussaufwärts liegenden Indianersiedlung ein. Er brachte wichtige Nachrichten, die in Windeseile die Runde machten: Die Rotröcke von Fort Pitt, seit Übernahme der Befestigung immer wieder in blutige Scharmützel mit den Indianern verwickelt, waren an einem Waffenstillstand, ja an einem dauerhaften Frieden interessiert und wollten so bald wie möglich einen entsprechenden Vertrag mit den Häuptlingen schließen.

Innerhalb weniger Tage kamen die Sachem der umliegenden Stämme zusammen und diskutierten das Angebot der Engländer. Viele reagierten mit Skepsis und Ablehnung.

»Die Bleichgesichter kennen keinen Frieden und sie halten auch keine Verträge. Sie wollen das Land des roten Mannes und dafür ist ihnen jedes Mittel recht! Mit diesem Vertrag wollen sie nur Zeit gewinnen, um ihre Truppen und Befestigungsanlagen ungestört verstärken und später den Dorn ihres Verrates noch tiefer in unser Herz stoßen zu können!«

Diese und ähnliche Bedenken, genährt aus den bitteren Erfahrungen der Vergangenheit, kamen bei den hitzigen Beratungen immer wieder zur Sprache. Letztlich jedoch setzten sich die Befürworter eines Abkommens mit den Rotröcken von Fort Pitt durch. Sie überzeugten mit dem Argument, dass man das Kriegsbeil ja jederzeit wieder ausgraben könne, wenn sich die rot berockten Soldaten der Dreizehn Feuer nicht an die Abmachungen hielten und sie zu hintergehen versuchten.

Fetter Mond kam zu Mary und Sonnenregen gelaufen, kaum dass ihr Vater von der Zusammenkunft der Sachem nach Shenanjee zurückgekehrt war und sie erfahren hatte, zu welchem Entschluss die Friedenshäuptlinge gekommen waren.

»Es wird einen Waffenstillstand geben! Er soll in Fort Pitt mit einer großen Zeremonie zwischen den Häuptlingen der Bleichgesichter und unseren Sachem begangen werden! Es wird ein Fest und viele Geschenke geben«, teilte sie ihnen aufgeregt mit. »Und jeder, der möchte, kann daran teilnehmen! Alle Stämme werden sich zu dieser Zeremonie bei Fort Pitt einfinden!«

Die Begeisterung sprang nicht nur auf Sonnenregen und Mary über, die sofort an Patrick dachte und hoffte dort vielleicht auf ein Lebenszeichen von ihm zu stoßen, sondern auch auf alle anderen im Dorf. Kleine Wolke und Singendes Wasser machten da keine Ausnahme. Die Vorstellung, dass sich alle Stämme der Umgebung versammeln und es ein großartiges, noch nie da gewesenes Fest mit allerlei Tänzen, Spielen und Wettkämpfen sowie Geschenken von den Bleichgesichtern geben würde, versetzte sie in dieselbe freudige Erregung wie alle anderen. Und falls sie wegen ihrer Adoptivschwester Bedenken hatten, so behielten sie diese für sich. Jedenfalls machten sie nicht den geringsten Versuch, sie von der Teilnahme an diesem Ereignis abhalten zu wollen.

Fünf Tage später machte sich eine regelrechte Kanuflotte auf den Weg nach Fort Pitt. Im Dorf blieb die kleine Schar derjenigen zurück, die aus unterschiedlichen Gründen an dem Treffen der benachbarten Stämme im Schatten der Garnisonspalisaden nicht teilnehmen wollten oder konnten.

Die Seneca von Shenanjee waren nicht die Ersten, die ihre Unterkünfte an den Ufern des Monogahela und Allegheny River aufstellten. Bei ihrer Ankunft an der Mündung der beiden Flüsse fanden sie schon ein beachtliches Zeltlager vor, das sich über die Hügel und Wiesenflächen ausbreitete. Die Delawaren hatten ebenso wie die Shawanee starke Abordnungen geschickt.

Am ersten Abend erklomm Mary mit ihren Freundinnen eine Felsenkuppe, von der aus man einen wunderbaren Ausblick auf das Zeltlager, das Fort und die Flüsse hatte. Ihnen bot sich im Abendlicht ein faszinierendes Bild. Keiner von ihnen hatte jemals solch ein Meer von Tipis gesehen. Ein breiter Gürtel aus Indianerzelten umschloss Fort Pitt mit einem Abstand von einer knappen halben Meile vom Ufer des Monongahela River im Süden bis an das Ufer des Allegheny River im Norden.

»Wenn wir wollten, könnten wir die Rotröcke einfach hinwegfegen wie Asche im Wind!«, rief Sonnenregen und machte eine Handbewegung, als wollte sie Fort Pitt von der Landspitze wischen und in die Fluten des Ohio schleudern. »Gemeinsam mit den Shawanee und Delawaren könnten unsere Krieger das Fort im Handstreich nehmen und dem Erdboden gleichmachen!«

»Vielleicht, vielleicht aber auch nicht«, sagte Fetter Mond zurückhaltend. »Die Rotröcke sind schwer bewaffnet, wie mein Vater berichtet hat. Und siehst du die Geschütze, Sonnenregen? Sie sind auf unsere Zelte gerichtet. Jeder Angriff, auch wenn er mit dem Sieg unserer Krieger enden würde, hätte auf beiden Seiten ein schreckliches Blutbad zur Folge.«

Sonnenregen verzog das Gesicht. »Ich weiß, es wird keinen Angriff geben. Wir sind ja hier, um mit den Bleichgesichtern Frieden zu schließen«, sagte sie spöttisch. »Nur wird der bestimmt nicht lange währen.«

»Das wird sich zeigen«, erwiderte Fetter Mond gelassen. »Und jetzt lasst uns zu unseren Wigwams zurückkehren, bevor uns die Dunkelheit überrascht.«

Bis zur feierlichen Zeremonie, die auf halbem Weg zwischen dem Fort und dem Zeltlager stattfinden sollte, waren es noch drei Tage hin. Denn noch immer waren nicht alle Abordnungen eingetroffen. Und so vertrieben sich die Indianer die Zeit mit allerlei Spielen und Wettkämpfen.

Kleine Wolke und Singendes Wasser hielten in diesen Tagen ein wachsames Auge auf Mary, ohne ihr jedoch irgendwelche Vorschriften zu machen. Und da sie sehr damit beschäftigt waren, alte Freundschaften aufzufrischen, besonders mit einigen Delawaren, konnte sich Mary nach Erledigung ihrer Pflichten doch recht frei bewegen.

Am Tag bevor das Abkommen unter freiem Himmel mit dem Rauch der Friedenspfeife besiegelt werden sollte, führte ein Streifzug Mary und ihre beiden Freundinnen vor das Tor des Forts. Ein Flügel stand offen und wurde bewacht von zwei Soldaten, die jedoch die Indianer nicht am Kommen und Gehen hinderten. Mary erschien es, als achteten sie nur darauf, dass sich nicht zu viele Indianer zur selben Zeit im Innern der Garnison, die gleichzeitig ja auch als Handelsposten diente, aufhielten. Denn manchmal mussten einige draußen warten, bis eine andere Gruppe herauskam.

»Wie es wohl darin aussehen und zugehen mag?«, fragte sich Fetter Mond laut.

»Warum finden wir es nicht heraus? Lasst uns hineingehen!«, schlug Sonnenregen spontan vor. »Ich bin noch nie in einem befestigten Lager der Bleichgesichter gewesen.«

Fetter Mond nahm den Vorschlag begeistert auf und Mary nickte nur, weil sie fürchtete, ihre Stimme könnte ihre innere Erregung verraten. Und so gingen sie zielstrebig auf das Tor zu. Die Wachen warfen ihnen nur einen flüchtigen Blick zu und ließen sie ungehindert passieren.

Mit klopfendem Herzen folgte Mary ihren Freundinnen in das Innere des Forts, in dem ein lebhaftes Treiben herrschte. Während oben auf den Palisaden Soldaten Wache hielten, hatten Händler unten im Hof zwischen den einzelnen Blockhäusern Tische mit Stoffballen, Werkzeugen und anderen nützlichen Dingen, aber auch mit allerlei billigem Tand aufgebaut. Diese Waren versuchten sie den Indianern gegen Felle aufzuschwatzen.

Seit Mary Fort Pitt wieder zu Gesicht bekommen hatte und am Ufer des Allegheny aus dem Kanu gestiegen war, quälte ihre Erinnerung sie mit immer stärkerer Macht. Viele Bilder, die schon sehr an Schärfe verloren hatten, stellten sich plötzlich wieder mit verstörender Klarheit ein. Der Überfall, die Verschleppung, die Qualen des Marsches durch die Wildnis, der Tod ihrer Eltern, Bärentöter, Stumme Zunge und Schwarzer Mond beim nächtlichen Abkratzen der frischen Skalpe – all das wurde wieder lebendig in ihr. Und es kostete sie große Mühe, diesen gewaltigen Tumult, der in ihr brodelte, vor allen anderen verborgen zu halten.

War wirklich schon ein ganzes Jahr vergangen, seit Bärentöter Patrick und sie zur kritischen Begutachtung durch Kleine Wolke und Singendes Wasser aus diesem Fort zum Fluss hinuntergeführt hatte? Wie war es nur gekommen, dass sie in all der Zeit noch immer keinen brauchbaren Fluchtplan zu Stande gebracht hatte? Warum hatte sie ihr Vorhaben, ihre Freiheit wiederzugewinnen, nicht mit mehr Entschlossenheit verfolgt? Hatte sie vergessen, was sie sich einst hoch und heilig geschworen hatte?

Nein, direkt vergessen hatte sie ihren Schwur nicht. Aber die Warmherzigkeit und Güte, mit der Singendes Wasser und Kleine Wolke sich ihrer angenommen hatten, erwiderte sie längst mit derselben großen Zuneigung. Ihre indianischen Adoptivschwestern waren ihr richtig ans Herz gewachsen und manchmal vergaß sie sogar, dass sie einst ein anderes Leben geführt und andere Geschwister gehabt hatte.

Fast andächtig lauschte Mary den Stimmen um sie herum, die in ihrer Muttersprache miteinander redeten. Zu ihrer Verwunderung stellte sie fest, dass in der Garnison auch Frauen lebten. Nach kurzer Überlegung kam sie zu dem Schluss, dass es sich dabei nur um die Frauen und Töchter der höher gestellten Offiziere sowie der Kaufleute handeln konnte. Ja, schon ihre aufwendigen und sicher sündhaft teuren Kleider verrieten, dass sie nicht mit gemeinen Soldaten verheiratet waren, die bestimmt nicht genug Sold verdienten, um eine derartige Garderobe bezahlen zu können, und wohl auch nicht das Privileg genossen, ihre Ehefrauen in einer solch vorgeschobenen Garnison unterbringen zu können.

Als Mary mit ihren Freundinnen um die Ecke eines lang gestreckten, klobigen Blockhauses bog, das gleich neben dem aus Feldsteinen gemauerten Außenbackofen der Garnison stand, gingen gerade drei Frauen die Bretterstufen hoch. Sie befanden sich in Begleitung eines hoch gewachsenen Mannes in Uniform, dessen goldene Epauletten ihn als Offizier auswiesen.

Die ältere Frau, die ganz außen die Stufen hochschritt und in ein angeregtes Gespräch mit der jungen Frau an ihrer Seite vertieft war, bemerkte nicht, dass das handlange Endstück des Trittbrettes, das über den dicken Querbalken hinausragte, schon angebrochen war. Als sie nun ihren linken Fuß, der in einem knöchelhohen Schnürstiefel steckte, ahnungslos auf dieses Endstück setzte, da brach das Brett gänzlich entzwei. Die Frau verlor das Gleichgewicht und stürzte nach links von der Treppe.

Mary hörte neben sich das Bersten des Holzes und den Schrei, sah die Frau fallen und reagierte geistesgegenwärtig, indem sie zu ihr sprang, sie unter die Arme fasste und sie auffing.

Augenblicklich waren der Offizier und die beiden anderen Frauen bei ihnen. Der Offizier stieß Mary grob zurück und sagte zu der älteren Frau: »Ich hoffe, das Mädchen hat Ihnen nicht das Kleid ruiniert, Mrs. Wilberforce. Diese Squaws sind bekannt dafür, dass sie sich die Haare mit Bärenfett einreiben. Und diese Schmiere bleibt ihnen auch an den Händen kleben!«

»Ach, das sollte wohl meine geringste Sorge sein, Lieutenant Cooper«, antwortete die Frau, die beinahe rücklings von der Treppe gestürzt wäre, ein wenig atemlos vor Schreck. »Sicher ist, dass ich schwer gestürzt wäre, wenn dieses Indianermädchen nicht so bewundernswert schnell reagiert und mich aufgefangen hätte. Und dafür bin ich der Kleinen wirklich dankbar.«

»Nun ja«, brummte Lieutenant Cooper.

Mrs. Wilberforce öffnete ihren kunstvoll bestickten Beutel, der ihr vom linken Arm hing, und entnahm einer hübschen Geldbörse eine Münze – ein Sixpence. Sie hielt Mary das Geldstück hin und sagte betont langsam und deutlich, als bezweifelte sie, andernfalls nicht verstanden zu werden: »Das ist für dich und deine gute Tat, mein Kind!«

»Danke, Ma'am, sehr großzügig von Ihnen, aber ich möchte dafür kein Geld annehmen«, antwortete Mary in fließendem Englisch irischer Tonart. »Ich habe Ihnen gern geholfen, Ma'am!«

Die Verblüffung, die diese Antwort bei ihr und ihren Begleitern auslöste, hätte kaum größer sein können. Niemand hatte ihr bisher einen wirklich interessierten, aufmerksamen Blick gegönnt. Nun aber richteten sich die Augen des Offiziers und der drei Frauen mit ungläubig prüfendem Blick auf sie.

»Die Kleine ist ja gar keine Indianerin!«, stieß Mrs. Wilberforce hervor und schüttelte verständnislos den Kopf. »Sehen Sie doch bloß diese herrlich rotblonden Haare! Und wie blau ihre Augen sind! Sie ist eine Weiße!«

»In der Tat!«, bestätigte Lieutenant Cooper.

»Wie heißt du?«, fragte Mrs. Wilberforce mit großem Interesse.

»Mary Jemison.«

»Und woher kommst du, mein Kind?«

»Von Marsh Creek, an der westlichen Siedlungsgrenze von Pennsylvania, Ma'am«, antwortete Mary höflich, während ihre Freundinnen mit zunehmend verstörten Gesichtern neben ihr standen und rätselten, was hier vor sich ging.

»Und wie bist du bloß, um alles in der Welt, unter die Wilden geraten, Mary Jemison?«

»Unsere Farm wurde überfallen, Ma'am, und wir wurden verschleppt. Zwei Schwestern vom Stamm der Seneca haben mich vor einem Jahr adoptiert und seitdem lebe ich in ihrem Dorf am Shenanjee«, gab Mary bereitwillig Auskunft und plötzlich schien ihr die Freiheit, von der sie so oft geträumt hatte, zum Greifen nah zu sein. Ja, eigentlich hatte sie ihre Freiheit in dem Moment, da sie das Fort betreten hatte, wiedergewonnen. Denn wer vermochte sie jetzt noch zu zwingen in das Zeltlager zurückzukehren? Sie war frei! Ja, endlich frei!

»Mein Gott, das ist ja unglaublich! Haben Sie das gehört, Lieutenant? Dieses arme Kind lebt schon ein Jahr als Gefangene bei den Indianern!«, entrüstete sich Mrs. Wilberforce.

»Nun, gar so selten, wie Sie meinen mögen, ist so etwas nicht, Mrs. Wilberforce«, entgegnete der Offizier zurückhaltend. »Es hat schon immer weiße Männer und Frauen gegeben, die es vorzogen, mit den Wilden zu leben. Fragen Sie mich nicht, warum jemand freiwillig so etwas Unbegreifliches tut, aber so liegen die Dinge nun mal.«

Gerade wollte Mary den Offizier darauf hinweisen, dass sie das Leben bei den Seneca nicht aus freien Stücken gewählt hatte, als sie hinter sich die Stimmen ihrer Adoptivschwestern hörte und erschrocken zusammenfuhr.

»Du kehrst jetzt besser mit uns ins Lager zurück, meine junge Schwester«, sagte Singendes Wasser ruhig, aber mit deutlichem Nachdruck.

»Lass uns gehen, Zwei-Fallende-Stimmen!«, forderte auch

Kleine Wolke sie auf. »Dies ist nicht der rechte Ort – weder für dich noch für uns.«

Singendes Wasser fasste sie am Arm. »Du bist unsere geliebte Schwester und gehörst zu uns. Und nun lass uns gehen, bevor noch ein Unglück geschieht.«

Mary ging durch ein Wechselbad der Gefühle. Sie brauchte sich bloß aus dem Griff ihrer indianischen Adoptivschwester zu befreien und sich hinter den Offizier zu stellen, dann war sie gerettet. Doch sie tat es nicht, wie sie auch nicht lauthals protestierte. Wie unter einem inneren Zwang drehte sie sich um und folgte Singendes Wasser und Kleine Wolke, die sie in ihre Mitte genommen hatten.

»Was reden die beiden Squaws da mit ihr?«, fragte Mrs. Wilberforce.

Der Offizier zuckte gleichgültig die Achseln. »Ich habe nicht den Schimmer einer Ahnung, Mrs. Wilberforce. Dieses primitive Kauderwelsch beherrschen nur wenige Weiße.«

»Ja, um Gottes willen, wollen Sie denn gar nichts unternehmen, Lieutenant?«, hörte Mary noch Mrs. Wilberforce mit einer Mischung aus Empörung und Verständnislosigkeit fragen. »Tun Sie doch etwas! Sehen Sie denn nicht, dass die Indianerfrauen das arme Kind aus dem Fort führen?«

»Sie wird schon ihre guten Gründe haben, warum sie mit den Squaws geht. Außerdem habe ich meine Anweisungen. Und Captain Warren würde es kaum begrüßen, wenn ich jetzt einschritte und es dadurch zu einem gewaltsamen Konflikt mit den Rothäuten käme, so kurz vor dem Abschluss des Friedensvertrages.«

»Dann bestehe ich aber darauf, dass Sie ihn sofort aufsuchen und ihn dazu drängen, dass er ...« Den Rest bekam Mary nicht mehr mit, weil sie inzwischen schon außer Hörweite waren.

Als sie schweigend das Tor der Garnison passierten und nun eiligen Schrittes dem Zeltlager zustrebten, hatte Mary einen dicken, würgenden Kloß im Hals. Ihr war unsäglich elend zu Mute und sie fühlte sich schuldig. Was hatte sie bloß daran gehindert, an der Freiheit festzuhalten, die doch schon in ihren Händen gelegen hatte?

Warum gehorchte sie Kleine Wolke und Singendes Wasser, als wären sie tatsächlich ihre älteren Schwestern, die sie nicht enttäuschen wollte und auf deren Wort sie deshalb ohne Widerspruch hörte?

Sie brauchte sich bloß umzudrehen und zum Fort zurückzukehren. Niemand würde es wagen, sie so nahe bei den Soldaten, die vor dem Tor Wache hielten, daran zu hindern.

Aber sie tat es nicht.

Sechzehntes Kapitel

»Wir kehren nach Shenanjee zurück!«, teilte Singendes Wasser Mary mit, kaum dass sie sich im Gewimmel des Zeltlagers befanden. »Und wir brechen unverzüglich auf.«

»Aber warum?«, wollte Mary wissen, ohne jedoch allzu viel Aufbegehren in ihre Stimme zu legen.

»Meine teure junge Schwester weiß, warum wir das Lager so schnell wie möglich verlassen müssen«, antwortete Kleine Wolke mit sorgenvoller Miene. »Die Rotröcke im Fort werden nach ihr suchen. Und wenn sie Zwei-Fallende-Stimmen in unserem Lager finden, werden sie uns unsere Schwester wegnehmen.«

Singendes Wasser nickte ernst. »Und das können wir nicht zulassen. Unsere Schwester mag die helle Haut der Bleichgesichter haben und deren Sprache sprechen, aber sie ist nicht länger eine von ihnen. Zwei-Fallende-Stimmen ist eine Seneca und unsere geliebte Schwester. Ist es nicht so?«

Die beiden Frauen sahen sie erwartungsvoll an.

»Aiee, so ist es«, antwortete Mary schweren Herzens, ohne dabei jedoch das Gefühl der Lüge zu haben. Was hätte sie auch sonst sagen sollen?

In großer Eile packten sie nun Decken, Kochutensilien und Proviant zusammen. Fetter Mond und Sonnenregen halfen, ohne den Vorfall im Fort auch nur mit einem Wort zu erwähnen. Im Handumdrehen war das Kanu beladen.

»In zwei Tagen sind auch wir wieder im Dorf zurück!«, rief Fetter Mond ihr tröstend zu, als Mary ins Boot stieg und zu ihrem Paddel griff.

Mary winkte ihren Freundinnen noch einmal zu und fiel dann in den Paddelrhythmus von Singendes Wasser und Kleine Wolke ein, die das schlanke Kanu mit ebenso kräftigem wie zügigem Schlag flussabwärts trieben. Sie konnten gar nicht schnell genug hinter die nächste Flussbiegung und damit außer Sichtweite von Fort Pitt kommen.

Auf der Fahrt zurück nach Shenanjee wurde nicht viel gesprochen. Gedankenvolles Schweigen begleitete ihre Paddelschläge, die nach den ersten hastigen Meilen zu jenem gleichmäßig fließenden Rhythmus zurückkehrten, den die Irokesen, scheinbar ohne zu ermüden, von Sonnenaufgang bis Sonnenuntergang durchzuhalten vermochten.

Mary machte ihren Adoptivschwestern nicht einmal in Gedanken einen Vorwurf und sie empfand auch keine Bitterkeit über das, was geschehen war. Was sie erfüllte, war ein Gefühl der Melancholie, ja der stillen Trauer. Ihr war, als müsste sie von etwas Abschied nehmen, das ihr immer noch lieb und teuer war, aber in Zukunft unerreichbar sein würde.

Als sie bei Einbruch der Dämmerung die Mündung des Shenanjee erreichten, ihr Kanu an Land zogen und zum Dorf hinaufgingen, konnte sich Mary des Gefühls nicht erwehren, nach Hause zurückgekommen zu sein. Alles war vertraut und . . . ja, heimisch. Besonders als Robby ihr mit freudigem Schwanzwedeln entgegengelaufen kam, ausgelassen um sie herumsprang und ihr als Zeichen seiner großen Freude das halbe Gesicht ableckte.

Von den Leuten im Dorf fragte niemand danach, warum sie schon so früh von Fort Pitt zurückgekommen waren. Es galt als selbstverständlich, dass ein jeder ganz nach eigenem Gutdünken kam und ging.

Die Kanuflotte kehrte zweieinhalb Tage später zurück. Der Kommandant der Garnison hatte am Tag, als er mit den Häuptlingen der versammelten Stämme die Friedenspfeife rauchte, Geschenke unter den Indianern verteilen lassen: bunte Bänder und Glasperlen, Kämme, Decken, Spiegel und gusseiserne Töpfe für die Frauen sowie Jagdmesser und Äxte für die Männer. Den Sachem hatte der Kommandant persönlich Flinten als Gastgeschenk überreicht, deren Kolben mit Schnitzereien reich verziert waren.

»Aber nichts davon ist von guter Qualität, schon gar nicht die Flinten. Die taugen nur für die Jagd auf Vögel mit grobem Schrot«, meinte Fetter Mond spöttisch, die sich gut gemerkt hatte, was ihr Vater nach der Vereinbarung mit den englischen Bleichgesichtern in ihrem Wigwam zu einem anderen Sachem gesagt hatte, nämlich: »Diese Vogelflinten brauchen die Bleichgesichter bestimmt nicht zu fürchten, wenn sie wieder einmal ihr Wort brechen und Krieg gegen uns führen. Und das werden sie, mein roter Bruder, früher oder später, denn ihre Gier nach unserem Land ist unersättlich.«

Mit der heimkehrenden Kanuflotte trafen auch zwei stattliche junge Krieger ein, die aus einem fremden Senecadorf kamen. Es nannte sich Genishau und lag viele hundert Meilen weit im Norden an einem Fluss, der den Namen Genesee trug.

Wie überrascht war Mary, als sie erfuhr, dass Sonne-hinter-

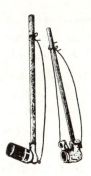

den-Bergen und Nachtauge, so hießen die beiden fremden Männer, Brüder ihrer Adoptivschwestern waren. Brüder jedoch nur im indianischen Verständnis von Blutsverwandtschaft, nach dem auch die Kinder von zwei Schwestern als Geschwister galten. Während in der Welt der Bleichgesichter Kinder zur Schwester oder Schwägerin der eigenen Mutter »Tante« sagten, galt diese für Irokesenkinder ebenfalls als Mutter.

Überhaupt nahm die Mutter bei den Irokesen die wichtigste und höchste Position im Verwandtschafts- und Gemeinschaftsgefüge ein. Den Mythen nach entstammten alle Indianer einer gemeinsamen Ahnfrau, von der sich die Ahnfrauen aller Klane und Großfamilien ableiteten. Jedes Kind, ob Junge oder Mädchen, gehörte sein Leben lang zur Ohwachira seiner Mutter. Auch nach der Heirat verblieb man in der mütterlichen Ohwachira. Niemand verlor jemals seine Zugehörigkeit zur mütterlichen Familie. Deshalb gab es auch keine Möglichkeit, sich durch eine berechnende Eheschließung gesellschaftlich zu verbessern, indem man etwa in eine höher stehende Familie einheiratete, wie das in den Kolonien und europäischen Ländern allgemein üblich war.

Auch das Problem unehelicher Geburt und die damit verbundenen Schwierigkeiten mit der verwandtschaftlichen Zuordnung des Kindes waren den Irokesen unbekannt. Jedes Neugeborene wurde als gleichberechtigtes Familienmitglied der mütterlichen Ohwachira anerkannt. Weder das Wort »Bastard« noch eine sinngleiche Bedeutung fand sich in der Sprache und damit im Verständnis der Irokesen. Was den Vater eines Neugeborenen betraf, so galt er im verwandtschaftlichen Sinne als ein Fremder. Seine Rechte und seine Verfügungsgewalt über das Kind waren sehr eingeschränkt, denn die lagen zu einem großen Teil bei den Brüdern der Mutter.

Wann immer Mary über die starke Rolle nachdachte, die Frauen bei den Irokesen in fast jeder Beziehung zukam, schwankte sie zwischen Bewunderung und Staunen, dass so etwas möglich war, nämlich eine Gesellschaft, in der das versöhnende, sanftmütige und Lebens spendende Element des Weiblichen fast alle Bereiche des Lebens prägte.

Nun machte Mary also die Bekanntschaft ihrer Brüder, die von den Mitgliedern des Biberklans von Shenanjee ganz selbstverständlich als Verwandte betrachtet und in dem Langhaus aufgenommen wurden.

Sonne-hinter-den-Bergen und Nachtauge hatten ihre Schwestern Singendes Wasser und Kleine Wolke schon seit mehreren Jahren nicht mehr gesehen. Damals waren die Schwestern mit ihrem Bruder Rollender Donner und einigen anderen aus dem heimatlichen Dorf ins Ohio-Tal gezogen. Eine Jagdexpedition hatte die Brüder nun so weit in den Süden geführt. Und als sie in einem Dorf am Oberlauf des Allegheny River von der Versammlung aller Stämme des Ohio-Tals bei Fort Pitt erfahren hatten, waren auch sie mit diesem Ziel aufgebrochen, voller Hoffnung, ihre Schwestern dort wieder zu sehen. Am Tag ihres Eintreffens hatten Kleine Wolke und Singendes Wasser das große Zeltlager mit ihrer Adoptivschwester jedoch schon wieder verlassen.

Die Botschaft vom Tod ihres Bruders Rollender Donner und der Adoption eines verschleppten Bleichgesichts namens Zwei-Fallende-Stimmen war schon zu ihnen ins Dorf am Genesee River gedrungen. Nachrichten dieser Art reisten so schnell wie der Wind durch das Land der Irokesen. Ein System von Pfaden, die dem Auge der Weißen meist verborgen blieben, durchzog das waldreiche Land der sechs Irokesennationen wie ein feines Netz aus Spinnweben. Spezielle Läufer, die bei wichtigen Anlässen Kontakt zwischen den Dörfern der Seneca sowie den Siedlungen der anderen Stämme des Bundes hielten, vermochten bis zu hundert Meilen pro Tag zurückzulegen.

Sonne-hinter-den-Bergen und Nachtauge begrüßten ihre neue Schwester Zwei-Fallende-Stimmen mit großem Wohlwollen. Auch sie akzeptierten sie ohne jeden Vorbehalt als eine Seneca, die nun zu ihrer Ohwachira im Biberklan gehörte. Deshalb versuchten sie auch nicht, die schlechten Nachrichten, die sie von Fort Pitt mitbrachten, vor Mary geheim zu halten.

»Der bärtige Häuptling von Fort Pitt hat im Lager unserer roten Brüder mehrfach nach einem weißen Mädchen suchen lassen«, berichtete Sonne-hinter-den-Bergen, der den muskulösen und geschmeidigen Körper eines Berglöwen besaß. »Ein Mädchen, das angeblich gegen seinen Willen von unserem

Volk festgehalten wird. Und wie mein Bruder Nachtauge, dessen Gehör so wenig entgeht wie seinen scharfen Augen, im Laden des Pelzhändlers von Fort Pitt erfahren hat, will der Häuptling der Rotröcke schon bald in den Dörfern entlang dem Ohio nach diesem Mädchen suchen lassen.«

Singendes Wasser und Kleine Wolke tauschten bestürzte Blicke, während Mary nicht wusste, ob sie Hoffnung schöpfen oder ebenfalls besorgt sein sollte.

Nachtauge, der offensichtlich kein Mann vieler Worte war, nickte und fügte knapp hinzu: »Sie werden kommen – und es wird Blut fließen!«

»Niemals!«, stieß Singendes Wasser hervor. »Sie dürfen Zwei-Fallende-Stimmen nicht finden!«

»Dann bleibt meinen Schwestern nur eines zu tun übrig«, ergriff Sonne-hinter-den-Bergen wieder das Wort. »Ihr müsst mit uns nach Genishau zurückkehren, so weit und gefährlich die Reise dorthin auch ist.«

»Aiee, so sei es!«, riefen Kleine Wolke und Singendes Wasser wie aus einem Mund.

Singendes Wasser wandte sich nun Mary zu und sah sie mit leuchtenden Augen an. »Wir werden tun, was unser Bruder Sonne-hinter-den-Bergen vorgeschlagen hat. Wir kehren mit ihnen in unsere Heimat zurück, nach *Sehgahunda,* dem Land der drei Fallenden Wasser. Dort wird es unserer geliebten Schwester Zwei-Fallende-Stimmen bestimmt noch besser gefallen als hier!«

Mary sank das Herz bei dem Gedanken, Shenanjee verlassen und an einen neuen, fernen Ort ziehen zu müssen. Doch da die Entscheidung längst gefallen war, wie sie wusste, und sie nichts daran ändern konnte, behielt sie ihre Gefühle für sich. Sie nickte mit einem tapferen Lächeln. »Wenn das der Wunsch meiner Schwestern und Brüder ist, werde ich mit ihnen in dieses Land der Fallenden Wasser gehen«, sagte sie. »Wird es eine lange Reise sein?«

»Zwei, drei Monde«, antwortete Nachtauge knapp.

»Sofern wir gut vorankommen, Glück bei der Jagd haben und uns keine Zwischenfälle aufhalten«, schränkte Sonne-hinter-den-Bergen ein.

Mary hätte beinahe gequält aufgestöhnt. Sie würden drei Monate, vielleicht sogar länger unterwegs sein! Und sie brauchte keine hellseherischen Fähigkeiten zu besitzen, um schon jetzt zu wissen, dass ihr eine Reise voller Strapazen und Gefahren bevorstand.

Womit hatte sie das nur verdient?

Siebzehntes Kapitel

Nachtauge und Sonne-hinter-den-Bergen wollten erst nicht zulassen, dass Mary ihren Hund mit auf die lange Reise nahm. Dafür sei im Kanu nicht genug Platz. Jede Ecke Stauraum müsse ihrem Proviant vorbehalten bleiben.

In dieser Angelegenheit blieb Mary jedoch hart. »Wenn Robby nicht mitkann, komme ich auch nicht mit!«, drohte sie trotzig. »Der Hund gehört zu mir und er kommt mit. Er ist mein Freund. Es ist schon schlimm genug, dass ich all meine Freundinnen verliere!«

Mary setzte ihren Kopf durch.

Schon zwei Tage nach der Ankunft von Sonne-hinter-den-Bergen und Nachtauge brachen sie zu ihrer langen Reise nach Norden auf. Fast das ganze Dorf versammelte sich am Ufer, um von ihnen Abschied zu nehmen.

Sonnenregen schenkte Mary ein perlenbesticktes Gürtelband. »Es soll dich immer daran erinnern, dass du in Shenanjee eine Freundin hast, die dich nie vergessen wird.«

Fetter Mond überraschte sie mit einer *Gä-no-sä*, einer handtellerkleinen Brustplatte, die aus der Schale einer großen Conch-Muschel gearbeitet und mit Perlen verziert war. Die schillernde Scheibe hing an zwei fingerbreiten Halsbändern. »Trage diesen Schmuck so nahe wie möglich am Herzen. Dann wirst du spüren, dass wir dich immer in unseren Herzen bewahren, Zwei-Fallende-Stimmen.«

Mary konnte die Tränen nicht zurückhalten, als sie Abschied von ihren Freundinnen nahm und nach einem letzten Lebewohl in das große Rindenkanu stieg.

In ihrer Brust tobte ein scharfer Schmerz, als das Ufer rasch hinter ihnen zurückfiel und mit ihnen die Menschen, die ihr im Laufe des vergangenen Jahres so sehr ans Herz gewachsen waren. Nur die Nähe ihres Hundes, der sich an ihr Bein schmiegte und die Schnauze auf den Kanurand legte, gab ihr ein wenig Trost.

Ihr war, als würde sie zum zweiten Mal in ihrem Leben aus ihrer vertrauten Umgebung und Familie herausgerissen und verschleppt. Der Umstand, dass sie den Gedanken an Flucht nie aufgegeben hatte, änderte daran nichts. Denn das Leben in Shenanjee hätte sie freiwillig nur für ihre Freiheit eingetauscht, nicht jedoch für eine ungewisse, lange Reise zu einem Ort, von dem sie nichts wusste und wo sie wieder ganz von vorn anfangen musste. Das erfüllte sie mit Bitterkeit und insgeheim machte sie es Singendes Wasser und Kleine Wolke zum Vorwurf, sosehr sie sonst auch an ihnen hing. Nein, das hätten sie ihr nicht antun dürfen!

Mary hatte viel Zeit, um mit ihrem Schicksal zu hadern, denn sie kamen nur langsam voran. Die wenigsten Flüsse, auf denen sie das Kanu auf ihrem Weg nach Norden als schnelles Fortbewegungsmittel benutzen konnten, waren miteinander verbunden. Zudem gab es immer wieder Stellen, die nicht passierbar waren. Und so mussten sie häufig das große Kanu sowie ihren Proviant meilenweit über Land tragen.

Aber das waren noch die geringsten Schwierigkeiten, die

sie zu überwinden hatten. Die Gefahr, von feindlichen Indianern oder skrupellosen weißen Skalpjägern überfallen zu werden, wog viel schwerer. Sogar mit den Irokesen verbündete Indianer konnten sie in große Bedrängnis bringen.

Letzteres geschah, als sie mehrere Wochen nach ihrem Aufbruch zu einem kleinen Fluss kamen, in den der Sandusky Lake abfloss. Nachtauge, der wegen seines scharfen Späherblicks stets im Bug des Kanus saß, stieß plötzlich einen gedämpften, jedoch scharfen Warnlaut aus, deutete mit einer knappen Bewegung auf ein Gestrüpp links am Ufer und griff zu seinem Gewehr. Auch Sonne-hinter-den-Bergen tauschte augenblicklich das Paddel gegen sein Gewehr aus.

»Was ist?«, raunte Mary erschrocken, während Singendes Wasser und Kleine Wolke still verharrten und das Kanu langsam ausglitt.

»Dort beim überhängenden Busch treibt ein totes Bleichgesicht im flachen Uferwasser!«, teilte Sonne-hinter-den-Bergen ihr leise mit. »Skalpiert.«

Mary musste sich schon sehr anstrengen, um die Leiche zu entdecken. Erst als das Kanu noch zwei Bootslängen näher gekommen war, vermochte auch sie die Einzelheiten auszumachen, die Nachtauge und Sonne-hinter-den-Bergen schon aus großer Entfernung festgestellt hatten.

Der Tote im Wasser war nicht nur skalpiert, sondern offensichtlich vorher auch noch auf das Grausamste gemartert worden.

»Das Bleichgesicht ist noch nicht lange tot, höchstens ein paar Stunden«, stellte Nachtauge fest. »Wir sind diesem Mann schon einmal begegnet. Kann sich mein roter Bruder daran erinnern?«

Sonne-hinter-den-Bergen nickte. »Er gehört zu den vier Bleichgesichtern, die nicht weit von hier eine Blockhütte errichtet haben und einen Handelsposten betreiben.«

Vorsichtig paddelten sie weiter – und stießen wenig später auf zwei weitere Leichen, die im Wasser trieben und nicht minder grässlich zugerichtet waren.

Sonne-hinter-den-Bergen und Nachtauge beschlossen der Sache auf den Grund zu gehen. Eine Flussbiegung vor dem Handelsposten gingen sie an Land. Und da die Frauen in ihrer Nähe sicherer waren als allein beim Kanu, folgten sie den beiden Kriegern. Sie schlugen einen Bogen und schlichen sich vorsichtig durch den Wald an den einsamen Handelsposten am Sandusky Lake an.

Dass einer von den vier Händlern noch lebte, verrieten die Schreie, die zu ihnen drangen, noch bevor sie die Blockhütte sehen konnten.

»Shawanee!«, rief Nachtauge mit einer Mischung aus Erleichterung und Missfallen, als sie den Waldrand erreicht hatten. Erleichterung deshalb, weil sie von den Shawanee nichts zu befürchten hatten. Sein Missfallen galt dem Massaker, das die Shawanee angerichtet hatten, obwohl sie wissen mussten, dass die Pelzhändler ihren Handelsposten mit stillschweigender Billigung der Seneca errichtet hatten.

Mary erschauderte. Sofort bedrängten sie die Erinnerungen an die Grausamkeiten, die Bärentöter und seine Krieger ihrer Familie und den Fitzgeralds zugefügt hatten. Die Angst, Bärentöter an diesem Ort womöglich wieder zu begegnen, schnürte ihr die Kehle zu. Am liebsten wäre sie keinen Schritt weitergegangen. Doch als Nachtauge und Sonne-hinter-den-Bergen zwischen den Bäumen hervortraten und sich als Verbündete der Shawanee zu erkennen gaben, da folgten ihnen nicht nur Singendes Wasser und Kleine Wolke, sondern auch sie. Denn allein wollte sie nicht im Wald zurückbleiben.

Unter den sieben Shawaneekriegern, die den Handelsposten überfallen, das Blockhaus geplündert und einen Händler nach dem anderen zu Tode gequält und dann skalpiert in den Fluss geworfen hatten, befand sich zu Marys großer Erleichterung jedoch weder Bärentöter noch sonst ein bekanntes Gesicht.

Die Shawanee hießen sie willkommen und luden sie ein an ihrem grausamen Vergnügen teilzunehmen. Als Sonne-hinter-den-Bergen und Nachtauge nicht nur ablehnten, sondern ihnen auch noch Vorwürfe machten, da reagierten sie sehr unfreundlich. Sie nahmen sogar eine ausgesprochen feindselige Haltung ein, als Sonne-hinter-den-Bergen sie aufforderte den vierten Händler am Leben zu lassen. Sie hatten dem armen Mann schon die Ohren abgeschnitten, sein Gesicht in ein Netz blutiger Schnitte verwandelt und ihn mit Weidenruten gepeitscht. Und jetzt wollten sie ihn an einen Baum binden und sehen, wie viel Schmerzen er ertragen konnte, bevor der Tod ihn erlöste. Dass die beiden Senecakrieger sie um ihr sadistisches Vergnügen bringen wollten, machte sie sehr wütend und ihr Anführer stand kurz davor, Sonne-hinter-den-Bergen zu einem Zweikampf auf Leben und Tod herauszufordern.

Dass es dazu nicht kam, konnte sich Mary als Verdienst anrechnen. Denn sie sah vor ihrem geistigen Auge, wie ihre Familie am Sumpf hingeschlachtet worden war – nachdem man sie vorher vermutlich entsetzliche Qualen hatte erleiden lassen. Und sie wurde nun von solch einem starken Jammer

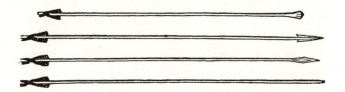

und Mitleid mit dem vor Schmerzen wimmernden Mann gepackt, dass sie ihre Angst vor den Shawanee vergaß und sie auf Knien und unter Tränen beschwor den Händler zu verschonen.

Vor zwei Senecakriegern hätten die Shawanee nicht klein beigeben können, das hätte ihnen ihr Stolz verwehrt. Aber das inständige Flehen einer weinenden Squaw konnte man großherzig erhören, ohne seine Ehre zu verlieren.

Und so banden die Shawanee den Händler los und ließen ihn laufen.

In der folgenden Nacht betete Mary mit großer Inbrunst für ihre verstorbenen Lieben und fühlte sich ihnen so nahe wie schon seit Monaten nicht mehr.

Drei Wochen später, als ihr Proviant fast völlig aufgebraucht war, stießen sie auf ein ausgestorbenes Dorf. Die Bewohner waren, wie Sonne-hinter-den-Bergen vermutete, vor einer feindlichen Streitmacht an einen weit entfernten, sicheren Ort geflüchtet.

»Aber sie werden versteckte Vorratslager angelegt haben, wie es alle Stämme tun, bevor sie ein Dorf vorübergehend aufgeben«, sagte Nachtauge. »Also lasst uns danach suchen!«

Zwei Tage lang suchten sie das Gelände rund um das Dorf nach verborgenen Lagerstellen ab. Schließlich stießen sie auf zwei tiefe Erdgruben, die mit Fellen ausgelegt waren und in denen sich ein großer Vorrat an getrocknetem Wildbret und Maismehl befand. Damit war ihre weitere Versorgung gesichert.

Das Glück war ihnen an diesem Ort auch in anderer Hinsicht gewogen. Sie hatten nämlich ihr Kanu schon vor drei Tagen am Ufer eines kleinen Sees zurücklassen müssen, weil das Gebiet, das vor ihnen lag, nicht per Boot zu bewältigen war. Ihnen stand daher ein langer und mühseliger Fußmarsch bevor. Ein glücklicher Zufall führte ihnen bei ihrer Suche nach den Vorratslagern ganz in der Nähe des Dorfes drei zurückgelassene Pferde über den Weg, die auf einer Waldlichtung friedlich grasten und sich leicht einfangen ließen. So brauchten nur noch zwei von ihnen abwechselnd zu laufen, was eine gewaltige Erleichterung darstellte.

Robby lief mit der schier unermüdlichen Kraft eines jungen, kräftigen Tieres neben ihnen her. Nach den Wochen im Kanu, wo er wenig Bewegungsfreiheit gehabt hatte, genoss er sichtlich die Freiheit des ungehinderten Auslaufs.

Zwei Wochen später gingen ihnen die Pferde während eines schweren, nächtlichen Gewitters durch. Grelle Blitze zerrissen in rasender Folge den pechschwarzen Himmel und wurden von einem unablässigen Donnern und Bersten begleitet, das wie die ohrenbetäubende Kanonade einer mächtigen Belagerungsarmee klang. Zu Tode entsetzt, rissen sich die Tiere los und jagten in den dunklen Wald.

Da dem Gewitter sintflutartige Regenfälle folgten, die tagelang auf das Land niederstürzten und den Boden knöcheltief aufweichten, beschlossen sie das Ende des schlechten Wetters abzuwarten und dann nach den Pferden zu suchen.

Ihre Hoffnung, dass sich das Unwetter rasch auflösen würde und sie weiterziehen konnten, erfüllte sich nicht. Zwar gelang es ihnen schon recht bald, die Tiere aufzuspüren und wieder einzufangen. Aber auf das Ende der verheerenden Sturzfluten warteten sie geschlagene zehn Tage. Erst dann vermochten sie ihre Reise fortzusetzen. Der Himmel hatte sich jedoch noch immer nicht aufgeklart, sondern trug weiter eine düstergraue Wolkendecke.

Die nächste erzwungene Unterbrechung kam schon nach einem knappen Tagesritt, als sie den Conowongo Creek erreichten. Die gewaltigen Regenfluten der vergangenen anderthalb Wochen hatten den Conowongo, der gewöhnlich ein friedlich dahinfließendes Gewässer war, in einen reißenden Strom verwandelt.

»Wir müssen warten, bis der Wasserstand um einiges gefallen ist«, meinte Kleine Wolke beim Anblick des weiß schäumenden Flusses. »Bei dieser reißenden Strömung haben wir kaum eine Chance, das andere Ufer lebend zu erreichen.«

»Meine Schwester hat Recht«, erwiderte Sonne-hinter-den-Bergen. »Doch ich fürchte, dass wir auf ein Absinken des Wasserstandes nicht warten können. Wir müssen die Überquerung wagen, bevor es noch gefährlicher wird.«

Nachtauge nickte. »Es wird noch mehr Regen geben«, sagte er und deutete auf die dunklen Wolken, die den Himmel verfinsterten.

Sie berieten, ob sie das Risiko eingehen sollten. Die Gefahren, die mit einer Überquerung verbunden waren, sahen sie sehr wohl. Aber die Aussicht, durch weitere schwere Regenfälle vielleicht noch einmal wochenlang festgehalten zu werden, wog nicht weniger schwer. Immerhin befanden sie sich nun schon seit mehr als zwei Monaten auf ihrem Weg nach Genishau und es lag noch einmal eine fast genauso lange Strecke vor ihnen.

Nach langer Beratung kamen sie zu dem einhelligen Entschluss, nicht länger zu warten und die Überquerung noch an diesem Tag zu wagen.

»Aber ich lasse Robby nicht hier zurück!«, erklärte Mary, noch bevor jemand sie darauf ansprechen konnte.

»Sei doch vernünftig, Schwester«, begann Singendes Wasser. »Es geht wirklich nicht, dass . . .«

Sonne-hinter-den-Bergen, der Marys Ausdauer und Mut mittlerweile ebenso schätzen gelernt hatte, wie er mit ihrer Halsstarrigkeit in manchen Dingen vertraut war, fiel ihr ins Wort. »Lass nur«, sagte er mit einem spöttischen Lächeln. »So wie niemand den Wind mit seinen Händen fest zu halten vermag, so wenig lässt auch unsere junge Schwester Zwei-Fallende-Stimmen mit sich verhandeln, wenn es um ihren Hund geht.«

»Aiee, so ist es!«, bekräftigte Mary betont stur.

»Wir werden schon einen Weg finden, damit auch Robby auf das andere Ufer kommt«, versprach Sonne-hinter-den-Bergen mit einem feinen Schmunzeln.

Dann band er Robby die Pfoten zusammen, setzte ihn in eines der stabilen Tragegestelle aus Weidengeflecht, in denen sie ihren Proviant transportiert hatten, sicherte den Hund durch weitere Stricke aus Rindenbast – und schnallte sich das Gestell auf den eigenen Rücken.

Da sie nur drei Pferde zur Verfügung hatten, auf die das Gewicht möglichst gleich verteilt werden musste, setzten sich Singendes Wasser und Kleine Wolke auf eines der Tiere, während Mary und Nachtauge auf das zweite stiegen. Einzig Sonne-hinter-den-Bergen hatte ein Pferd für sich allein, was bei seiner kräftigen Statur und dem Gestell mit Robby auf dem Rücken auch mehr als gerechtfertigt war.

Die Tiere weigerten sich erst, in den Fluss zu steigen. Sie scheuten, schnaubten verängstigt und wichen immer wieder vor den schäumenden Fluten zurück. Endlich aber folgten sie den Befehlen ihrer Reiter.

Die ersten vier Versuche scheiterten kläglich. Die Tiere verweigerten schon nach wenigen Pferdelängen den Gehorsam. Weder gutes Zureden, Schreien noch rohe Gewalt vermochte sie dazu zu bewegen, sich weiter vorzuwagen. Die reißende Strömung warf sie dann jedes Mal wieder ans Ufer zurück. Erst beim fünften Anlauf gelang es, die Pferde über jenen kritischen Punkt hinauszuzwingen, von dem aus es kein Zurück mehr gab.

In der Mitte des Flusses riss die Strömung die kleine Gruppe auseinander und machte sie zum Spielball ihrer Gewalt. Und was war das für eine Gewalt! Sie zerrte an ihnen wie wütende Furien, umtoste sie mit donnerndem Rauschen und riss sie schließlich von den Pferden.

In ihrer Angst klammerte sich Mary an Nachtauge. Doch die Wogen, die sie trafen, waren wie wuchtige Hammerschläge, denen sie nichts entgegenzusetzen vermochte. Plötzlich war das Pferd unter ihr verschwunden. Zusammen mit Nachtauge wurde sie durch das Wasserinferno gewirbelt, dann entglitt auch er ihrer Umklammerung.

Mary tauchte unter, schluckte Wasser und ruderte in panischer Todesangst wild mit den Armen. Es gab jedoch kein Oben und Unten mehr, sondern nur noch ein tobendes Wassergrab, das sie nie wieder freigeben wollte. Sie hielt ihr Ende für gekommen. Ihr Schädel hämmerte, als müsste er gleich zerspringen, und ihre Lungen schmerzten.

Verzweifelt kämpfte sie um ihr Leben. Auf einmal brachen die tosenden Fluten über ihr auf. Sie sah Himmel und Bäume und ihre gequälten Lungen füllten sich mit Luft. Das rettende Ufer kam in Sicht. Aber damit war sie noch längst nicht gerettet. Ihr zäher Kampf ums Überleben, der nur wenige Minuten dauerte, kam ihr wie eine Ewigkeit vor. Doch sie schaffte es, endlich festen Grund unter die Füße zu bekommen. Mit letzter Kraft entzog sie sich der Strömung, die sie wieder zurück in ihren Schlund reißen wollte, und kroch an Land.

Als das laute Rauschen und Hämmern in ihrem Schädel nachließ, hörte sie Stimmen. Mühsam richtete sie sich auf, blickte flussaufwärts – und entdeckte zu ihrer großen Erleichterung Singendes Wasser und Kleine Wolke am sicheren Ufer. Sie hatten es mit ihrem Pferd geschafft, doch das arme Tier hatte sich dabei den linken Vorderlauf gebrochen.

Mary rappelte sich auf und lief, so schnell ihre schmerzenden Knochen es zuließen, zu ihnen hinüber. »Wo sind Nachtauge und Sonne-hinter-den-Bergen?«, rief sie besorgt.

»Ich ... weiß ... nicht«, stieß Kleine Wolke hervor.

»Sie leben! Da sind sie!«, rief Singendes Wasser Augenblicke später und deutete flussabwärts, wo zwei Gestalten durch die dichten Büsche am Ufer brachen. Ja, es waren ihre beiden Gefährten. Doch sie kamen ohne ihre Pferde.

Und Robby?, fuhr es Mary mit bangem Herzen durch den Sinn. Hat auch er überlebt? Oder ist Sonne-hinter-den-Bergen das Tragegestell vom Rücken gerissen worden?

Als die Männer näher kamen, sah Mary, dass Sonne-hinter-den-Bergen das Gestell noch auf dem Rücken trug – und in ihm hing Robby. Und er bewegte sich! Ja, sie hörte ihn bellen. Ihr Hund lebte!

»Es hätte nicht viel gefehlt und dein Hund hätte mich in die Tiefe gezogen«, brummte Sonne-hinter-den-Bergen, als er das Gestell abnahm und Robby von seinen Fesseln befreite.

Mit Tränen der Freude drückte Mary ihren vierbeinigen Freund an die Brust. Er konnte sich kaum auf den Beinen halten, zitterte am ganzen Leib und würgte das Wasser hervor, das er offenbar reichlich geschluckt hatte. Aber was machte das schon? Davon würde er sich schnell wieder erholen.

»Danke, dass du das für mich getan hast. Ich werde es dir nie vergessen, Sonne-hinter-den-Bergen«, sagte sie und blickte dankbar zu ihm auf.

Sonne-hinter-den-Bergen verzog das Gesicht. »Reden wir nicht mehr darüber. Weder jetzt noch später! Ich möchte nicht, dass bekannt wird, auf welch törichte Sache ich mich da eingelassen habe«, antwortete er scheinbar verdrossen, während der strahlende Blick seiner Augen jedoch eine ganz andere Sprache sprach.

Sie hatten die tollkühne Durchquerung des Conowongo überlebt, dabei jedoch alle Pferde und einen Großteil ihres

Proviants verloren. Das Pferd von Sonne-hinter-den-Bergen war der mörderischen Strömung zwar entkommen, hatte sich aber auf das falsche Ufer gerettet, wo es nun unerreichbar für sie zwischen den Bäumen stand und verstört und mit zitternden Flanken zu ihnen herüberäugte. Das Pferd, auf dem Nachtauge und Mary gesessen hatten, fanden sie eine halbe Meile weiter flussabwärts – auf ihrer Seite, aber tot. Der Kadaver hatte sich im Geäst einer umgestürzten Flusseiche verfangen, deren Stamm mit seiner verzweigten Krone ein gutes Stück ins Wasser hinausragte. Sie konnten jedoch zumindest ein Gewehr, zwei Decken und einen Beutel mit getrockneten Fleischstreifen retten. Das dritte Pferd, das wegen seines gebrochenen Beines sichtbar Qualen litt, wurde von Nachtauge mit dem Messer schnell und schmerzlos getötet.

So setzten sie ihren Marsch zu Fuß fort – und zwar in strömendem Regen, der, wie sie es befürchtet hatten, noch am selben Abend wieder einsetzte und sie weitere vier Tage begleitete. Der Sommer ertrank förmlich in heftigen Regenfällen. Bis auf das schlechte Wetter, das ihnen immer wieder ein zügiges Vorankommen unmöglich machte und Marys auch so schon niedergedrückte Seelenlage noch zusätzlich trübte, blieben sie aber in den restlichen Wochen ihrer Reise von unangenehmen Überraschungen verschont.

Die Strapazen dieser mehr als vier Monate langen Reise durch die Wildnis zehrten jedoch auch ohne zusätzliche Gefahren an ihren Kräften. Monatelang auf nacktem Erdboden zu schlafen, immer wieder ohne Verpflegung auskommen zu müssen, wochenlang dem Regen und rapide fallenden Temperaturen ausgesetzt zu sein und zu alledem nicht zu wissen, was der nächste Tag, die nächste Woche bringen mochte, all dies ging nicht spurlos an ihnen vorbei. Die Erschöpfung zeigte sich auf allen Gesichtern, wie auch ihre abgemagerten Körper von den Entbehrungen sprachen, die sie zu ertragen hatten. Auch Robby hatte sein einstiges Feuer verloren und trottete nur noch müde hinter Mary her. Vorbei die Zeiten, wo er herumgetobt und jedem Eichhörnchen nachgejagt war.

Der verregnete Sommer ging in einen frühen Herbst über, als sie endlich in das Gebiet am Genesee River kamen, wo sich ihnen das Wetter von einer bedeutend gnädigeren Seite zeigte. In der Sprache der Seneca bedeutete Genishau »leuchtend klarer, offener Platz«. Und so präsentierte sich das Land hoch im Norden, unweit der Großen Seen, auch dem Auge des erfahrenen Waldläufers.

Dass sich die Wildnis in ihrer Erscheinung veränderte und die bislang dichten, dunklen Wälder sich zu einer lichten, fast parkähnlichen Landschaft öffneten, nahm Mary zwar dankbar wahr, weil es das Vorankommen erleichterte, aber die Schönheit der Natur erreichte sie nicht. Ihre müden Augen suchten das Ende ihrer qualvoll langen Reise, die sie mehr als sechshundert Meilen durch die Wildnis geführt hatte.

Eines frühen Nachmittags traten sie aus einem an Ahornbäumen reichen Waldstück – und da lag Genishau vor ihren Augen, das Senecadorf in *Seh-ga-hun-da*, dem Land der drei Fallenden Wasser.

Achtzehntes Kapitel

Mit seinen dreiundzwanzig Langhäusern, die mehr als achthundert Indianern eine komfortable Wohnstatt boten, wirkte Genishau am Genesee River auf Mary eher wie eine kleine Stadt aus Rindenhütten denn als Dorf. Sie hatte noch nie in ihrem Leben so viele Menschen auf einem Fleck gesehen. In Cashtown, dem nächsten größeren Dorf am Marsh Creek mit seinen wenigen Gebäuden entlang der staubigen Landstraße nach Chambersburg, lebten höchstens siebzig, achtzig Einwohner. Selbst bei den wenigen großen Veranstaltungen im Jahr wie etwa dem Viehmarkt im Herbst, bei denen die Siedler aus der ganzen Umgebung zusammenkamen, zählte die Menge nie mehr als vier- bis fünfhundert Personen. Und das war ihr damals schon ganz unglaublich erschienen.

Mary bezog zusammen mit Singendes Wasser und Kleine Wolke eine Kammer in der ersten von drei großen Rindenhütten, die das Totem des Biberklans führten. Die korpulente Mutter ihrer Adoptivschwestern, die den ehrenvollen Namen Die-den-Mais-sät trug, weinte vor Freude, als sie ihre Töchter nach so vielen Jahren der Abwesenheit in ihre Arme schloss. Sie begrüßte jedoch nicht zwei, sondern *drei* Töchter mit dieser grenzenlosen Mutterliebe und überschwänglichen Freude. Denn nach der Adoption gehörte

Mary für sie ebenso zu ihren Kindern wie Kleine Wolke und Singendes Wasser.

Da Mary die Sprache der Seneca längst fließend beherrschte, lebte sie sich in Genishau viel schneller ein als einst in Shenanjee. Die alltäglichen Arbeiten sowie die meisten Sitten und Gebräuche waren ihr vertraut. Sie wusste, was sie zu tun und was zu meiden hatte.

Und doch fiel es ihr anfangs schwer, an diesem Ort neue Wurzeln zu schlagen. Die enormen Strapazen, von denen sie sich nur langsam erholte, wirkten lange in ihr nach. Aber noch viel mehr machte ihr die Trennung von ihren Freundinnen Fetter Mond und Sonnenregen, die ihr so viel bedeutet hatten, zu schaffen. Ohne sie fühlte sie sich einsam und verlassen, sogar in einem so großen Dorf wie Genishau. Das Kostbarste, das sie nach ihrer Familie je besessen hatte, war ihr genommen worden.

Sie hatte zwar immer sehr an ihren Geschwistern gehangen und doch hatte sie sich auf der einsam gelegenen Farm am Marsh Creek nichts so sehnlich gewünscht wie eine richtige Freundin, mit der sie Freud und Leid und alle noch so intimen Geheimnisse teilen konnte. In Fetter Mond und Sonnenregen hatte sie gefunden, was sie all die Jahre so heiß ersehnt hatte. Und nun lagen unzählige Täler, Flüsse und Wälder zwischen ihnen, die sie wohl für immer voneinander trennten. Dieses Wissen tat so weh wie eine unerwiderte Liebe. Und ihr Unglück machte sie Singendes Wasser und Kleine Wolke zum Vorwurf. Zwar sprach sie nicht davon, doch ihr Verhalten drückte ihre Verbitterung deutlich genug aus.

Kleine Wolke und Singendes Wasser spürten, was in ihr vor sich ging, und bemühten sich nach Kräften, ihr das Einleben und den Kontakt zu anderen Mädchen zu erleichtern. Doch nichts hatte die erhoffte Wirkung, nichts konnte das Strahlen in ihre Augen und die Freude in ihr Leben zurückbringen.

Eines Nachmittags, gute zehn Tage nach ihrem Eintreffen in Genishau, saß Mary in ihrer freien Zeit wieder einmal allein und in eine melancholische Stimmung versunken am Ufer des Genesee. Sie blickte auf den gut dreihundert Fuß breiten Fluss hinaus, ohne jedoch das Flimmern der Sonne auf den klaren Fluten und die herrliche Laubfärbung der Bäume am Ufer bewusst wahrzunehmen.

Kleine Wolke, die sie eine Zeit lang beobachtet hatte, trat zu ihr und legte ihr eine Hand auf die Schulter: »Komm, meine traurige Schwester, ich werde dir etwas zeigen, was dein Herz so leicht macht wie eine Feder im Sommerwind.«

Mary schüttelte den Kopf. »Ich möchte allein sein«, wehrte sie das Ansinnen ihrer Schwester ab.

»Nein, du möchtest ganz und gar nicht allein sein«, widersprach Kleine Wolke sanft. »Du tust nur das Falsche, um dem Alleinsein zu entkommen. Mit brennenden Scheiten lässt sich kein Feuer löschen. Der Schmerz über einen Verlust wird nicht dadurch erträglicher, indem man mit dem Schicksal hadert, sondern indem man sich dankbar an das Schöne erinnert, was einem vergönnt gewesen ist.«

»Ich weiß nicht, wovon du sprichst«, erwiderte Mary verdrossen. »Außerdem ist mir jetzt nicht nach Reden zu Mute.«

Kleine Wolke schmunzelte. »Meine junge Schwester weiß sehr gut, wovon ich spreche. Und nun komm, wir machen eine Fahrt mit dem Kanu. Ich verspreche dir auch, dass du dein mürrisches Schweigen nicht zu brechen brauchst, wenn du nicht willst«, sagte sie, ergriff Marys Hand und zog sie hoch.

Mary folgte ihrer Schwester, jedoch stumm und mit verschlossenem Gesicht, das ihre innere Abwehr sehr deutlich zum Ausdruck brachte.

Kleine Wolke wählte eines der leichten Boote aus, in denen nur zwei Personen bequem Platz fanden und die nur für Fahrten ohne weitere Last geeignet waren.

»Flussaufwärts, Zwei-Fallende-Stimmen«, sagte Kleine Wolke, als Mary im Bug zum Paddel griff.

Begleitet vom leisen Rauschen und Gurgeln des Wassers, glitt das Kanu den breiten Genesee hinauf. Friedvolle Stille, in der nur gelegentlich die Stimmen der Natur erklangen, etwa ein Vogelruf oder das Platschen eines springenden und wieder eintauchenden Fisches, umgab sie. Und schon nach wenigen Minuten spürte Mary, wie sich ihre innere Verkrampfung zu lösen begann und ihr Ärger auf Kleine Wolke nachließ.

Seit Fetter Mond und Singendes Wasser ihr beigebracht hatten, wie man in einem Kanu die Balance hielt und wie man das Paddel handhabte, liebte sie es, in einem solch eleganten Rindenboot auf dem Wasser zu sein. Niemals würde sie ihre langen Kanufahrten mit ihren Freundinnen vergessen.

Mary träumte vor sich hin, während sie den zügigen Schlagrhythmus ihrer Schwester ohne große Anstrengung einhielt. Dass die Ufer zu beiden Seiten des Flusses immer steiler und höher wurden, kam ihr erst Meilen später richtig zu Bewusstsein.

Ein Geräusch, das schnell anschwoll und zu einem unüberhörbaren dumpfen Donnern wurde, ließ sie schließlich aus ihrer Gedankenversunkenheit auffahren und ihr Schweigen brechen. »Was ist das?«, fragte sie beunruhigt.

»Die Stimme des Großen Geistes, des Schöpfers allen Lebens, der in der Sprache der fallenden Wasser zu all seinen Kreaturen spricht«, antwortete Kleine Wolke hinter ihr.

»Vor uns liegt ein Wasserfall?« Aus Marys Stimme sprach Erschrecken.

Kleine Wolke lachte. »Aiee, aber keiner, der uns in die Tiefe reißen wird. Oder hast du vergessen, dass wir flussaufwärts paddeln?«

Wenige Minuten später lag der Katarakt vor ihnen. Auf einer Breite von dreihundert Fuß wälzten sich weiß schäumende Wassermassen über Felsklippen und stürzten aus einer Höhe von fast hundert Fuß in die Tiefe.

Staunend riss Mary die Augen auf. Noch nie in ihrem Leben hatte sie einen derart mächtigen Wasserfall gesehen. Dieses gewaltige Schauspiel der Natur überwältigte sie und machte sie sprachlos. Sie legte ihr Paddel quer über den Kanurand und blickte andächtig zu der Wand aus tosenden, weiß schäumenden Wassermassen hoch.

Was für ein Anblick!

Wie klein sich der Mensch angesichts der Gewalten der Natur doch ausnimmt!, fuhr es Mary unwillkürlich durch den Kopf und eine Gänsehaut bildete sich auf ihren Armen. Wie viele tausend Jahre mag hier schon das Wasser Stunde für Stunde, Tag für Tag, Jahr für Jahr in die Tiefe stürzen? Und was mag dieser Wasserfall nicht schon alles gesehen haben?

Kleine Wolke brachte das Kanu ans westliche Ufer und sprang an Land. »Lass uns das Boot um den Wasserfall herumtragen!«, forderte sie Mary auf. »Der Weg ist zwar recht steil, aber nicht wirklich gefährlich. Und es wird sich lohnen, das verspreche ich dir!«

Mary warf einen skeptischen Blick auf das steile Ufer und

den Weg, den sie nehmen mussten. Das Kanu dort hochzutragen würde einigen Schweiß kosten, auch wenn es kein großes Gewicht besaß. Aber sie wollte nicht wieder trotzig sein, zumal sie wirklich dankbar war, dass Kleine Wolke sie zu diesem Wunder der Natur geführt hatte. Außerdem war sie neugierig geworden, was dort oberhalb des Wasserfalls wohl noch zu sehen sein würde.

Also nahmen sie das leichte Rindenkanu auf ihre Schultern und begannen den mühevollen Aufstieg. An manchen Stellen erwies sich der Pfad als überaus schmal und steil. Da galt es dann, wachsam zu sein und den Fuß mit großer Vorsicht zu setzen. Im Großen und Ganzen verlangte die Kletterpartie jedoch mehr Schweiß und Kraft als Mut.

Eine gute halbe Stunde später standen sie oben und blickten auf den Wasserfall hinunter. Mary hätte am liebsten noch eine ganze Weile im Schatten der hohen Weißkiefern verbracht, um den Anblick des majestätischen Wasserfalls auf sich einwirken zu lassen, doch Kleine Wolke drängte darauf, ihre Fahrt fortzusetzen.

Und wie sehr es sich lohnte, dass sie das Kanu hier hochgeschleppt hatten! Auf einer Strecke von gut zwei Meilen floss der Genesee durch eine breite Schlucht, die er sich im Laufe der Jahrtausende selbst gegraben hatte. Die Felswände stiegen zu beiden Seiten fast senkrecht auf und ragten teilweise bis zu vierhundert Fuß in die Höhe.

Und diese gewaltige Schlucht führte sie nach mehreren großen Windungen zu einem zweiten Wasserfall, der urplötzlich hinter einer scharfen Biegung vor ihnen in den Himmel wuchs! Dieser zweite Katarakt übertraf, was Mary nicht für möglich gehalten hätte, den unteren noch um einiges an

Höhe und Breite. Auch die Donnerkraft seiner sich herabwälzenden Wasserfluten war noch mächtiger als beim ersten.

»O mein Gott!«, entfuhr es Mary unwillkürlich. Gischt so fein wie Staub traf sie auf Gesicht und Armen, obwohl sie noch viele Bootslängen vom quirlenden, wirbelnden Mahlstrom entfernt waren, den der Wasserfall zu seinen Füßen erzeugte.

»Das ist *Ska-ga-dee*, das mittlere der drei Fallenden Wasser, die hier ganz dicht hintereinander liegen«, erklärte Kleine Wolke stolz. »Es ist das schönste und gewaltigste! Die Legende unseres Volkes erzählt davon, dass die Sonne jeden Mittag am Himmel zum Stehen kommt, weil sie jeden Tag aufs Neue die betörende Schönheit von Ska-ga-dee bewundert.«

Mary verstand nur zu gut, wie es zu solch einer Legende hatte kommen können. Der Katarakt, der landschaftliche Schönheit mit gewaltiger Naturkraft verband, bot wahrhaftig einen atemberaubenden Anblick.

»Aber natürlich zeige ich dir auch das dritte. Es liegt nur ein kurzes Stück weiter flussaufwärts. Das Kanu können wir hier zurücklassen, denn von dort oben ist es nur ein kurzes Stück zu Fuß.«

Kleine Wolke kannte auch hier einen schmalen Pfad, der auf die Oberkante des Steilufers führte. Er begann jedoch etwas abseits des Wasserfalls. Deshalb ließen sie sich von der Strömung bis zu dieser Stelle zurücktreiben, banden das Boot an den Stamm einer jungen Kiefer, die aus dem zerklüfteten Felsgestein wuchs, und kletterten aufwärts. Von keiner Last behindert und mit zwei freien Händen, erwies sich der Aufstieg als problemlos.

Oben angekommen, durchquerten sie ein Waldstück. Wenig später führte Kleine Wolke sie aus den Kiefern hinaus auf einen mit Büschen bewachsenen Vorsprung, von dem aus man einen wunderbaren Ausblick auf den mittleren der drei mächtigen Katarakte hatte, weil er diesem fast genau gegenüberlag. Die Wassermassen rauschten hinter der Abbruchkante noch über zwei kurze Felsterrassen und eine Felsnase, die in der Mitte vorragte, bevor sie in die Tiefe stürzten.

Bis zum dritten und oberen Wasserfall war es von hier, wie Kleine Wolke gesagt hatte, nur ein kurzer Marsch am Ufer entlang. Dann lag auch schon der dritte Katarakt vor ihnen. In einer Verengung des Flusses wälzte sich der Genesee hier über einen bogenförmigen Felsabbruch.

Nachdem Mary ihn gebührend bestaunt hatte, kehrten sie zum mittleren Katarakt zurück, der zweifellos der eindrucksvollste von allen war. Sie setzten sich auf einen moosbewachsenen Felsen und ließen das gewaltige Schauspiel vor dem Hintergrund der herbstlich verfärbten Bäume auf sich wirken. Ein Regenbogen stieg aus der Tiefe der gischtenden Fluten auf und warf das Band seiner schillernden Farben über den Genesee.

»Versteht meine Schwester jetzt, warum wir so bereitwillig diese lange und entbehrungsreiche Reise zurück in unsere Heimat, ins Land der drei Fallenden Wasser, auf uns genommen haben?«, fragte Kleine Wolke nach einigen Minuten gedankenversunkenen Schweigens.

»Ja, es ist unglaublich schön hier. Aber es war wohl kaum die Sehnsucht nach eurer Heimat, die zu unserem überstürzten Aufbruch von Shenanjee geführt hat«, antwortete Mary.

»Was wir getan haben, haben wir zu deinem Schutz getan, Zwei-Fallende-Stimmen«, erwiderte Kleine Wolke ruhig und ohne eine Spur Verärgerung in der Stimme. »Die Rotröcke hätten dich uns entrissen und das durften wir nicht zulassen. Du bist unsere geliebte Schwester und gehörst zu uns. Dein Platz ist hier, wo die Menschen leben, die dich lieben. Die Rotröcke hätten dir nur großes Leid gebracht.«

Mary fühlte sich einen Moment lang versucht sie darauf hinzuweisen, dass sie einst Eltern und Geschwister gehabt hatte, deren Liebe ihr so kostbar gewesen war wie sonst nichts auf der Welt. Und dass es Indianer gewesen waren, die sie aus ihrer Welt verschleppt und all ihre Lieben, bis auf ihre beiden älteren Brüder, grausam ermordet hatten. Aber sie behielt das für sich, weil es ungerecht gewesen wäre. Denn nicht Seneca, sondern Shawanee hatten das Unglück über sie gebracht. Von den Seneca hatte sie dagegen nur vorbehaltlose Liebe und Großherzigkeit erfahren. Wer weiß, ob der arme Patrick Fitzgerald so viel Glück im Unglück gehabt hatte wie sie und von so liebevollen Menschen wie Singendes Wasser, Kleine Wolke und deren Mutter Die-den-Mais-sät aufgenommen worden war, statt am Marterpfahl grausam zu Tode gequält zu werden. Und weil sie dafür dankbar war, schwieg sie.

Recht betrachtet, durfte sie noch nicht einmal Kriegern wie Bärentöter, Stumme Zunge und Schwarzer Mond Vorwürfe ob ihrer blutigen Überfälle auf weiße Siedler machen. Denn war dies nicht das Land des roten Mannes, in das die Siedler in immer größerer Zahl eindrangen und sich breit machten? Hatten die Indianer daher nicht das natürliche Recht, sich ihrer Feinde mit allen Mitteln zu erwehren, die ihr Land rodeten, unter den Pflug nahmen und nie genug davon bekommen würden?

»Ich weiß, was dich bedrückt und mutlos macht wie ein

junger Vogel, dem ein Unglück die Flügel gebrochen hat«, fuhr Kleine Wolke nun feinfühlig fort. »Dir fehlen deine Freundinnen Sonnenregen und Fetter Mond, die in Shenanjee die Sonne deines Herzens waren, nicht wahr?«

Mary biss sich auf die Lippen, nickte und sagte dann nicht ohne bitteren Vorwurf: »Ja, sie fehlen mir sehr! Und ich könnte jetzt bei ihnen sein!«

Kleine Wolke ging auf den Vorwurf nicht ein, weil das, was es dazu zu sagen gab, schon mehr als einmal gesagt worden war. Die drohende Gefahr durch die bevorstehende Suchaktion der Rotröcke hatte ihrer Schwester und ihr keine andere Wahl gelassen.

»Bewahre ihre treue Freundschaft in gutem Andenken, aber verschließe dich nicht neuen Freundschaften, nur weil du nun nicht mehr mit Sonnenregen und Fetter Mond zusammen sein kannst«, antwortete Kleine Wolke. »Das Jahr zählt mehr als nur einen Mond und das Leben gibt uns mehr als nur eine Chance, wunderbare Freundschaften zu schließen.«

»Freundinnen wie Fetter Mond und Sonnenregen werde ich nie wieder finden!«, widersprach Mary.

Kleine Wolke lächelte nachsichtig. »Eine Mutter hat nicht nur Liebe für ein Kind. Sie kann einem Dutzend Söhnen und Töchtern das Leben schenken, ohne dass die Quelle der Liebe in ihr versiegt. Und genauso viel Platz ist in unserem Herzen für Freundschaften.«

»Kinder bekommt man, weil die Natur das so eingerichtet hat. Dagegen sind Freundschaften, richtig dicke Freundschaften, nicht so einfach zu schließen wie Kinder zu gebären«, erwiderte Mary.

Kleine Wolke unterdrückte ein wehmütiges Lächeln und

dachte, dass ihre Schwester Zwei-Fallende-Stimmen bald erwachsen sein und noch früh genug erfahren würde, was es hieß, ein Kind zur Welt zu bringen. »Der Große Geist hat jedem von uns einen Pfad gegeben und diesen müssen wir finden. Dafür leben wir. Doch wer sich in die Dunkelheit einer kalten Höhle verkriecht und jeden Zugang dicht verschlossen hält, sollte sich nicht wundern, wenn kein Sonnenlicht auf sein Gesicht fällt und ihn wärmt.«

»Ich verkrieche mich nicht!«

»O doch, das tust du sehr wohl!«, sagte Kleine Wolke nun mit Nachdruck. »Und vor den Eingang deiner Höhle hast du ein dorniges Dickicht gezogen, das jeden davon abhält, dir nahe genug zu kommen, um dich zu erreichen.«

»Ach was!«, wehrte Mary mit einem Anflug von Entrüstung ab. »Das stimmt doch gar nicht, was du da sagst! Wie kannst du bloß so maßlos übertreiben? Ich verstecke mich weder in einer Höhle, noch habe ich mich mit einem dornigen Dickicht umgeben!«

»Vermutlich ist es dir selbst gar nicht bewusst, dass du dich derart verschließt, aber das ist leider die Wahrheit, meine Schwester«, sagte Kleine Wolke. »Wie oft haben Mädchen aus dem Dorf in den letzten Tagen nicht schon versucht mit dir ins Gespräch zu kommen, dir ihre Freundschaft anzubieten und dich in ihren Kreis aufzunehmen! Doch du hast jeden Versuch mit kühler Abwehr zunichte gemacht, ja manche hast du sogar recht grob vor den Kopf gestoßen.«

»Das ist nicht wahr!«, protestierte Mary. »Ich kann mich nicht an eine einzige solche Begebenheit erinnern!«

»Was umso schlimmer ist«, erwiderte Kleine Wolke trocken.

»Denn ich kann dir gleich ein halbes Dutzend Vorfälle nennen, ohne lange nachdenken zu müssen.«

»Nenn mir einen!«

»Erinnerst du dich an Wolkenvogel, das zarte Mädchen aus dem Schildkrötenklan, das sich gleich in den ersten Tagen unserer Ankunft angeboten hat dir beim Zerstampfen der Maiskörner zu helfen? Du hast ihre Freundlichkeit mit einem schroffen ›Das schaffe ich schon allein!‹ vergolten, ihr den Rücken zugekehrt und sie keines Blickes mehr gewürdigt, obwohl sie noch eine ganze Weile hinter dir stand, weil sie hoffte, dass du sie doch noch beachten und mit ihr reden würdest.«

»Nun ja, mir war eben nicht nach Reden zu Mute«, verteidigte sich Mary verlegen.

»Aiee, dir war auch nicht nach Reden zu Mute, als das Mädchen Morgenstern aus unserer Hütte deinem Hund einen Dorn aus der Pfote gezogen und dich gebeten hat ihr doch von den Gefahren und Abenteuern deiner langen Reise nach Genishau zu erzählen. Du hast ihr kurz angebunden geantwortet: ›Es war schrecklich. Mehr gibt es nicht zu erzählen.‹ Nicht einmal bedankt hast du dich für ihre Freundlichkeit, deinen Hund von Schmerzen zu befreien.«

Mary stieg das Blut ins Gesicht. »Das . . . das habe ich bestimmt nicht so gemeint, wie es vielleicht geklungen haben mag.«

»Und was war mit Tanzender Stein, die schon mehrfach versucht hat dich für ein Spiel oder eine andere Ablenkung zu gewinnen?«, hielt Kleine Wolke ihr vor. »Erinnere dich nur an gestern, als du allein ins Kanu gestiegen und davongepaddelt bist.«

Mary erinnerte sich sehr gut, sagte jedoch keinen Ton, sondern biss sich nur auf die Lippen.

»Tanzender Stein kam dir nachgelaufen und hätte dich so gern begleitet. Sie wollte dir alles zeigen, sogar ihre geheimen Lieblingsplätze. Aber meine verschlossene, abweisende Schwester hat sich nicht einmal zu ihr umgedreht, sondern hat sich ohne ein Wort vom Ufer abgestoßen und ist davongepaddelt! Und zu Maisblatt, der Tochter unseres Sachem Wandernder-Donner-über-den-Hügeln, bist du nicht weniger unfreundlich gewesen, als sie . . .«

»Es reicht!«, fiel Mary ihr mit vor Beschämung brennendem Gesicht ins Wort.

»Ja, reicht es wirklich, Zwei-Fallende-Stimmen?«, fragte ihre Schwester eindringlich. »Siehst du die kalte Höhle, in die du dich verkrochen hast, und die Dornenwand, die du um dein Herz gezogen hast? Hast du nun eingesehen, wie sehr du all diesen Menschen wehtust, indem du ihren aufrichtigen Wunsch, dir zu helfen und deine Freundschaft zu gewinnen, mit schroffer Ablehnung beantwortest?«

Mary senkte den Blick in ihren Schoß und nickte. Sie musste erst einmal schwer schlucken, bevor sie zu einer Antwort fähig war. »Es tut mir Leid, Kleine Wolke. Ich wollte ihnen nicht wehtun. Ich habe nicht darüber nachgedacht . . .«

»Dann wird es Zeit, dass du es tust«, riet ihr Kleine Wolke und ergriff Marys Hand, um sie spüren zu lassen, dass allein Sorge um das Wohlergehen ihrer Schwester hinter ihren Zurechtweisungen stand. »Der Große Geist hat jedem von uns einen Pfad gegeben, den wir zu gehen haben. Oft mag er hart und voller Schmerzen sein. Aber darüber darf unser Herz nie verhärten. Freundschaften und Liebe sind die größte Medizin, die es im Leben gibt. Sie gilt es wie Heilkräuter zu suchen und zu bewahren. Versprichst du mir darüber nachzudenken und dich nicht länger hinter Dornen zu verschließen, meine geliebte Schwester?«

»Aiee, ich verspreche es!«, antwortete Mary mit Tränen in den Augen und sie drückte fest die Hand von Kleine Wolke.

»Kennst du die Legende, die erzählt, wie es dazu kam, dass unsere Puppen aus Maiskolben und Blättern keine Gesichter haben?«, fragte Kleine Wolke scheinbar ohne jeden Zusammenhang.

Mary schüttelte den Kopf.

»Es war vor langer, langer Zeit, als uns der Große Geist die Drei heiligen Schwestern Bohnen, Mais und Kürbis schenkte«, begann Kleine Wolke. »Die Mais-Frau war so dankbar Leben erhalten zu können, dass sie den Schöpfer aller Dinge und allen Lebens fragte, ob sie denn nicht noch mehr für ihr Volk, die Indianer, tun könne. Da erzählte er ihr von einer Puppe, die man aus ihren Hülsen machen könne. So entstand die erste Maishülsenpuppe und sie bekam ein wunderschönes Gesicht.

Diese Puppe nun reiste von Dorf zu Dorf und jeder erzählte ihr, wie wunderschön sie doch aussehe. Es dauerte nicht lange, da wurde die Puppe hochnäsig und eingebildet, weil sie glaubte wegen ihrer Schönheit besser als alle anderen zu sein. Und das gefiel dem Großen Geist immer weniger. Eines Tages rief er sie zur Ordnung, als sie auf ihrem Weg an einem Teich vorbeikam und sich voller Entzücken über ihre Schönheit im spiegelglatten Wasser bewunderte. ›Höre auf nur dich zu sehen und dich für schöner und besser als alle anderen zu halten oder ich werde dich schrecklich für deinen Hochmut strafen!‹, warnte er sie eindringlich.

Die Puppe bekam es mit der Angst zu tun, gelobte Besserung und lief ins nächste Dorf. Doch schon bald stiegen ihr wieder Lob und Bewunderung der Menschen in den Kopf. Sie vergaß die Warnung des Schöpfers, kehrte wieder zu ihrem Hochmut zurück und fuhr fort sich in jedem Wasser verzückt zu bewundern. Und da strafte sie der Große Geist, wie er es angedroht hatte: ›Du hast meine Warnung nicht angenommen!‹, ließ er sie wissen. ›Deshalb nehme ich dir jetzt dein Gesicht weg. Von nun an wird keine Maishülsenpuppe jemals wieder ein Gesicht tragen! Das fehlende Gesicht soll den Menschen für immer eine Lehre und Mahnung sein nicht hochmütig zu werden und sich nicht besser als andere zu dünken!‹ Aiee, und seitdem haben unsere Maishülsenpuppen kein Gesicht – weil der Große Geist es so will.«

Mary sagte nichts, doch sie verstand. Danach verharrten sie noch eine ganze Zeit in friedlichem Schweigen auf dem moosbedeckten Felsen, während vor ihnen die Wassermassen donnernd in die von Gischtnebeln erfüllte Schlucht stürzten. Als die Sonne schon tief über den Baumgipfeln stand und es Zeit wurde, sich auf den Rückweg zu machen, stieg noch immer der Regenbogen aus den feuchten Schleiern auf.

Am nächsten Tag suchte Mary nach Tanzender Stein. Sie fand das Mädchen in der Sonne vor dem Langhaus des Schildkrötenklans beim Ausbessern von Schneeschuhen.

Mit einer Mischung aus freudiger Überraschung und vorsichtiger Zurückhaltung blickte Tanzender Stein von ihrer Arbeit auf, als Mary sie ansprach. Die Abfuhr, die Zwei-Fallende-Stimmen ihr erteilt hatte, haftete noch gar zu frisch in ihrem Gedächtnis.

Mary wusste vor Verlegenheit erst nicht, wie sie das Gespräch beginnen und sich für ihr Verhalten von vor zwei Tagen entschuldigen sollte. »Es ist gut, jetzt schon dafür zu sorgen, dass alles für den Winter bereit ist«, sagte sie und kam sich ausgesprochen dümmlich und einfallslos vor.

Doch Tanzender Stein fand ihre Worte offensichtlich gar nicht einfallslos, denn sie nickte mit einem zaghaften Lächeln und antwortete: »Das Laub fällt schon von den Bäumen und dann ist der erste Schnee nicht mehr weit.«

»Ja, die Sonne verliert täglich mehr an Kraft und die Vögel ziehen nach Süden«, sagte Mary und blickte scheinbar prüfend zum Himmel, während sie immer noch nach den passenden Worten für ihre Entschuldigung suchte. Warum fiel es einem bloß so schwer einzugestehen, dass man etwas falsch gemacht hatte und dass es einem Leid tat? Warum schnürte ein falscher Stolz einem nur derart die Kehle zu?

»Es naht die Zeit des Schneemonds und der Winterwölfe«, meinte Tanzender Stein. »Aber danach kehren die Zugvögel wieder zu uns zurück.«

Mary nickte. »Ja, im nächsten Frühjahr. Und dann . . .« Sie unterbrach sich, weil sie nicht länger um den heißen Brei herumreden wollte. Sie gab sich einen Ruck und kam zum Kern der Sache. »Es tut mir Leid, dass ich vorgestern unten am Kanuplatz so unfreundlich zu dir gewesen bin, Tanzender Stein. Dafür möchte ich mich entschuldigen. Es war sehr grob, ja gemein von mir.«

Die Augen von Tanzender Stein leuchteten auf. »Du musst dich nicht entschuldigen, Zwei-Fallende-Stimmen. Ich müsste es tun, denn du wolltest allein sein und ich habe dich dabei gestört. Das war nicht recht.«

Mary schüttelte energisch den Kopf. »Nein, nein! Du hast dir nichts vorzuwerfen. Ich bin es gewesen, die sich unverschämt benommen hat.«

»Ich habe es schon längst vergessen, Zwei-Fallende-Stimmen!«, wehrte das Mädchen vom Schildkrötenklan verlegen ab. »Reden wir nicht mehr darüber.«

»Und du bist mir wirklich nicht mehr böse?«

Tanzender Stein legte ihre Hand zum Schwur aufs Herz und blickte Mary lächelnd in die Augen. »In mir wohnt kein böser Gedanke mehr!«, beteuerte sie.

Mary gab einen Seufzer der Erleichterung von sich und war nun froh, dass sie sich zu der Entschuldigung durchgerungen hatte. Sie fühlte sich von einer schweren Last befreit. Kleine Wolke hatte ihr zu Recht vorgeworfen, dass sie sich in die dunkle Höhle ihres Selbstmitleids zurückgezogen und den Zugang zu ihrem Herzen mit einer Wand aus Dornen versperrt hatte. Sosehr ihr Fetter Mond und Sonnenregen auch fehlten, sie lebte nun in Genishau und musste hier versuchen das Beste aus ihrem Leben zu machen. Und dazu würde auch gehören, dass sie sich öffnete, um neue Freundschaften zu schließen.

»Wollen wir zusammen eine Fahrt mit dem Kanu machen?«, fragte Mary. »Und zeigst du mir dann deine Lieblingsplätze am Fluss?«

»Gern!«, rief Tanzender Stein begeistert. »Wir können aufbrechen, sowie ich das Flechtwerk an diesem Schuh ausgebessert habe.«

»Hast du etwas dagegen, wenn ich auch Maisblatt, Wolkenvogel und Morgenstern frage, ob sie mitkommen wollen?«, fragte Mary unsicher.

Aber Tanzender Stein fand die Idee ausgezeichnet – wie auch die anderen drei Mädchen, die Mary nun nacheinander ansprach und die sie mit ihrer von Herzen kommenden Entschuldigung augenblicklich für sich einnahm.

Neunzehntes Kapitel

Der Winter zog ein in die Landschaft am Genesee. Er kam mit großer Strenge, jedoch brachte er keine Not über die Seneca, wie in manch früheren Jahren. Die im Sommer und Herbst angelegten Vorräte erwiesen sich als ausreichend, zumal die Männer oft genug mit reicher Beute von ihren Jagdzügen heimkehrten.

Auf Mary hatten die langen Wintermonate in Genishau eine zwiespältige Wirkung. Einerseits gab ihr die viele freie Zeit die Möglichkeit, jeden Tag lange mit den anderen Mädchen zusammen zu sein und die Freundschaft mit ihnen zu vertiefen, insbesondere mit Tanzender Stein und Wolkenvogel. Zugleich wurde sie immer mehr mit der neuen Dorfgemeinschaft vertraut und begann langsam mit ihr zu verwachsen. Andererseits ließ ihr der Winter aber auch viel Raum und Zeit für Stunden einsamen Grübelns, besonders in den langen Nächten, wenn der Wind durch das Dorf heulte und die Rindenhütten unter der Schneelast ächzten.

Wenn sie in solch stürmischen Nächten, fest in warme Biberdecken gewickelt, nicht einschlafen konnte, kehrten ihre Gedanken oft zu ihren verstorbenen Eltern und Geschwistern sowie nach Marsh Creek zurück. Sie fragte sich dann, ob ihre Brüder John und Thomas wohl wieder auf die Farm zurückgekehrt waren. Vielleicht. Gut möglich aber auch, dass sie an diesem mit so schrecklichen Erinnerungen beladenen Ort nicht mehr hatten leben können. Vielleicht hatten ihre Brüder die Farm längst verkauft und sich an einem anderen Ort niedergelassen, wo sie nicht jeden Tag damit rechnen mussten, Opfer eines Indianerüberfalls zu werden.

Diese Gedanken an ihr einstiges Zuhause und an ihre leiblichen Brüder öffneten dann schmerzhaft tiefe, seelische Wunden und erinnerten sie an den heiligen Schwur, den sie einst abgelegt hatte, nämlich nicht eher zu ruhen, bevor sie nicht ihre Freiheit wiedergewonnen hatte und in ihre Heimat zurückgekehrt war. Und dann schämte sie sich ganz besonders ihrer Zufriedenheit, die das Leben bei den Seneca ihr gebracht hatte, und der tiefen Zuneigung, die sie für ihre indianischen Schwestern und Freundinnen empfand. Wann hatte sie sich das letzte Mal ernsthafte Gedanken gemacht, wie eine erfolgreiche Flucht aus dem Indianerland zu bewerkstelligen war? Lag das nicht schon viele Monate zurück? Zu Beginn ihrer Reise von Shenanjee ins Land der Fallenden Wasser hatte sie sich noch vorgenommen gleich nach ihrer Ankunft in Genishau damit zu beginnen, ein geheimes Vorratslager anzulegen. Denn ohne ausreichenden Proviant hatte eine Flucht keine Aussicht auf Erfolg. Aber was war aus ihrem Vorsatz geworden? Nicht einen einzigen Beutel Maismehl hatte sie bisher heimlich an sich gebracht und in einer Erdgrube versteckt! Nichts hatte sie in all den Monaten getan, die seit ihrem Eintreffen am Genesee schon wieder vergangen waren!

Wie gern hätte sie über das, was sie so sehr beschäftigte, mit jemandem geredet. Aber obwohl im Dorf fast zwei Dutzend ehemalige Gefangene lebten, die längst zu zwangsadoptierten Seneca geworden waren, wagte sie es jedoch nicht, sich einem von ihnen zu offenbaren – nicht einmal einem der fünf Weißen, die sich unter den Zwangsadoptierten befanden. Denn keiner von diesen drei Frauen und zwei Männern lebte weniger als sechs Jahre bei den Seneca. Alle hatten mit indianischen Ehepartnern Familien gegründet, Kinder gezeugt und waren in der Gemeinschaft fest verwurzelt. Von ihnen dachte niemand daran, zu den Bleichgesichtern zurückzukehren, das war offensichtlich. Sie waren in der Tat zu Seneca geworden – und zwar so vollständig, auch in Aussehen und Auftreten, dass es bei zweien von ihnen mehrere Monate gedauert hatte, bis Mary zufällig herausfand, dass sie Weiße waren.

In diesen nächtlichen Stunden des Grübelns erschien es Mary als schändlicher Verrat an ihren Angehörigen, dass sie sich in der Gemeinschaft der Indianer schon so geborgen und beheimatet fühlte wie einst auf der elterlichen Farm am Marsh Creek.

Am Morgen nach einer solchen Nacht voll selbstquälerischer Gedanken, wenige Tage vor dem letzten schweren Blizzard des Winters, begegnete Mary zum ersten Mal dem weißen Fallensteller Horatio Lamar.

»Der-mit-Donner-fällt ist zurück!«, hörte Mary einen Jungen rufen, gerade als sie aus dem Langhaus trat. Sie blickte sich um und zu ihrem Erstaunen sah sie einen weißen Trapper in dicker Winterkleidung, der sich dem Lager näherte. Der hoch gewachsene Mann, der schon die Mitte seines Lebens überschritten hatte, führte drei Pferde hinter sich her. Zwei dienten ihm offensichtlich als Lasttiere, denn sie waren mit Fellen, Eisenfallen und Proviantsäcken beladen.

Der weiße Fallensteller, der den indianischen Namen Der-mit-Donner-fällt trug, wurde von den Dorfbewohnern mit sichtlicher Freude begrüßt. Als er, nur wenige Schritte von Mary entfernt, an ihr vorbeikam, mittlerweile begleitet von mehreren Kindern und jungen Männern, erkannte sie unter der schweren Pelzmütze ein wettergegerbtes Gesicht mit eisblauen Augen, einer scharf geschnittenen Nase und einem dichten, grauen Walrossbart, der auch noch ein gut Teil der Unterlippe bedeckte. Kleine Eiszapfen hatten sich an seinem Bart gebildet. Sein Blick streifte sie kurz, blieb jedoch nicht auf ihr haften.

Mary zweifelte jedoch nicht daran, dass er sie als Weiße erkannt hatte. Ihr rotblondes Haar konnte ihm nicht entgangen sein. Denn auch wenn sie es nach Indianerart rechts und links als Zopf geflochten und mit Bändern geschmückt trug, stach es mit seiner ungewöhnlichen Farbe doch sofort ins Auge. Es hob sich deutlich von dem Braun und Schwarz ab, das die Haarfarbe der Indianer bestimmte.

Mary folgte ihm mit ihrem Blick. Der Fremde begab sich zum ersten Langhaus des Falkenklans, überließ seine Pferde einem jungen Seneca, der den Namen Falkenfeder trug, und verschwand in der Rindenhütte.

Von brennender Neugier und dem erregenden Gefühl gepackt, mit dem Erscheinen des weißen Mannes ein Zeichen der Vorsehung erhalten zu haben, suchte Mary umgehend ihre Freundin Tanzender Stein auf. »Wer ist dieser weiße Fallensteller, der da gerade ins Dorf gekommen ist?«, erkundigte sie sich und hatte Mühe ihre große Erregung zu verbergen.

»Ein tapferer und aufrechter Jäger, der schon seit vielen

Jahren in den Wäldern zwischen dem Genesee und den Großen Seen im Norden lebt und mit Fellen Handel treibt«, antwortete Tanzender Stein gleichmütig.

»Kommt er regelmäßig nach Genishau?«

Tanzender Stein nickte. »Ja, und meist rechtzeitig zu unseren großen Feiern«, sagte sie lachend. »Dass er diesmal nicht zum Mittwinterfest erschienen ist, hat viele gewundert, insbesondere seine Freunde vom Falkenklan. Ein Sturm muss ihn irgendwo festgehalten haben. Denn sonst wäre Der-mit-Donner-fällt auch dieses Jahr gewiss dabei gewesen.«

»Er scheint sehr willkommen zu sein.«

Tanzender Stein blickte sie verwundert an. »Aiee, er ist ein Freund der Seneca und genießt großes Ansehen unter den Kriegern unseres Volkes«, bestätigte sie. »Aber nicht nur wegen seiner Tapferkeit und seines Mutes! Er ist anders als die meisten Bleichgesichter. Sein Herz ist frei von Bösem und er spricht nicht mit gespaltener Zunge, sondern er sagt, was er denkt, und auf sein Wort ist Verlass.«

Mary hätte gern noch mehr Fragen gestellt, wagte es jedoch nicht, denn sie fürchtete ihre Freundin dadurch auf argwöhnische Gedanken zu bringen. Deshalb ließ sie das Thema fallen, als wäre ihre Neugier befriedigt, was aber ganz und gar nicht der Fall war. Im Gegenteil. Die Tatsache, dass dieser Mann jederzeit freien Zugang zum Dorf hatte und durch seinen Fellhandel wohl auch gute Verbindungen zu den nächsten Handelsposten und Forts unterhielt, verführte sie zu aufregenden Überlegungen.

Sie musste unbedingt mit diesem Fallensteller reden und herausfinden, ob er ihr helfen konnte! Natürlich musste dieses Gespräch unbeobachtet und unter vier Augen geschehen. Deshalb beherrschte sie ihre Ungeduld und wartete geschlagene drei Tage, bevor sie es wagte, ihn anzusprechen.

Die passende Gelegenheit bot sich ihr, als er sich wieder einmal zum Eisfischen begab. Dafür bevorzugte er eine Stelle, die gute anderthalb Meilen weiter flussabwärts lag, wo der Genesee in einer weiten Biegung tiefe und teichgroße Ausbuchtungen aus dem Westufer gewaschen hatte. Als sie sah, dass der Trapper diesmal nicht von Falkenfeder begleitet wurde, folgte sie ihm – mit großem Abstand und völlig unauffällig, wie sie meinte.

Der Fallensteller war jedoch ein viel zu erfahrener und wachsamer Waldläufer, als dass seinen geschärften Sinnen entgangen wäre, dass ihm jemand folgte und dass dieser Jemand sich alle Mühe gab dabei nicht bemerkt zu werden.

Als sie schließlich den Fluss erreicht hatten und Mary gut zwei Dutzend Schritte hinter ihm im Schutz der tief verschneiten Bäume verharrte, rief der Fallensteller ihr, mit leichtem Spott in der Stimme und ohne sich dabei umzusehen, zu: »Du hast zwei Möglichkeiten, Mädchen. Du kannst dein Versteckspielen aufgeben, hinter den Bäumen hervorkommen und mir dabei helfen, das Eis aufzuschlagen. Das hat den Vorteil, dass du mir dabei gleichzeitig verraten kannst, warum du versucht hast mir heimlich zu folgen. Oder aber du machst, dass du ins Dorf zurückkommst, und wir beide vergessen, dass du mir nachgeschlichen bist. Nun, wofür entscheidest du dich?«

Mary zögerte kurz, trat dann hinter den Bäumen hervor und ging mit vor Verlegenheit brennendem Gesicht ans Ufer hinunter. »Es tut mir Leid . . .«, begann sie stockend, als sie vor ihm stand und sein prüfender Blick auf ihr lag. »Ich ... ich dachte, Sie könnten mir vielleicht helfen.«

Der Fallensteller zog die buschigen Augenbrauen hoch und sein Atem kam wie Dampf unter dem dichten Walrossbart hervor, als er knapp fragte: »Helfen? Wobei?«

»Zu fliehen.«

Der Trapper zeigte nicht die mindeste Überraschung. Einen Moment lang sah er sie schweigend an, ohne dass sein wie Leder gegerbtes und von tiefen Linien durchzogenes Gesicht verriet, was er dachte. Dann griff er zur Axt, die er mitgebracht hatte. »Mir scheint, das Aufschlagen des Eises übernehme ich doch lieber selbst. Und währenddessen erzählst du mir deine Geschichte.«

Während der Fallensteller nun ein Loch in die dicke Eisdecke hackte, seine Leinen auslegte und dann eine alte Maiskolbenpfeife mit Tabak stopfte und in Brand setzte, berichtete Mary ihm, was ihr widerfahren war. Die anfängliche Hemmung, die sie immer wieder stocken ließ, überwand sie rasch. Die Aufmerksamkeit, mit der er ihrem Bericht folgte, machte ihr Mut und Hoffnung.

Als sie geendet hatte, ließ er sich viel Zeit mit seiner Antwort. Er bedachte, was er soeben erfahren hatte, mit der ruhigen Gründlichkeit eines einzelgängerischen Waldläufers, dem die Einsamkeit seines Lebens gewöhnlich viel Raum und Zeit lässt über Dinge nachzudenken und sie von allen möglichen Seiten zu betrachten.

»Wohin willst du flüchten, Mary?«, fragte er schließlich.

»In die Freiheit!«

Seine Augenbrauen bewegten sich nach oben. »Von welch einer Freiheit sprichst du, Mädchen?«

Irritiert sah sie ihn an. »Nun, von *der* Freiheit eben!«, sagte sie und deutete vage nach Osten.

»Und wie kommt es dann, dass du hier bei mir bist?«

Marys Verwirrung wuchs. »Ich verstehe nicht, was Sie meinen, Mister . . .«

»Lamar, Horatio Lamar«, sagte er freundlich. »Horatio genügt. Aber du kannst mich auch bei meinem indianischen Namen nennen. Er ist mir sogar wertvoller als mein Geburtsname, weil ich ihn mir nämlich verdient habe.«

»Ich habe Ihre Frage nicht verstanden, Horatio.«

»Und ich habe Schwierigkeiten mit dem Begriff Freiheit, der aus deinem Mund wie die Erlösung von allen irdischen Beschwernissen klingt«, antwortete er. »Als ich gerade sagte, dass du doch hier bei mir bist, wollte ich damit ausdrücken, dass du dich völlig frei und ungehindert bewegen kannst. Du bist keine Gefangene der Seneca. Wenn du von ihnen fortgehen willst, wird dich keiner daran hindern.«

»Aber ohne Hilfe und ganz allein habe ich doch keine Chance, aus dem Indianerland herauszufinden!«

Der Fallensteller ging auf Marys Bemerkung nicht ein. Stattdessen sagte er: »Es ist tragisch, was die Shawanee dir und deiner Familie angetan haben. Aber das gehört zur Vergangenheit, an der du dich nicht festklammern darfst. Deine Familie lebt nicht mehr . . .«

»Doch, meine beiden älteren Brüder!«

»Aber weißt du auch, ob sie noch dort am Marsh Creek wohnen? Zwei Jahre sind im Grenzland eine lange Zeit, in der viel geschehen kann.«

Mary biss sich auf die Lippen und senkte den Kopf.

»Frag dich einmal, wer seit zwei Jahren deine Familie ist«,

fuhr der Fallensteller fort. »Wer sorgt für dich? Wer kleidet und unterweist dich? Wer lacht und wer weint mit dir? Wer hört dir zu und wer erzählt dir Geschichten? Wer liebt dich, wie man auch eine leibliche Schwester nicht inniger lieben kann? Wer sind deine Freundinnen?« Er legte eine kurze Pause ein, um dann selbst die Antwort auf seine Fragen zu geben: »Es sind die Seneca. Es sind Kleine Wolke und Singendes Wasser und Die-den-Mais-sät und wie sie alle heißen. Diese Menschen sind deine neue Familie geworden.«

Mary wusste, dass das stimmte. Und dennoch saß tief in ihr etwas, das sich dagegen wehrte, den hochheiligen Schwur, den sie einst abgelegt hatte, zurückzunehmen.

»Freiheit ist eine Illusion, Mary. Zumindest in dem Sinne, wie dieser Begriff von den Menschen meist gebraucht wird. Von der Illusion der Freiheit kann ich ein Lied singen – und zwar eines mit vielen Strophen«, fuhr Horatio Lamar fort.

Mary sah ihn stumm, aber fragend an.

»Ich kam als Kind eines französischen Schankwirtes, der selbst sein bester Kunde war und im Suff regelmäßig gewalttätig wurde, und eines in Quebec gestrandeten englischen Dienstmädchens zur Welt.«

»Oh, dann sind Sie Franzose!«, stieß Mary unwillkürlich hervor und dachte an die Franzosen, die beim Überfall auf die Farm gemeinsame Sache mit den Shawanee gemacht hatten.

»Nein, ich bin ein Fallensteller, dessen Heimat die Wälder sind, ein Freund der Seneca und aller Menschen, die mich in Ruhe lassen«, korrigierte er sie, um dann in seiner Geschichte fortzufahren: »Mein Zuhause erschien mir wie die Hölle auf Erden. Das, woran die Indianer glauben, nämlich dass Kinder heilig sind und lebendige Schätze, Geschenke vom Großen

Geist, die man niemals wie eigenen Besitz behandeln darf, solch ein Gedanke ist meinem Vater und meiner Mutter nie auch nur im Ansatz gekommen. Sie haben in mir Angst und Hass geweckt. Ja, ich gestehe es, ich sehnte den Tod meiner Eltern herbei, um endlich frei zu sein.« Er lachte trocken auf. »Mein Wunsch erfüllte sich, als die Schankstube eines Nachts in Flammen aufging und meine Eltern, stockbetrunken wie sie waren, im Feuer umkamen. Doch ihr Tod brachte mir, der ich damals neun Jahre alt war, nicht die ersehnte Freiheit. Ich landete in einem düsteren, schimmelfeuchten Waisenhaus, dessen Aufseher ihre Zöglinge mit brutaler Willkür behandelten. Die fünf Jahre, die ich dort verbrachte, erschienen mir wie eine Ewigkeit. Dann endlich gelang mir die Flucht – und ich verschrieb mich buchstäblich mit Haut und Haaren der See. Denn dort auf der offenen See, unter dem windgeblähten Vollzeug eines stolzen Dreimasters, schien mir nun die Freiheit zu liegen. Im Hafen geriet ich jedoch in die Fänge eines Presskommandos und ich fand mich gegen meinen Willen an Bord einer französischen Fregatte wieder. Und wenn schon auf einem Handelsschiff das Wort Freiheit für die Seeleute bestenfalls ein Witz ist, so gilt das noch viel mehr für die Matrosen eines Kriegsschiffes. Da regiert mit grausamer Härte die neunschwänzige Katze, mit der man dir schon bei kleinsten Vergehen den Leib in blutige Stücke peitscht. Dort bist du nichts weiter als lebendes Kanonenfutter. Die Ratten an Bord hatten es besser als wir. Es kostete mich noch einmal sieben Jahre, bis ich den Mut und die richtige Gelegenheit zur Desertion fand. Ich hatte Glück, flüchtete ins Land der Irokesen – und mein Leben als Fallensteller begann. Das liegt jetzt schon mehr als zwei Jahrzehnte zurück.«

Die bewegte Lebensgeschichte des Fallenstellers machte einen tiefen Eindruck auf Mary. Sie konnte gut nachempfinden, was an Kummer, Angst und Leiden hinter diesen wenigen Sätzen steckte. Vor zwei Jahren wäre ihr dies noch nicht möglich gewesen.

»Aber jetzt sind Sie doch frei«, sagte Mary.

»Die einzige Freiheit, die der Mensch in seinem Leben hat, ist herauszufinden, was seine ureigenste Natur und seine Bestimmung ist, und diesem Pfad zu folgen«, erwiderte Horatio. »Es gibt kein Leben ohne Verantwortung und Bindung, Mary. Vor dieser Wahrheit kann man nicht weglaufen.«

»Ich will nicht weglaufen, sondern ich will meine Freiheit wiederhaben – jedenfalls so, wie ich sie einst hatte«, schränkte sie schnell ein.

»Als Kind deiner Eltern hattest du nur die Freiheit, die ihre Erziehung dir gelassen hat. Nach dem Tod deiner leiblichen Familie hast du nun die Freiheit, die deine indianische Familie dir lässt. Und ist die denn so einengend?«, fragte er.

Mary schüttelte ein wenig beschämt den Kopf, als sie an die Fürsorge und Liebe dachte, die ihr vom ersten Tag an von den Seneca zuteil geworden war. »Nein, das nicht . . .«

»Nur deine Geburt und dein Tod gehören dir selbst – so heißt eine indianische Weisheit und da ist viel Wahres dran, Mary«, sagte der Fallensteller nachsichtig. »Es tut mir Leid, aber ich kann dir nicht helfen. Du weißt doch selbst, dass die Seneca vier Untugenden besonders stark verachten.«

Mary nickte. »Feigheit, Selbstsucht, Treulosigkeit und Unwahrheit.«

»So ist es«, bestätigte Horatio Lamar. »Und wie kann ich

meinen roten Brüdern, die mir so nahe stehen wie noch nie ein Weißer, ihre Freundschaft vergelten, indem ich sie hintergehe und betrüge? Denn das täte ich, würde ich dich ohne ihr Wissen zum nächsten Handelsposten mitnehmen. Nein, das kann ich nicht tun, Mary.«

»Ich verstehe«, murmelte sie.

»Bald wirst du in die Gemeinschaft der erwachsenen Mädchen aufgenommen. Dann hast du dieselben Rechte wie jede andere Senecafrau. Du kannst gehen, wohin du willst. Und wenn du dann immer noch in die Welt der Bleichgesichter zurückkehren möchtest, wird dich niemand daran hindern«, tröstete er sie. »Brennender Himmel ist ein ehrenvoller Häuptling. Er und deine indianische Familie werden dich nicht nur ziehen lassen, sondern sogar dafür sorgen, dass du sicher dein Ziel erreichst, so groß ihr Schmerz auch sein wird. Also habe Geduld – und überlege es dir gut.«

Mary unterdrückte einen schweren Seufzer und nickte tapfer. »Danke, dass Sie mich wenigstens angehört haben, Mister Lamar. Vielleicht ist es ja bloß der Winter, der mir so zusetzt«, entschuldigte sie sich mit einem gequälten Lächeln, obwohl sie wusste, dass der Winter nichts damit zu tun hatte. »Kann ich . . . Werden Sie . . .« Sie wusste nicht, wie sie ihre Frage formulieren sollte.

Er ahnte, was ihr durch den Kopf ging. »Was du mir hier im Vertrauen vorgetragen hast, wird unter uns bleiben«, beruhigte er sie.

Sie schenkte ihm ein erleichtertes Lächeln. »Danke, Mister Lamar.«

»Wir werden uns wohl von nun an öfters sehen. Also warum gewöhnst du dich nicht schon mal daran, mich Horatio zu nennen oder mit meinem indianischen Namen anzusprechen?«, schlug er vor.

»Erzählen Sie mir, wie Sie zu Ihrem Namen Der-mit-Donner-fällt gekommen sind?«, fragte Mary.

Er schmunzelte, schob sich die Fellmütze in den Nacken und antwortete: »Sicher, und zwar habe ich ihn mir hier am Marterpfahl von Genishau verdient.«

»Sie waren Gefangener der Seneca?«

Der Fallensteller nickte. »Ja, vor fünfzehn Jahren überfielen einige Seneca einen Handelsposten oben an den Großen Seen, in dem ich mich gerade aufhielt, um meine Vorräte aufzufüllen. Es gab einen erbitterten Kampf, bei dem auch mehrere Seneca ihr Leben ließen. Auf unserer Seite starben vier Mann. Ich und einer der Betreiber des Handelspostens waren die einzigen Überlebenden. Wir wurden überwältigt und nach Genishau gebracht, wo man unseren Mut und unsere Ausdauer zuerst beim Spießrutenlauf auf die Probe stellte.«

»O Gott!« Mary wusste inzwischen vom Hörensagen, wie grausam dieser Spießrutenlauf war. Dabei stellten sich die Krieger in einer langen Doppelreihe auf, bewaffnet mit Messer, Tomahawk oder Kriegskeule. Der Gefangene wurde durch diese schmale Gasse geschickt und dabei einem Hagel von Schlägen und Stichen ausgesetzt, die jeder für sich zwar nicht tödlich waren, aber sehr wohl zu schweren und schmerzhaften Verletzungen führten. Wer bei diesem Spießrutenlauf Mut und Kraft zeigte, trotz der Schmerzen nicht in Gejammer und Geschrei ausbrach und das Ende der Kriegergasse stehend erreichte, dem wurde manchmal das Leben geschenkt – oder er wurde zumindest mit einem schnellen Tod am Marterpfahl »belohnt«.

»Mein armer Mitgefangener brach schon auf halber Strecke zusammen und flehte um Gnade. Er starb eines schrecklichen Todes«, setzte der Fallensteller seinen Bericht fort und blies eine Wolke würzigen Tabakrauchs in die klare, eisige Luft. »Ich dagegen überstand den Lauf zwar nicht minder blutüberströmt, aber aufrecht und ohne einen einzigen Laut von mir gegeben zu haben. Ich war Prügel mit dem Ledergürtel, dem Rohrstock und der neunschwänzigen Peitsche gewohnt. In den Jahren auf dem Kriegsschiff war ich dreimal vor versammelter Mannschaft ausgepeitscht worden, ohne dass ich einmal aufgeschrien hätte. Ich hatte es längst gelernt, meine Peiniger um die Genugtuung zu bringen, mich vor Schmerzen schreien und um Milde betteln zu hören. Es war hart bei den Seneca, doch ich hielt durch und wurde an den Marterpfahl gebunden.«

Gespannt hing Mary an seinen Lippen.

»Kennst du den Krieger Zunderholz?«, fragte Horatio.

Sie nickte. »Ist das nicht der bullige Mann aus dem Wolfsklan, der eine so hässlich schiefe Nase hat?«

»Genau der ist es. Er war damals jung und gehörte zu den Kriegern, die mich verschleppt hatten. Nach dem Spießrutenlauf sprachen sich viele dafür aus, mein Leben zu verschonen. Doch er war entschlossen mich zu martern, denn im Nahkampf hatte ich seinen älteren Bruder getötet, und er setzte sich schließlich durch. So band er mich dann an den Pfahl, jedoch recht nachlässig, weil er in Eile war, denn es zog eine bedrohlich aussehende Gewitterwand heran. Und er fürchtete wohl, eine Unterbrechung der Marter könnte dazu führen, dass die Stimmung umkippte und man mich doch noch laufen ließ.« Wieder machte der Fallensteller eine Pause und paffte gedankenversunken und mit einem feinen Lächeln seine Pfeife.

»Und dann?«, drängte Mary, die nicht erwarten konnte das Ende seiner Geschichte zu hören.

»Nun, dann griff Zunderholz zu meinem eigenen Gewehr, mit dem ich seinen Bruder im Zweikampf erschlagen hatte, hielt den Lauf in ein Feuer und wartete, bis das Eisen rot glühte. Damit rückte er mir schließlich zu Leibe. Indessen war es mir gelungen, meine Fesseln zu lockern. Und als er mir dann erneut den rot glühenden Gewehrlauf ins Fleisch drücken wollte, da riss ich meine rechte Hand aus der Fessel und hämmerte ihm die Faust mit aller Kraft, die mir meine Todesangst gab, ins Gesicht. Im selben Augenblick, als ich sein Gesicht für immer entstellte und er ohnmächtig zu Boden stürzte, fuhr ein geradezu berstender Donner aus der dunklen Wolkenwand. Das war für die Seneca, die sich fürchterlich erschreckten, ein Zeichen der Vorsehung, nämlich dass der Große Geist wollte, dass ich am Leben blieb, so wie es viele ja schon nach dem Spießrutenlauf verlangt hatten. Tja, ob nun glücklicher Zufall oder Vorsehung, dieser perfekten Gleichzeitigkeit von Fausthieb und Donnerbersten verdanke ich mein Leben – und die Freundschaft der Seneca. Denn so grausam sie zu ihren Feinden sein können, so übertrifft sie doch keiner in ihrer Freundschaft und Redlichkeit, wenn man erst einmal ihren Respekt und ihre Zuneigung errungen hat.

Fünf Jahre später adoptierte mich der Stamm, denn der alte, inzwischen verstorbene Häuptling Falkenauge nahm mich in seinen Klan auf und ich erhielt den Namen Der-mit-Donner-fällt.«

Dann ist es ihm ja noch viel schlimmer ergangen als mir, dachte Mary verwundert, als sie darüber nachsann, was er durchgestanden hatte. Er ist ihr Gefangener gewesen, grausam durch die Gasse der Krieger getrieben und gefoltert worden – und stellt sie als seine Freunde doch über alle anderen Menschen. »Und wie hat Zunderholz die Entscheidung des Stammes aufgenommen?«

»Ihm ist nichts anderes übrig geblieben als den Beschluss der Krieger zu akzeptieren. Natürlich sind wir nicht gerade Freunde geworden. Man kann nicht jeden für sich gewinnen. Aber wir haben das einst brennende Verlangen, uns gegenseitig an die Kehle zu gehen und für die Tat des anderen Rache nehmen zu wollen, begraben. Und das ist das Schwerste, was ich in meinem Leben habe lernen müssen – dem anderen zu vergeben.«

Mary dachte an Bärentöter und seine Männer. »Ich weiß nicht, ob ich das könnte.«

»Es war sehr schwer, das muss ich zugeben. Denn beim Spießrutenlauf durch die Gasse und bevor ich meine rechte Hand losreißen konnte, hatte Zunderholz mir schon einige schreckliche Wunden und Verbrennungen zugefügt. Aber ich habe es geschafft. Denn wie jede Beerdigung und jedes Geisterfest der Seneca uns lehrt: Wenn wir einem Menschen nicht verzeihen, halten wir ihn in uns fest, fesseln wir uns an ihn – und dann können wir erst recht keinen Frieden finden. Nicht Rache und Vergeltung bringen Genugtuung und Frieden, sondern Verzeihung. Und darin sind die Indianer der Welt, aus der wir kommen, weit überlegen.«

Er spuckte einen Tabakkrümel auf das Eis und fuhr dann in der Sprache der Seneca fort: »So, und nun kehrst du besser ins Dorf zurück, Zwei-Fallende-Stimmen. Ich mag es nicht, wenn ich beim Fischen zu viele Leute um mich habe. Was es zu sagen gab, ist gesagt worden. Du hast mich wahrhaftig dazu gebracht, in einer halben Stunde mehr zu reden, als ich sonst in drei Monaten spreche. Kein Wunder, dass noch kein Fisch angebissen hat.«

Mary murmelte noch einmal einen Dank und kletterte das Ufer hoch. Als sie fast oben bei den Bäumen war, hob sie den Kopf und erschrak unwillkürlich. Denn wenige Schritte vor ihr saß Falkenfeder, einer der jungen Krieger aus dem Falkenklan. In prächtige Biberfelle gehüllt, saß der stattliche junge Mann auf dem Stamm eines umgestürzten Baumes.

Der alte Fallensteller hat sich nicht einmal zum Ufer hin umgedreht und doch gewusst, dass hier jemand sitzt!, fuhr es Mary augenblicklich durch den Kopf. Deshalb auch die merkwürdige Bemerkung, dass er beim Fischen nicht gern so viele Leute um sich hat. Der-mit-Donner-fällt muss das Gehör eines Luchses haben!

Mary nickte Falkenfeder zu, doch in dessen Gesicht rührte sich nicht ein Muskel. Er stand auf und ging an ihr vorbei zum Fluss hinunter, als wäre sie Luft für ihn.

Mary ließ sich Zeit für den Rückweg ins Dorf, denn sie hatte über vieles nachzudenken. Merkwürdigerweise empfand sie keine Enttäuschung über die Weigerung des Fallenstellers, sie heimlich zur nächsten Handelsstation mitzunehmen, sondern fast so etwas wie Erleichterung.

Zwanzigstes Kapitel

Kurz bevor der Frühling das Land aus seinem kalten, eisigen Schlaf erweckte und es mit jungem Grün schmückte, ging eine mächtige Veränderung in Marys Körper vor sich. Es begann mit einem starken Unwohlsein, Bauchschmerzen und einer besonderen Feinfühligkeit.

Die-den-Mais-sät wusste sofort, was diese Anzeichen zu bedeuten hatten, als Mary über ihre seltsamen Beschwerden klagte. Sie schaute ihr in die Augen, lachte und sagte: »Die Tage deiner ersten Mondzeit sind gekommen!«

Mary blickte sie skeptisch an. »Meine erste Mondzeit?«

»Ja, meine jüngste Tochter muss Abschied nehmen von ihrer Kindheit, denn nun beginnt für sie das Frau-Sein, für das uns der Große Geist geschaffen hat!«, erklärte sie mit einem warmen Lächeln. »Komm, ich bringe dich in die Frauenhütte, wo du die nächsten Tage ganz für dich allein verbringen musst!«

Eine dieser Rindenhütten, in der sich Frauen zu ihrer monatlichen Mondzeit sowie kurz vor einer Niederkunft von der Dorfgemeinschaft zurückzogen, lag außer Sichtweite der anderen Hütten, umgeben von alten Ulmen und Eichen und ganz in der Nähe eines kleinen Baches.

In dieser Hütte stand auch der Geburtspfahl. Wenn für eine schwangere Frau die Zeit gekommen war, hängte sie sich in halb hingehockter Stellung an den Pfahl. Bei jeder Wehe richtete sie sich mit Hilfe dieses fest in den Boden gerammten Stammes auf, bis sie spürte, dass das Baby kam.

Die-den-Mais-sät erklärte Mary gewissenhaft und voll Mutterstolz, was sie in diesen Tagen zu tun hatte. »Dies ist die Zeit, um über den Mond nachzudenken und darüber, wie nahe wir ihm sind und wie sehr er unser Leben beeinflusst, meine Tochter. Du wirst die Tage mit Fasten und Beten verbringen und du wirst in dich horchen, um die Stimme zu hören, die dich zum Frau-Sein berufen hat.«

Mary nickte beklommen. Einerseits empfand sie freudige Erregung, dass der Tag gekommen war, wo sie die Kindheit ablegte und in die Welt der Erwachsenen eintrat. Andererseits fürchtete sie sich auch davor.

Ihre Adoptivmutter spürte, was in ihr vorging. »Habe keine Sorge, meine Tochter. Unsere Mutter Erde wird dich leiten, wie sie jede Kreatur auf den Pfad führt, der ihr vorbestimmt ist. Der Große Geist hat uns das Geschenk gemacht, Leben zur Welt zu bringen, und dafür können wir nicht dankbar genug sein. Sinne darüber nach, meine Tochter. Niemand wird in deine Nähe kommen, so wie auch du dich von allen anderen fern zu halten hast. Mache lange Spaziergänge und lausche den Stimmen der Natur«, trug sie ihr auf. »Du kannst dich an den Bach setzen oder zum Fluss hinuntergehen und ihm zuhören, denn er spricht zu dir, wenn du nur aufmerksam genug hinhörst. Oder lausche den Bäumen, dem Geräusch der Blätter und Zweige, wenn der Wind in sie hineinfährt. Vielleicht offenbart sich dir der Große Geist sogar in einer besonderen Vision.«

Die-den-Mais-sät bereitete sie in der Hütte sorgfältig auf

ihre erste Mondzeit vor, unterwies sie in der Art, wie sie sich zu reinigen hatte, ließ Räucherschalen mit getrocknetem Salbei und Spänen von der Schwarzzeder zurück, sprach zum Schluss ein letztes aufmunterndes Wort, drückte sie noch einmal an sich – und ließ sie dann allein.

Tage des Fastens waren nichts Neues für Mary. Ihre Familie hatte am Marsh Creek jedes Jahr die Fastenzeit eingehalten und die Indianer legten sogar mehrmals im Jahr Tage des Fastens und des Betens ein, um Geist und Körper zu reinigen und sich so angemessen auf religiöse Dankfeste vorzubereiten. Die Einsamkeit machte ihr anfangs am meisten zu schaffen, obwohl sie wusste, dass das Dorf mit ihrer Familie und ihren Freundinnen nicht weit war. Nach der ersten Nacht fasste sie jedoch Zutrauen zu sich selbst und von da an empfand sie das Alleinsein als etwas Bereicherndes und Wunderbares.

Mary tat in diesen Tagen der völligen Stille und Zurückgezogenheit alles so, wie Die-den-Mais-sät ihr aufgetragen hatte. Tagsüber wanderte sie durch den Wald, wobei sie oft den Weg zu einer Stelle am Fluss wählte, wo sie stundenlang in der milden Frühlingssonne saß und den Stimmen der Natur lauschte. Wenn es dunkel wurde, entfachte sie in ihrer Hütte ein Feuer, trank klares Wasser aus dem Bach, verzehrte ganz langsam einen kleinen, kalten Maisfladen und entzündete das Räucherwerk. Dann saß sie wieder still auf ihren Fellen und überließ sich dem Strom ihrer Gedanken, die sich von Tag zu Tag weniger mit ihr selbst beschäftigten.

Mehrfach hatte sie das Gefühl, in eine Art Benommenheit, ja Trance hinüberzugleiten. Ihr Ohr schien so geschärft zu sein wie noch nie zuvor, denn sie hörte Laute, die ihr zum ersten Mal in ihrem Leben bewusst wurden. Sie sah auch traumhafte Bilder, etwa zwei gesichtslose Indianer in einem brennenden Kanu, das jedoch nicht auf einem Fluss schwamm, sondern hoch oben in einer Baumkrone hing. Sie sah in ihren wachen Nachtstunden am Feuer auch einen Adler aus den Flammen aufsteigen und hörte Trommeln, die jedoch sofort verstummten, als sie den Kopf hob und zur Tür ging, um zu hören, ob das Dröhnen aus dem Dorf kam. Doch die Nacht war still und kühl und sternenklar.

Nach fünf Tagen kehrte sie ins Dorf zurück – als junge Frau, der nun alle Rechte zustanden und die an allen wichtigen Versammlungen des Stammes als stimmberechtigtes Mitglied teilnehmen konnte. In diesem Jahr würde sie zum ersten Mal ihre Stimme bei der Wahl der Feldmatrone abgeben!

Mary empfand Verlegenheit und Stolz zugleich, als Kleine Wolke, Singendes Wasser und Die-den-Mais-sät sie lauthals begrüßten und zu ihrem Frau-Sein beglückwünschten. Auch ihre Freundinnen freuten sich für sie und machten keinen Hehl daraus, dass sie sie darum beneideten, schon zu den erwachsenen Mädchen zu gehören, während sie noch auf ihre erste Mondzeit warteten.

Aber schon wenige Wochen später folgten ihr kurz hintereinander Tanzender Stein und Maisblatt. Und Wolkenvogel sowie zwei weitere Mädchen namens Eisenmuschel und Zwei Federn zogen immerhin noch kurz vor dem Anzapfen der Ahornbäume in die Frauenhütte.

Mary sprach anfangs mit niemandem darüber, aber irgendwie konnte sie sich des Eindrucks nicht erwehren, dass alle sie nun mit ganz anderen Augen betrachteten – besonders die jungen Männer, die sie bisher fast nicht zur Kenntnis genommen hatten. Bildete sie es sich nur ein oder schaute auch Falkenfeder jedes Mal lange zu ihr herüber, wenn sie in seine Nähe kam?

Wenige Monate später, als die jungen Maispflanzen versetzt waren, zog die gesamte Dorfgemeinschaft in ein nahe gelegenes Waldstück, das zur Rodung bestimmt war. Hier sollten im nächsten Jahr neue Felder entstehen.

Da die Indianer mit der Axt als ihrem wichtigsten Werkzeug den alten Baumbestand nicht so ohne weiteres roden konnten, verwendeten sie seit Generationen eine Methode, die vielleicht etwas umständlich war, aber nichtsdestotrotz zum gewünschten Ziel führte: Die Männer schlugen in dem Jahr vor einer Rodung, meist vor Einsetzen des Frühlings, etwa drei Fuß über dem Boden einen tiefen Kerbenring in das Holz, damit der obere Stamm keine Säfte mehr ziehen konnte und somit austrocknete. Ein Jahr später war der Baum trocken genug, dass man ihn verbrennen konnte, aber doch noch nicht so dürr und zundertrocken, dass dabei ein Waldbrand entstehen konnte.

Bei der Rodungsaktion war es Aufgabe der Frauen, das Feuer unter Kontrolle zu halten, indem die brennenden Stämme ständig mit Wasser begossen wurden. Den Männern oblag es, die verkohlten Bäume mit der Axt zu fällen, was immer noch viel Kraft und Ausdauer verlangte.

Ob es sich um einen Zufall handelte, dass Mary sich an einem jener Rodungstage in der Nähe von Falkenfeder aufhielt, oder ob sie es unbewusst so eingerichtet hatte, wusste sie hinterher nicht zu sagen. Auf jeden Fall befand sie sich nur ein knappes Dutzend Schritte von ihm entfernt, als beinahe ein Unglück passierte.

Einer der anderen jungen Männer, der im Rücken von Falkenfeder einen verkohlten Baum fällte, hatte die Richtung, in die der Stamm mit seiner kahlen Krone fallen würde, offensichtlich falsch berechnet. Die tiefe, v-förmige Kerbe, die er mit seiner Axt aus dem Holz geschlagen hatte, wies zwar in die richtige Richtung. Doch der Baum war krumm gewachsen. Auf halber Höhe strebte er in die der Kerbe entgegengesetzte Richtung.

Mehrere Dutzend Äxte hämmerten rund um Mary auf verkohlte Bäume mit meist noch schwelenden Stämmen ein. Von überall her kamen das scharfe Zischen verlöschender Glut, das Ächzen, Knacken und Reißen von Holzfasern sowie der berstende Laut stürzender Bäume, die mit einem dumpfen Geräusch auf dem Erdboden aufschlugen und diesen für einen Augenblick erbeben ließen. Und immer wieder trieb der warme Sommerwind Rauchschwaden, die in den Augen brannten und Hustenanfälle auslösten, über die Rodungsfläche.

Was Mary veranlasste sich bei all den Geräuschen um sie herum ausgerechnet in diesem Moment umzudrehen und zu Falkenfeder hinüberzublicken, als sich der Baum hinter ihm in die falsche Richtung neigte, blieb ihr selbst ein Rätsel.

Mit Erschrecken erkannte sie, dass Falkenfeder genau in der Falllinie des Baumes stand. Und er ahnte offenbar nichts von dem drohenden Unglück in seinem Rücken, denn er fuhr darin fort, auf seinen Baum einzuschlagen.

Mary war, als hätte sich die Zeit plötzlich extrem verlangsamt. Die Schrecksekunde schien sich um ein Vielfaches zu dehnen. Sie hörte einzig und allein das Bersten des eingekerbten Stammes, alle anderen Geräusche traten in den Hintergrund, so als wären sie in weite Ferne gerückt.

Einen Moment lang fühlte sich Mary wie gelähmt. Dann löste sich der Bann und sie schrie aus Leibeskräften: »Falkenfeder! Zur Seite! Der Baum hinter dir!«

Alarmiert fuhr Falkenfeder herum. Er sah den Baum auf sich zustürzen, ließ geistesgegenwärtig die Axt fallen und rannte so schnell er konnte in Sicherheit, während nun auch von anderen Seiten Warnschreie gellten. Sie wären jedoch zu spät gekommen. Denn die ausladende Krone hätte ihn sicherlich erwischt und unter sich begraben. So kam er jedoch glimpflich davon. Denn ihn traf nur noch der Peitschenschlag eines Astendes, das zwar sofort brach, aber doch noch genug Kraft hatte, um ihn zu Boden zu werfen und ein paar blaue Flecken auf seiner rechten Schulter zu hinterlassen.

Mary gehörte nicht zu denjenigen, die nun zu Falkenfeder liefen, um sich zu vergewissern, dass er sich keine schweren Verletzungen zugezogen hatte. Als sie sah, dass er wieder auf die Beine kam, sich die schmerzende rechte Schulter hielt und zu ihr herüberschaute, da drehte sie sich hastig und verlegen um, nahm ihren leeren Wasserbehälter und eilte davon, um ihn am Bach wieder aufzufüllen – wobei sie sich diesmal reichlich Zeit ließ.

Maisblatt, ein zierliches Mädchen mit braunseidenem Haar und ausdrucksstarken Augen, in denen oft der Schalk blitzte, folgte ihr und holte sie am Bach ein.

»Da kann sich Falkenfeder aber glücklich schätzen, dass du über ihn gewacht hast«, sagte sie mit einem fröhlichen Augenzwinkern. »Denn sonst wäre er jetzt auf dem Weg ins Land der Geister.«

»Ich habe nicht über ihn gewacht«, widersprach Mary, die merkwürdigerweise das Gefühl hatte, die Sache herunterspielen zu müssen, »sondern ich habe zufällig gesehen, dass der Baum in seine Richtung fällt.«

Maisblatt nickte. »Aiee, ich würde vermutlich auch immer wieder zufällig zu Falkenfeder schauen, wenn er mir nur halb so oft nachblicken würde wie dir.«

Mary errötete. »Du wirst eines Tages bestimmt einmal in einen wichtigen Medizinbund aufgenommen und eine große Schamanenfrau, denn du siehst Dinge, die anderen verborgen bleiben«, sagte sie, um die Sache ins Lustige zu ziehen.

Maisblatt lachte, stieß ihr in die Rippen und flüsterte ihr verschwörerisch zu: »Wenn du möchtest, erzähl ich dir gern die aufregende Vision, die mir gerade gekommen ist. Sie wird dich bestimmt interessieren, weil nämlich du und Falkenfeder darin vorkommen.«

»Lass es gut sein, Maisblatt. Neben grandiosen Visionen gibt es nämlich auch Trugbilder, mit denen man sich lächerlich machen kann, wenn man sie als wahr zum Besten gibt«, sagte Mary mit heißen Wangen und kühlte ihr Gesicht schnell mit einer Hand voll kühlen Bachwassers.

Maisblatt, die ihr von Herzen wohlgesinnt war, lachte sie entwaffnend an, als wollte sie ihr zu verstehen geben, dass sie ihr nicht ein Wort glaubte, beließ es jedoch dabei. Sie wollte ihre Freundin nicht in noch größere Verlegenheit stürzen.

Als sie auf die Rodung zurückkehrten, mit gesenktem Kopf und das breite, mit Perlen verzierte Trageband für die Rückenlast tief in die Stirn gepresst, da hatten die Männer und Frauen ihre Arbeit schon längst wieder aufgenommen.

Diesmal achtete Mary darauf, ihre Arbeit nicht in der Nähe von Falkenfeder fortzuführen, der mittlerweile ebenfalls wieder zur Axt gegriffen hatte. Sie zwang sich, sich nicht mehr zu ihm umzudrehen, was ihr jedoch sehr schwer fiel.

Als die Dämmerung einsetzte und es Zeit wurde, ins Dorf zurückzukehren, da schloss sich Mary ihren Freundinnen an. Aus den Augenwinkeln bemerkte sie jedoch, dass Falkenfeder sich nur wenige Schritte hinter ihr hielt.

Im Dorf splitterte sich die Gruppe auf. Jeder strebte dem Langhaus seines Klans zu. Da keine von Marys Freundinnen im Zeichen des Bibers geboren war, ging Mary allein auf die lang gestreckte Rindenhütte ihrer Großfamilie zu.

Kurz vor dem Langhaus holte Falkenfeder sie ein. »Zwei-Fallende-Stimmen?«, sprach er sie leise an.

Sie blieb stehen und das Herz pochte plötzlich mit wildem Schlag in ihrer Brust, als sie ihm in die dunklen Augen blickte, die ihr in diesem Moment wie das größte Geheimnis auf Erden vorkamen. »Ja?«

»Danke.« Das war alles, was er sagte. Kein weiteres Wort, kein Lächeln. Doch er berührte dabei mit zwei Fingerspitzen ganz flüchtig und wie zufällig ihren nackten Oberarm. Die Berührung war so leicht und kurz, als ob ein vorbeifliegendes Blatt sie gestreift hätte. Und ohne eine Antwort abzuwarten, wandte er sich um und entfernte sich.

Mary spürte noch immer den verstörenden inneren Schauer, den seine flüchtige Berührung in ihr hervorgerufen hatte, als sie schon längst in ihrem Langhaus vor dem Kochfeuer saß und geistesabwesend in die züngelnden Flammen schaute.

Einundzwanzigstes Kapitel

Auch wenn Mary nicht vergaß, dass sie von Geburt eine Weiße war und woher sie kam, so fühlte und dachte sie doch mehr und mehr wie eine Seneca. Sie hielt zwar weiterhin getreu an ihren Gebeten fest und gedachte ihrer Verstorbenen, doch die Welt, zu der sie sich einst zugehörig gefühlt und die sie für die einzig richtige und erstrebenswerte gehalten hatte, diese Welt entglitt ihr immer mehr – und ebenso ihr Verlangen, dahin zurückzukehren.

Nur wenn der alte Fallensteller Horatio Lamar nach Genishau kam und einige Wochen bei ihnen lebte, was in unregelmäßigen Abständen von drei bis fünf Monaten der Fall war, quälten sie ihr Gewissen und die Frage, wohin sie denn nun wirklich gehörte.

Die Gegenwart des Trappers erinnerte sie jedes Mal nicht nur an den Schwur, den sie während ihrer Verschleppung durch die Shawanee abgelegt hatte, sondern auch an ihre beiden Brüder und die Farm am Marsh Creek, auf der sie aufgewachsen war und ihre Kindheit verbracht hatte. Und dann geriet ihr Herz in Aufruhr. Sie fühlte eine schmerzliche innere Zerrissenheit und Schuldgefühle machten ihr zu schaffen, weil sie all die Jahre so tatenlos hatte verstreichen lassen. Und weil sie sich immer stärker mit den Seneca und dem wunderschönen, majestätischen Land der Fallenden Wasser verbunden fühlte, während die Vergangenheit immer mehr zu bloßen Erinnerungen verblasste.

In eine ähnliche Gewissensnot stürzte Mary das unerwartete Erscheinen eines zweiten weißen Mannes, der sich nach Genishau wagte, als sie schon über anderthalb Jahre am Genesee lebte.

Es geschah zur Zeit des Erdbeerfestes, als der fünfte Mond des Jahres am Himmel stand und die Ernte dieser köstlichen kleinen Waldfrucht abgeschlossen war.

Mary hielt sich gerade im Langhaus des Biberklans auf, als jemand das Fell vor dem östlichen Eingang zurückschlug, den Kopf in die Rindenhütte steckte und aufgeregt rief: »Cayugakrieger! Sie bringen einen Schwarzrock!«

Nicht nur Mary ließ augenblicklich alles stehen und liegen, womit sie gerade beschäftigt war. Alles stürmte aus dem Langhaus ins Freie. Es waren schon viele Sommer vergangen, seit sich der letzte Schwarzrock in das Land der Fallenden Wasser gewagt und dafür mit seinem Leben bezahlt hatte.

»Schwarzrock« war die gebräuchliche Bezeichnung der Indianer für jede Art von Missionaren, auch wenn sie sich nicht in schwarze Kutten wie die Jesuiten kleideten, weil sie anderen Orden oder gar einer anderen Konfession angehörten. Dieser sehnig hagere Mann mit scharf geschnittenen, asketischen Gesichtszügen trug jedoch in der Tat den strengen schwarzen Habit der Jesuiten. Auf seiner Brust baumelte ein handlanges hölzernes Kruzifix an einem schlichten Lederriemen und von seinem breiten Ledergürtel hing ein Rosenkranz aus schwarzen Holzperlen herab.

Der Missionar befand sich in Begleitung von drei Kriegern, die zum Stamm der weiter nordöstlich lebenden Cayuga gehörten. Mit ausdruckslosen Gesichtern gingen sie vor dem Missionar her, der einen Packesel am Zügel hinter sich herführte. Die Cayuga durchquerten mit dem weißen Mann von der *Gesellschaft Jesu* das Dorf, dessen Bewohner mittlerweile zusammengelaufen waren und den vier Ankömmlingen nur eine schmale Gasse ließen.

Häuptling Brennender Himmel sowie seine Unterhäuptlinge und die Männer des Ältestenrates hatten sich schon vor dem Langhaus des Rates zum Empfang der Cayuga und des Missionars eingefunden. Brennender Himmel, einst einer der tapfersten Krieger seines Stammes und noch immer eine Ehrfurcht gebietende Gestalt, den der Große Geist im Alter mit Weisheit und Milde gesegnet hatte, empfing die Cayuga mit der brüderlichen Freundlichkeit, die den Angehörigen eines verbündeten Stammes zustand. Er hieß sie in Genishau willkommen, ohne den Missionar dabei jedoch eines Blickes, geschweige denn eines Wortes zu würdigen.

Stürzende Eiche, der Sprecher der drei Cayuga, erwiderte die Freundlichkeit mit einer wortreichen Rede, in der er seine große Bewunderung für den Häuptling der Seneca kundtat sowie seine Freude, nach langer Zeit wieder einmal mit seinen Senecabrüdern vom Genesee zusammenzukommen. Er überbrachte Grüße seines Häuptlings Springender Büffel und überreichte Geschenke in Form von Tabak, Wampum-Muscheln und anderen Gaben von hohem zeremoniellem Wert.

Erst nachdem diesem Ritual der Begrüßung und der Übergabe von Geschenken ausführlich Genüge getan worden war, nahm Brennender Himmel den Missionar offiziell zur Kenntnis, indem er fragte: »Was veranlasst meinen Bruder Stürzende Eiche und seine tapferen Krieger dazu, einen Schwarzrock zu begleiten und zu uns nach Genishau zu führen?«

»Das Versprechen unseres Häuptlings, ihm Schutz und Begleitung zu gewähren«, erklärte Stürzende Eiche und ließ durchblicken, dass Springender Büffel ihm diesen Gefallen wegen eines Dienstes, den der Schwarzrock ihm geleistet hatte, schuldig gewesen war.

»Und was will der Schwarzrock bei uns?«

»Die Geschichte des Großen Geistes der Bleichgesichter vortragen«, antwortete Stürzende Eiche.

»Spricht er denn die Sprache der Langhäuser?«, fragte Brennender Himmel skeptisch.

»Das Bleichgesicht Mortimer Johnston spricht sie so fließend wie meine Vorfahren und meine eigenen Söhne«, versicherte der Cayuga.

Brennender Himmel sann einen Augenblick darüber nach, während sein Blick prüfend auf dem Missionar ruhte, der mit der Kultur der Irokesen offensichtlich bestens vertraut war – weshalb er es wohl bisher auch unterlassen hatte, das Wort zu ergreifen, ohne dazu aufgefordert zu sein.

»Aiee, weil der Schwarzrock als Gast unserer getreuen Irokesenbrüder kommt und es der Wunsch eures verdienstvollen Häuptlings ist, wollen wir ihn in unserem Langhaus willkommen heißen und ihn seine Geschichte vom Großen Geist erzählen lassen«, entschied Brennender Himmel schließlich.

»Ich danke dem weisen Häuptling Brennender Himmel«, brach der Missionar nun sein kluges Schweigen. »Und der Herr wird meinen roten Bruder dafür segnen!«

Mit würdevoller Miene forderte Brennender Himmel den

Missionar und seine Cayugaeskorte auf sich mit ihm und allen, die dem Vortrag des Schwarzrockes zuhören wollten, in die große Ratshütte zu begeben.

Viele Seneca folgten der Aufforderung, so auch Mary, die einen günstigen Sitzplatz ergatterte, von dem aus sie den Missionar sowie den Häuptling und die Mitglieder des Ältestenrates gut im Blick hatte.

Zuerst wurde das Ratsfeuer entzündet. Dann kreiste das *Kalumet*. Brennender Himmel stopfte die Friedenspfeife gewissenhaft, setzte den Tabak in Brand und blies die erste Rauchwolke gegen den fest gestampften Boden, ein Rauchopfer für die heilige Mutter Erde. Nachdem er bedächtig Rauch in alle vier Himmelsrichtungen und gen Himmel geschickt hatte, reichte er die mit Federn und Perlbändern verzierte Friedenspfeife an den Missionar weiter, der diese Zeremonie wiederholte. Ihm folgten die weisen Männer des Ältestenrates.

Dann richtete der Häuptling kurz das Wort an die Versammlung. »Der Mann, der neben mir sitzt, kommt als Freund unserer Brüder aus dem Land der stolzen Cayuga. Er ist von weit her gekommen, um uns vom Großen Geist der Bleichgesichter zu erzählen. Hören wir ihm also zu, was er uns zu sagen hat!« Mit einem Kopfnicken bedeutete er dem Missionar mit seinem Vortrag zu beginnen.

Mortimer Johnston erhob sich. »Meine roten Brüder, ich danke dem Herrn für die Gelegenheit, die uns heute an diesem Ort miteinander vereint. Es war mein großer Wunsch, euch zu sehen und mich von eurem Wohlergehen zu überzeugen. Zu diesem Zweck habe ich im Auftrag meiner Missionsgesellschaft diese weite Reise auf mich genommen. Wie

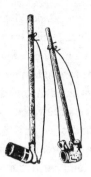

ihr euch vielleicht erinnert, haben bereits früher Missionare große Gefahren auf sich genommen und sogar ihr Leben bei dem Versuch gelassen, unsere roten Brüdern, in der wahren Religion zu unterrichten. Der Same des Evangeliums ist hier jedoch bisher auf steinernen Boden gefallen. Deshalb hat die Vorsehung nun mich zu euch geführt, damit ich euch von unserem Herrn erzähle, der unser aller und einziger Gott ist.«

Mary war von der kräftigen, vollen Stimme des Missionars angenehm überrascht. Und dass er sich so flüssig in der Sprache der Irokesen auszudrücken verstand, fand nicht nur ihre Hochachtung, sondern die der ganzen Versammlung. Die Männer und Frauen um sie herum hörten ihm aufmerksam zu, als er nun begann ihnen von Jesus Christus zu erzählen, von seiner Geburt, seinen Wander- und Lehrjahren, seiner Passion, seiner Auferstehung und dem Werk seiner Jünger und Apostel.

Mortimer Johnston sprach in klaren, gut verständlichen Sätzen und ohne allzu oft aus der Bibel zu zitieren, die er in der Hand hielt. Und die Indianer, die stets für eine gute Geschichte zu haben waren, hörten ihm aufmerksam und geduldig zu.

Schließlich kam er zum Ende. »Das ist die gnadenreiche Geschichte unseres Herrn Jesus Christus. Doch was ich euch soeben erzählt habe, ist nur der Anfang der göttlichen Heilsgeschichte, so wie die Morgendämmerung nur eine schwache Vorahnung von der strahlenden Kraft der aufgehenden Sonne zu geben vermag!«, versicherte er. »Meine Brüder, ich bin nicht wegen eures Landes, eurer Felle oder wegen anderer irdischer Reichtümer gekommen, sondern um euren Verstand zu erleuchten und euch die wahre Verehrung des Großen Geistes zu lehren, so wie es seinem Willen entspricht, und euch das Evangelium seines Sohnes Jesus Christus zu predigen. Es gibt nur eine Religion und nur einen Weg, um Gott zu dienen. Und wenn ihr nicht den rechten Weg findet, könnt ihr im künftigen Leben nicht glücklich werden. Ihr habt bisher niemals den Großen Geist so verehrt, wie es ihm genehm ist, sondern euer ganzes bisheriges Leben in Dunkelheit und großen Irrtümern verbracht. Meine Aufgabe ist es, euch die Augen zu öffnen, damit ihr eure Irrtümer erkennt und euch von ihnen abwendet.«

Nach diesen Worten änderte sich die Atmosphäre schlagartig in der Ratshütte. Die Gesichter der Indianer verschlossen sich. Ein Murmeln erhob sich, ging wie eine dunkle Woge aufsteigenden Zorns durch die Menge und schwoll immer mehr an. Selbst Mary, der ihr christlicher Glaube und ihre Gebete teuer waren, hatte das Gefühl, geohrfeigt worden zu sein.

Der Missionar sprach über das aufgeregte Gemurmel hinweg: »Brüder, ich möchte mit euch sprechen wie ein Freund unter Freunden! Falls ihr irgendetwas dagegen habt, die Religion, die ich predige, zu empfangen, sagt es freiheraus.

Ich werde mich bemühen eure Einwände und Zweifel zu zerstreuen und euren Verstand zu erleuchten.«

Die grimmigen Mienen hellten sich etwas auf, wie sich auch das Grollen der Menge ein wenig legte. Doch das Misstrauen und die zornige Ablehnung, die jetzt die Ratshütte erfüllten wie dunkle Rauchschwaden, schienen mit Händen greifbar zu sein.

»Meine geliebten roten Brüder, ich möchte, dass ihr frei nach eurem Herzen sprecht. Denn ich habe vor diese wichtige Angelegenheit mit euch gemeinsam zu durchdenken und, falls notwendig, alle Zweifel auszuräumen, die ihr in euren Köpfen hegen möget. Und seid versichert, meine Freunde von der Missionsgesellschaft werden euch gute und verlässliche Helfer schicken, um euch im wahren Glauben zu unterweisen und zu festigen, sofern ihr diesen willig von ihnen anzunehmen bereit seid.

Brüder, seit ich im Land der Irokesen bin, habe ich einige eurer Dörfer besucht und dort viel mit euren Leuten gesprochen. Mir scheint, als würden sie diesen Unterricht gern annehmen. Nur möchten Häuptling Springender Büffel und seine Berater, da sie auf euch schauen, die tapferen Seneca und Hüter des westlichen Irokesenlandes, eure Meinung darüber wissen. Ihr habt jetzt gehört, was ich euch vorzuschlagen habe. Ich hoffe, ihr werdet alles gut abwägen und mir eine Antwort geben, die euch das Heil bringt. Brüder, ich habe gesprochen.«

Ein Lächeln huschte unwillkürlich über Marys Gesicht. Das hatte Springender Büffel geschickt gemacht! Die militärische Stärke der Seneca übertraf die aller anderen fünf Irokesenstämme zusammengenommen. Daher war es ein überaus kluges Manöver des Cayuga, zuerst einmal die Meinung der mächtigen Senecahäuptlinge einzuholen, bevor man dem Missionar erlaubte in diesem Teil des Irokesenlandes die Religion des weißen Mannes zu predigen. Denn so konnte Springender Büffel sicher sein, dass später im Rat der Liga niemand ihm den Vorwurf machen konnte, die weißen Prediger ins Land gelassen zu haben.

Brennender Himmel unterbrach die Versammlung, um sich mit seinen Unterhäuptlingen und dem Ältestenrat zur Beratung zurückzuziehen. Gute zwei Stunden später fanden sich alle wieder in der geräumigen Ratshütte ein, um zu erfahren, zu welchem Beschluss die Führer und Weisen gekommen waren.

»Freunde und Bruder, es geschieht nach dem Willen des Großen Geistes, dass wir uns an diesem Tag versammeln«, begann der Senecahäuptling seine Antwort auf den Vortrag des Missionars. »Er herrscht über alle Dinge und er hat uns einen schönen Tag für unsere Versammlung geschenkt. Er hat seinen Mantel von der Sonne genommen und lässt sie hell auf uns leuchten. Unsere Augen sind weit geöffnet, sodass wir die Dinge klar vor uns sehen. Auch unsere Ohren sind unverschlossen, sodass wir deutlich die Worte hörten, die du gesprochen hast. Für diese Gunst danken wir dem Großen Geist, ihm allein.

Bruder, du warst es, der dieses Versammlungsfeuer angezündet hat. Wir haben aufmerksam auf das gehört, was du erzählt hast. Du hast uns gebeten nach unserem Verstand zu antworten. Das freut uns besonders, denn nun glauben wir, dass wir aufrichtig vor dir stehen und sagen können, was wir denken. Wir alle haben deine Stimme gehört und wir alle sprechen jetzt zu dir wie ein Mann, denn wir sind einer Meinung.

Bruder, du sagst, du möchtest eine Antwort auf deine Rede haben, bevor du diesen Ort wieder verlässt. So soll es sein. Du wirst eine Antwort erhalten. Doch zunächst wollen wir ein wenig zurückschauen und dir berichten, was unsere Väter uns erzählt haben und was wir vom weißen Mann gehört haben.

Bruder, höre genau zu, was wir sagen. Vor langer Zeit, da gehörte unseren Vorfahren diese große Insel, die ihr Amerika nennt. Ihr Land erstreckte sich von Sonnenaufgang zu Sonnenuntergang. Der Große Geist hat dieses Land zum Nutzen der Indianer geschaffen. Er erschuf den Büffel und das Wild in den Wäldern, er erschuf die Fische in den Flüssen und Seen, er erschuf diese Tiere, um uns zu ernähren. Er erschuf den Bären und den Biber und ließ ihnen Felle wachsen für uns zum Anziehen. Er verstreute die Tiere über das Land und lehrte uns sie zu jagen. Er gebot der Erde, Mais und Bohnen und Kürbis hervorzubringen, damit wir zu essen hätten. All diese Dinge tat er für seine roten Kinder, weil er sie liebte. Wenn wir uns über die Jagdgründe stritten, regelten wir unseren Streit, ohne übermäßig zu töten.

Doch dann brach ein böser Tag über uns herein. Eure Vorväter überquerten das große Wasser und landeten auf der Insel des roten Mannes. Sie waren wenige und wir hätten sie leicht töten können. Doch sie fanden hier Freunde, keine Feinde. Sie erzählten uns, sie hätten ihr eigenes Land aus Furcht vor bösen Menschen verlassen und sie kämen hierher, um sich an ihrer Religion und ihrer Freiheit zu erfreuen. Sie fragten nach einem kleinen Stück Land, um darauf zu leben. Wir hatten Mitleid und schenkten es ihnen. Und sie bauten ihre Häuser bei uns. Wir gaben ihnen Mais und Fleisch und Tabak, sie gaben uns dafür Gift, das Feuerwasser, das ihr Rum nennt.

Die weißen Männer, Bruder, hatten nun unser Land entdeckt. Die Neuigkeit wurde weitergegeben und andere weiße Männer kamen zu uns. Doch wir fürchteten uns nicht vor ihnen. Wir dachten, sie wären unsere Freunde. Sie nannten uns Brüder. Und wir glaubten ihnen und schenkten ihnen weiteres Land. Aber sie wurden immer mehr und sie wollten immer mehr Land – unser Land. Unsere Augen wurden klar und unser Herz verdüsterte sich.

Dann gab es Kriege. Indianer wurden bestochen, um gegen Indianer zu kämpfen, und viele unserer Leute wurden getötet. Außerdem verteilten deine weißen Brüder Feuerwasser unter uns. Es war stark und mächtig und hat Tausende von uns getötet. Habgier ist die Krankheit der Weißen. Sie sind wie ein Fluss zur Zeit des Hochwassers. Im Frühling tritt er über die Ufer und zerstört alles auf seinem Weg.

Bruder, unser Land war einmal groß; eures war klein. Ihr seid jetzt ein großes Volk und wir haben immer weniger Platz zum Ausbreiten unserer Decken. Ihr habt uns unser Land weggenommen und seid noch immer nicht zufrieden. Uns ist die Asche unserer Väter heilig. Ihre Gräber sind heilige Erde, Stätten unserer Vorfahren, die nun im Land der Geister weilen. Ihr aber seid ruhelose Wanderer, ihr lasst eure Gräber hinter euch zurück und kümmert euch nicht darum.

Die Weißen beschmutzen, verletzen und demütigen unsere Mutter Erde. Meine jungen Männer werden niemals arbeiten wie die Weißen, die anhäufen, ohne je genug zu bekommen. Sie jagen das Wild auch dann, wenn sie kein Hunger quält.

Menschen, die ihr Leben in den Dienst der Habgier stellen, können nicht träumen. Und Weisheit kommt aus Träumen.

Wann immer der weiße Mann mein Land betritt, zieht er eine Blutspur hinter sich her. Riecht der weiße Mann denn nicht nach Tod? Schämt er sich vor seinem Gott? Gleicht sein Gebet seinen Versprechen, die er bricht, kaum dass er sie in Wort oder in Schrift geschworen hat? Ist es nicht alles in den Wind gesprochen?

Wir denken nicht nur an das, was die Erde uns heute, morgen oder in einer Generation geben kann. Wir haben die Verpflichtung auf uns genommen, bei jedem Kind, das uns geboren wird, für dieses Kind und sieben weitere Generationen zu sorgen. Das ist ein jeder Indianer seinen Kindern schuldig, die Erde so zu erhalten, dass die Kinder der siebten Generation ebenfalls für die nächsten sieben Generationen die Würde und Fruchtbarkeit der Mutter Erde gewahrt wissen.

Ihr habt uns schon viel genommen. Doch was ihr habt, reicht euch nicht. Ihr wollt uns nun auch noch eure Religion aufzwingen. Die Indianer sagen, dass eine Frau sich weniger schämt als ein Mann. Der weiße Mann aber ist schamloser als eine Frau.«

Der Missionar machte eine erboste Geste und es sah aus, als wolle er sich zum Protest erheben. Doch der Häuptling bedeutete ihm sitzen zu bleiben und ihn aussprechen zu lassen, so wie er ihn, den Schwarzrock, hatte ausreden lassen.

»Bruder, höre noch ein wenig zu. Du sagst, du seiest gekommen, um uns zu lehren, wie man den Großen Geist verehrt, so wie er es möchte. Und falls uns die Religion des weißen Mannes nicht genehm ist, würden wir in alle Ewigkeit verdammt sein. Du sagst, dass du Recht hast und wir auf dem falschen Weg sind. Woher weißt du, dass das wahr ist? Wir hören, dass eure Religion in ein Buch geschrieben ist. Wenn sie für uns genauso bestimmt wäre wie für euch, warum ließ uns dann der Große Geist nicht wissen, dass es dieses Buch gibt? Warum können wir, seine roten Kinder, es nicht verstehen? Warum wussten unsere Väter und deren Väter und Großväter nichts davon? Wir wissen darüber nur das, was du uns erzählst. Wie sollen wir dir glauben, wo uns weiße Männer so oft betrogen haben? Steht in dem Buch eures Erlösers etwa geschrieben, dass es das Recht des weißen Mannes ist, Krieg gegen seine roten Brüder zu führen und ihnen das Land und Vieh zu rauben und eine Prämie für jeden Skalp auszusetzen, den er von unseren Kindern, Frauen oder Männern nimmt?

Der rote Mann hat keine Bücher. Wir bewahren unsere Tradition, unsere Sitten und Geschichten in unseren Herzen und lassen sie immer wieder an unseren Lagerfeuern lebendig werden. Die Alten sind unsere Bücher. Und wenn der Indianer sagen will, was er denkt, spricht er mit dem Mund wie seine Väter und dessen Väter vor ihm. Er hat Angst vor dem Schreiben. Wenn er spricht, weiß er, was er sagt. Die Schrift ist eine Erfindung der Weißen. Sie gebiert Krieg und Leid, denn die weißen Häuptlinge halten sich nicht an das, was sie dem roten Mann mit ihrer Kunst der Schrift und des Papiers versprechen.

Bruder, du sagst, es gebe nur einen Weg, den Großen Geist zu verehren und ihm zu dienen? Wenn es wirklich nur diese eine Religion gibt, wie du behauptest, warum seid ihr weißen Männer dann so zerstritten und führt untereinander sogar

Kriege wegen eures Glaubens, wie uns berichtet wurde Glauben die Franzosen nicht auch an das, was in dem Buch, das ihr Bibel nennt, steht? Warum ist sich euer Verstand darüber nicht im Klaren, wo ihr doch alle dieses Buch lesen könnt? Bruder, das verstehen wir nicht.

Ihr Bleichgesichter sagt, die Worte eures Gottes seien auf steinernen Tafeln geschrieben mit den Fingern eines zornigen Gottes, damit ihr sie nicht vergesst. Das kann der rote Mann nicht verstehen und nicht in seinem Gedächtnis bewahren, noch viel weniger in seinem Herzen. Unsere Religion, das sind die Lebensformen unserer Väter, die Träume unserer alten Männer, die ihnen der Große Geist schickt, die Visionen unserer Häuptlinge und Schamanen. Und all das steht auf keinem Stein und in keinem Buch, sondern ist auf ewig ins Herz meines Volkes geschrieben.

Es wurde uns erzählt, dass eure Religion euren Vorvätern gegeben und vom Vater zum Sohne weitergereicht wurde. Wir haben ebenfalls unsere Religion, die unseren Vorvätern gegeben und an uns, ihre Kinder, weitergereicht wurde. Wir ehren den Großen Geist auf unsere Weise. Wir sind für alle guten Dinge, die wir Tag für Tag erhalten, dankbar. Wir lieben einander und wir sind uns einig. Niemals zanken wir über Religion.

Der Große Geist hat uns alle geschaffen, doch es gibt große Unterschiede zwischen seinen roten und seinen weißen Kindern. Er gab uns eine andere Haut und auch andere Gewohnheiten. Er schenkte euch die Künste anderer Erkenntnisse, für die er unsere Augen nicht geöffnet hat, weil er uns mit anderen Gaben reich beschenkt hat. Und warum sollte er uns nicht auch eine andere Religion nach unserer Art schenken?

Alles, was der Große Geist tut, hat Sinn. Er weiß, was das Beste für seine Kinder ist. Wir sind damit zufrieden.

Bruder, uns wurde erzählt, dass Schwarzröcke wie du den weißen Männern und Soldaten in ihren Forts und Siedlungen schon seit vielen Jahren Predigten halten. Diese weißen Männer sind unsere Nachbarn. Wir kennen sie. Und wir werden abwarten und sehen, welche Wirkung deine Predigten auf sie haben. Wenn wir feststellen, dass sie besser werden und nach eurer Lehre der Nächstenliebe leben, dass sie ehrlich werden und von ihrer schlechten Sitte, Indianer zu betrügen und von ihrem Land zu vertreiben, ablassen, dann werden wir deinen Vorschlag noch einmal überdenken.«

Brennender Himmel legte eine kurze Pause ein und schritt dann auf den Missionar zu. Dieser hatte der Erwiderung des Häuptlings mit finsterer, verkniffener Miene zugehört.

»Bruder, nun hast du unsere Antwort auf deine Rede gehört. Das ist alles, was wir dir zur Zeit vorzuschlagen haben. Meine Worte sind wie Sterne – sie gehen nicht unter. Doch da wir jetzt auseinander gehen, werden wir zu dir kommen und dir die Hand geben. Wir hoffen, dass dich der Große Geist auf deiner Reise beschützen und sicher zu deinen Freunden zurückbringen wird«, sagte Brennender Himmel zum Abschied und streckte ihm seine Hand hin.

Mit blassem, angespanntem Gesicht und zornig funkelnden Augen sprang der Missionar nun auf. Und er verweigerte den freundschaftlichen Handschlag mit den Worten: »Als Diener Gottes kann ich dem Häuptling, den ich für einen weisen Mann gehalten habe, nicht die Hand reichen – denn zwischen der wahren Religion Gottes und der des Teufels kann es keine Freundschaft geben!«

Da schämte sich Mary, bei all ihrer Treue zum Glauben ihrer Vorfahren, eine Weiße zu sein. Bis in ihr Innerstes reichte der heiße Schmerz der Scham und Empörung. Und ihr war, als risse in ihr in diesem Moment das letzte dünne Band, das sie noch mit der Welt vom Marsh Creek verbunden hatte.

Zweiundzwanzigstes Kapitel

Die Wälder am Genesee standen in leuchtenden Herbstfarben, als Mary schmerzhaft daran erinnert wurde, wie kostbar das Leben war – und wie schnell es zu einem jähen Ende kommen konnte, gleichgültig wie alt oder wie jung man war.

Das Unglück passierte zehn Tage vor der Nacht des Geisterfestes. Es wurde im Herbst vor dem Aufbruch der Männer zu ihren Jagdexpeditionen gefeiert und gehörte zu den wichtigsten und eindrucksvollsten religiösen Festen der Seneca.

Am Morgen jenes Tages traf Mary beim Wasserholen auf ihre zierliche Freundin Maisblatt. »Kommst du nachher mit in den Wald zum Nüssesammeln, Zwei-Fallende-Stimmen? Ich habe schon mit Tanzender Stein gesprochen. Wir wollen so früh wie möglich aufbrechen.«

Mary litt schon seit einiger Zeit unter Anwandlungen von Unzufriedenheit und Schwermut, ohne dass sie jedoch den Grund dafür hätte benennen können. An diesem Tag war sie wieder einmal in einer melancholischen Stimmung. Ihr stand der Sinn nicht nach fröhlicher Unterhaltung. Sie wollte mit niemandem reden müssen, sondern mit sich allein sein. Deshalb antwortete sie ihrer Freundin, dass sie schon etwas anderes vorhabe und daher nicht mit ihnen in den Wald zum Nüssesammeln gehen könne.

Maisblatt machte ein enttäuschtes Gesicht, fragte jedoch nicht nach und versuchte auch nicht sie zu überreden. »Aiee, wir können ja noch oft genug in den Wald gehen«, sagte sie und zwang sich zu einem Lächeln.

An diesem Morgen setzte sich Mary in ihr Kanu und brachte Winterproviant in eines der Zwischenlager, das eine der Jagdgruppen gute drei Bootsstunden flussabwärts an der Mündung eines Nebenflusses anlegte. Diese Aufgabe bot ihr die willkommene Gelegenheit, viele Stunden allein zu sein und ungestört einer ihrer größten Leidenschaften zu frönen, nämlich im fast lautlos dahingleitenden Kanu den Genesee River zu befahren, sich an der Schönheit der gemächlich vorbeiziehenden Flussufer mit ihren in herbstlicher Farbenpracht leuchtenden Wäldern zu erfreuen und ihre Gedanken treiben zu lassen.

In ihrer Schwermut, die sie sich selbst nicht erklären konnte, wünschte Mary an diesem Tag, die klaren Fluten würden sie auf einer Fahrt ohne Ende und ohne Ziel immer und immer weiter flussabwärts tragen.

Die milde Herbstsonne stand noch nicht im Zenit, als die trichterförmige Mündung des Nebenflusses in Sicht kam, wo sie abbiegen und eine knappe halbe Meile flussaufwärts paddeln musste, um zum Zwischenlager zu gelangen. Doch statt das Kanu mit einigen routinierten Paddelschlägen aus der Strommitte zu bringen und dem kleinen Seitenarm zu folgen, blieb Mary mit dem Paddel im Schoß sitzen und ließ sich an der Mündung des Nebenflusses vorbeitreiben.

Ich habe genug Proviant dabei, um wochenlang keinen Hunger leiden zu müssen, wenn ich mich jetzt davonmache!, ging es ihr durch den Kopf. Viel mehr, als ich bräuchte, wenn ich zu den Weißen zurückwollte. Spätestens in zwei, drei Tagen müsste ich auf eine Handelsstation stoßen. Und Fort Niagara ist auch nicht weit. Ich könnte es schaffen. Ganz bestimmt. Erst heute Abend würde man mich in Genishau vermissen – und dann wäre ich schon zu weit, um noch eingeholt zu werden. Ich brauche bloß dem Genesee zu folgen ...

Fast eine halbe Stunde lang beschäftigten sie diese Überlegungen. Die guten Fluchtchancen, die sie sich ausrechnete, versetzten sie jedoch nicht in freudige Erregung. Im Gegenteil, sie spürte noch stärker das Gefühl der Melancholie und der Niedergeschlagenheit, für das sie keine Erklärung hatte.

Plötzlich empfand sie wegen ihrer Fluchtgedanken brennende Scham. Mit kraftvollen Schlägen drehte sie den Bug des Bootes in die Strömung und paddelte flussaufwärts. Sie lieferte den Winterproviant im Zwischenlager der Jäger ab und machte sich nach einer kurzen Rast auf den Heimweg.

Die dunklen Fluten der Nacht krochen schon aus den Wäldern auf den Fluss und die Lichtungen hinaus, als Mary ihr Kanu bei Genishau an Land zog und dem ausgetretenen Pfad folgte, der vom Fluss ins Dorf führte.

Tanzender Stein kam ihr entgegengelaufen, als Mary die ersten Langhäuser erreicht hatte. Tränen strömten ihrer Freundin über das Gesicht.

»Was ist passiert?«, fragte Mary erschrocken.

»Maisblatt ist tot!«, schluchzte Tanzender Stein. »Und es ist meine Schuld!«

Mary schüttelte in ungläubigem Entsetzen den Kopf. »Maisblatt tot? Was redest du da? Nein, das ist unmöglich!«, flüsterte sie, weil sie sich weigerte diese erschütternde Nachricht als wahr anzunehmen. Ihre Freundin Maisblatt konnte nicht tot sein!

»Ein Bär hat sie im Wald angefallen. Sonne-hinter-den-Bergen und Grauer Wolf haben noch ihre Schreie gehört, kamen aber zu spät, um sie zu retten«, berichtete Tanzender Stein mit tränenerstickter Stimme. »Der Bär hat ihr wohl schon mit dem ersten Tatzenschlag die Kehle aufgerissen. Sie ist schnell gestorben. Sonne-hinter-den-Bergen hat das Tier mit einem Schuss erlegt. Aber das bringt Maisblatt nicht ins Leben zurück.«

»Und . . . und du? . . . Wie . . . wie bist du entkommen?«, stammelte Mary.

»Das ist es ja! Ich bin überhaupt nicht bei ihr gewesen. Denn dann wäre dieses schreckliche Unglück vielleicht gar nicht passiert oder ich hätte ihr helfen können!«, stieß Tanzender Stein gequält hervor.

Mary war vor Schmerz wie betäubt. »Aber du wolltest doch mit ihr in den Wald gehen . . .?«

»Ja, das wollte ich erst. Aber dann habe ich es mir anders überlegt, weil ich mich nicht gut gefühlt habe. Und so ist Maisblatt allein in den Wald gegangen. Deshalb ist es meine Schuld, dass sie jetzt tot ist!«

»Dann bin ich so schuldig wie du«, sagte Mary unter Tränen und nahm Tanzender Stein in die Arme.

Am Morgen hatte sie noch mit Maisblatt gesprochen – und nun war sie tot. Nie mehr würde sie ihre treue Freundin, deren fröhliches Wesen Wolkenvogel einst zu Recht einen besonders wirksamen Heilzauber genannt hatte, lachen hören, nie mehr in ihre warmen Augen blicken und nie mehr mit ihr oben am mittleren Wasserfall sitzen und still vor sich hin träumen.

Mary wünschte, sie hätte Maisblatt wenigstens einmal gesagt, wie glücklich sie war, sie zur Freundin zu haben, und wie sehr sie sie in ihr Herz geschlossen hatte. Es war richtig und auch notwendig, dass man immer wieder an das Morgen und Übermorgen dachte, dass man Pläne für die Zukunft machte. Aber das Einzige, was man wirklich besaß und daher als sein kostbarstes Gut behandeln sollte, war das Heute, die Stunden der Gegenwart. Das Leben fand immer nur im Jetzt statt. Alles andere war entweder Erinnerung oder Hoffnung.

Mary litt sehr unter dem plötzlichen Tod ihrer Freundin und in der Nacht des Geisterfestes, das nur wenige Tage nach der Beerdigung von Maisblatt stattfand, fiel es ihr schwer, den Geboten zu folgen und nicht zu weinen.

Ihre Schwester Singendes Wasser nahm Mary vor der Zeremonie beiseite und versuchte einmal mehr ihren Schmerz zu lindern und ihr Kraft für die vor ihnen liegenden Stunden zu geben. Denn das Geisterfest erschütterte jeden Teilnehmer bis ins Innerste, wie oft er die nächtliche Feier auch schon miterlebt haben mochte.

»Sosehr du auch um Maisblatt trauerst, reiche der Geisterwelt nicht die Hand, indem du weinst«, sagte Singendes Wasser zu ihr. »Denn das Weinen entlockt den geliebten Menschen auf der anderen Seite ebenfalls Tränen, macht ihnen das Herz unerträglich schwer und bindet sie an die Trauernden. Und das dürfen wir ihnen nicht antun, meine Schwester. Wir müssen sie ziehen lassen. Deshalb sollen wir nur mit Liebe an die Toten denken und uns ausschließlich die guten Zeiten ins Gedächtnis rufen, damit die Verstorbenen ihre Reise in die Geisterwelt in Frieden fortsetzen können und nicht in dieser Welt festgehalten werden.«

»Es ist so schwer, nicht zu weinen«, schluchzte Mary und vermochte die Tränen nicht zurückzuhalten.

»Ich weiß, aber denk an die Zwischenwelt!«, gemahnte sie Singendes Wasser sanft. »Dort werden alle Toten festgehalten, weil andere sie mit ihrer Trauer nicht gehen lassen. Sie wandern dort verloren herum, weil ihnen der Schmerz der Hinterbliebenen den Weg ins Land der Geister versperrt. Deshalb weint man nicht um die Toten und bittet sie auch nicht darum zurückzukommen. Du musst sie gehen lassen, Zwei-Fallende-Stimmen. Du musst sie in deinem Herzen loslassen, dann erst ist ihr Geist befreit.«

Mary versprach, den Geist von Maisblatt nicht durch ihre Tränen daran zu hindern, über den großen Fluss ins Land der Geister zu ziehen.

Die Nacht, in der das Geisterfest stattfand, war kalt und windig. Allen in Genishau gab sie eine Vorahnung des heraufziehenden Winters. Männer, Frauen und Kinder hatten sich im Ratshaus versammelt. Es herrschte eine drangvolle Enge in der großen Rindenhütte. Und doch wollte keiner dieses Ereignis missen.

Das Langhaus symbolisierte für die Irokesen das menschliche Leben schlechthin und es spielte daher auch im Geisterfest eine große Rolle. Denn nach dem Glauben der Irokesen betrat der Mensch die Welt, die sie mit einer Rindenhütte gleichsetzten, durch die östliche Tür und verließ sie bei seinem Tod durch den westlichen Ausgang. Die Erfahrungen zwischen diesen Lebenspolen Ost und West, Geburt und Tod, bildeten den Pfad des Lebens – so wie der Mittelgang im Langhaus als besonderer Ort der täglichen Begegnung das Leben der Familien miteinander verband.

Als sich alle in der Hütte versammelt hatten, wurden die Feuer entzündet. Die Zeremonie begann mit dem rituellen Verbrennen von Tabak. Nach Gesängen, die von Trommeln begleitet wurden, traten Jung und Alt vor, um den Namen eines verstorbenen Verwandten oder Freundes zu nennen und zu seinem Gedenken eine besondere Speise in der Mitte abzustellen. Und wenn beim Ausrufen der Namen einmal Tränen flossen, eilte einer der berufenen Ältesten mit einer Schale brennenden Tabaks herbei und fächelte dieser Person mit einer Adlerfeder Rauch zu, damit sie innerlich loslassen und den Geist des Toten weiterziehen lassen konnte.

Mary hielt sich tapfer. Sie vergoss keine Tränen, als sie aus der Menge vortrat, den Namen ihrer verstorbenen Freundin Maisblatt ausrief und eine Schale mit gesüßtem Mais abstellte. Sie wollte Maisblatt nicht dazu verdammen, ruhelos in der Zwischenwelt umherzuirren, sosehr sie ihr auch fehlte. Sie wollte sie freigeben und wie ihre anderen Verstorbenen immer in liebendem Gedenken bewahren.

Später in der Nacht, nachdem alle Opferspeisen bis auf den letzten Rest verzehrt waren, so wie es das Ritual vorschrieb, erreichte das Geisterfest schließlich seinen beklemmenden Höhepunkt.

Das Trommeln im Langhaus brach plötzlich ab und eine geradezu dröhnende Stille breitete sich aus. Denn nun erwartete man die Ankunft jenes außergewöhnlichen »Gastes«, der bei diesem Fest den Schöpfer, den Großen Geist vertrat. Die Versammelten wagten kaum zu atmen. Die Männer und Frauen verharrten ehrfurchtsvoll in stummem Gebet. Auch die kleinsten Kinder gaben keinen Laut von sich und verhielten sich absolut still. Niemand bewegte sich. Jedes Geräusch war in dieser angespannten Stille überdeutlich zu hören. Das Knacken und Knistern der Feuer hatte etwas bedrohlich Geheimnisvolles, das die Erwartung fast ins Unerträgliche steigerte.

Mary schluckte krampfhaft, während die Minuten sich endlos zu dehnen schienen. Es war, als könnte man den Herzschlag der atemlos wartenden Menge in dieser Stille so deutlich hören wie eben noch das Dröhnen der Trommeln.

Und dann geschah es: Ohne Vorwarnung blies einer der Schamanen die heilige Pfeife, die aus einem Adlerknochen geschnitzt war. Der schrille Ton, der viermal durch das Langhaus ging und die zum Zerreißen gespannte Stille zerschnitt, drang jedem Anwesenden durch Mark und Bein. Augenblicklich flog die Fellklappe vor der östlichen Tür zur Seite und der Stellvertreter des Großen Geistes wurde hereingetragen – ein stolzer Adler, der unter einer Lederkappe auf dem Arm des Oberschamanen saß.

Nachdem die Friedenspfeife im Kreis der Stammesführer und Schamanen die Runde gemacht hatte, wurde dem Raubvogel, einem großen weißköpfigen Seeadler, die Kappe vom Kopf gestreift und Tabakrauch über den majestätischen Vogel gefächert. Dann wurde der Adler langsam im Wigwam herumgetragen. Mit stechendem Blick starrte er einen nach dem anderen an, auf der Suche nach den Seelen und sich mit den Geistern verbindend, wie es hieß.

Die Stille, die jetzt im Langhaus herrschte, war von tiefer Ergriffenheit und Ehrfurcht erfüllt. Mary hielt den Atem an und wagte sich nicht zu bewegen, als der Adler in ihre Ecke kam, nur eine Armlänge von ihrem Gesicht verharrte und seinen Blick in ihre Seele zu bohren schien. Sie stand wie gelähmt.

Und dann war es vorbei – der Schamane verschwand mit dem Seeadler wieder durch den östlichen Eingang. Sofort begannen die Trommeln zu dröhnen und die unglaubliche Anspannung der Menschen entlud sich in einem lang gezogenen Aufstöhnen und Seufzen. Nun erhob sich eine Gruppe nach der anderen, um ein letztes Mal um das Feuer zu tanzen und sich dabei immer mehr dem westlichen Ausgang zu nähern, der jetzt zum ersten Mal geöffnet wurde. Und jeder verließ das Langhaus rückwärts tanzend durch die westliche Tür.

Als Mary, zitternd vor innerer Erregung, in die kalte Nacht hinaustrat und ihr Blick zu Falkenfeder hinüberging, der bei einer Gruppe junger Krieger stand, mit denen er bald auf Jagd gehen würde, da vermochte sie plötzlich in ihr eigenes Herz zu schauen. Sie wusste mit einem Mal, was sie die letzten Wochen so melancholisch gestimmt und sie so uneins mit sich selbst gemacht hatte: Der Gedanke an den Winter, der vor der Tür stand, klemmte ihr das Herz ab.

Es waren jedoch nicht Kälte und Schneestürme, die sie fürchtete, sondern die quälend langen Wochen und Monate des Bangens und des Wartens. Und zwar des Wartens darauf, dass die Männer, die nach dem Geisterfest nun in alle Himmelsrichtungen zu ihren Jagdexpeditionen aufbrechen würden, wieder zurückkehren. Mary wusste, sie würde sehnsüchtig auf Falkenfeder warten, den Mann, der ihr Herz und ihre Gedanken immer mehr beherrschte und der, wie die anderen allein stehenden Krieger sein Glück in besonders fern gelegenen Jagdgründen suchen würde.

Dreiundzwanzigstes Kapitel

Rechtzeitig zum Mittwinterfest kehrten Falkenfeder und seine Kameraden von ihrer letzten großen Jagdexpedition nach Genishau zurück, auch diesmal mit Fellen und einer reichen Fleischlast schwer beladen.

Marys Herz jubelte, als sie durch Horatio Lamar erfuhr, dass Falkenfeder nach dem Fest zu keiner weiteren Jagdexpedition aufbrechen wollte, sondern den Rest des Winters nur wenige Tagesmärsche vom Dorf entfernt zu jagen gedachte. Sie durfte also hoffen ihn endlich wieder öfter zu sehen!

Ihre Hoffnung erfüllte sich. Doch die Signale, die sie von ihm in den folgenden Monaten erhielt, wenn sie einander begegneten, waren auf verstörende Weise widersprüchlich. Mary hatte den Eindruck, dass er bei jeder unverfänglichen Gelegenheit ihre Nähe suchte. Gleichzeitig hielt er sich aber auch fern von ihr, indem er jeden direkten Kontakt mit ihr mied. Manchmal fing sie einen von Verlangen brennenden Blick von ihm auf, der ihr augenblicklich das Blut heiß ins Gesicht schießen und ihr Herz wild schlagen ließ. Doch wenn sie dann ihren Mut zusammennahm und ihn anlächelte, wandte er sich schnell ab und beeilte sich aus ihrem Blickfeld zu kommen.

Als das Eis auf Flüssen und Seen aufbrach und der Frühling endlich ins Land zog, wusste Mary weniger denn je, wie sie sein zwiespältiges Verhalten deuten sollte. Ihr Gefühl sagte ihr, dass Falkenfeder sich so stark zu ihr hingezogen fühlte wie sie zu ihm. Die Stimme ihrer Vernunft riet ihr jedoch, nicht die deutlichen Zeichen der Zurückweisung zu übersehen, die sie immer wieder von ihm erhielt.

Mary litt unter diesem Zustand, allerdings offenbarte sie ihren inneren Tumult aus sehnsüchtiger Hoffnung und bedrückender Ratlosigkeit weder ihren Freundinnen noch ihren Schwestern. Nicht etwa, weil es ihr an Vertrauen gemangelt hätte. Sie fürchtete sich vielmehr davor, dass Tanzender Stein oder Singendes Wasser ihr die Augen für die Wirklichkeit öffneten – und dass diese Wirklichkeit sich nicht mit ihren Träumen deckte. Solange sie mit niemandem darüber sprach und auch keinen Versuch unternahm, Falkenfeder zu einer eindeutigen Stellungnahme zu bewegen, blieb ihr bei aller Zwiespältigkeit seines Verhaltens doch immerhin der Trost ihrer Träume.

Wer weiß, wie lange Mary noch den Kopf in den Sand gesteckt hätte, wenn nicht der alte Fallensteller Horatio Lamar durch seinen tollkühnen Wampum-Diebstahl ihrem Leben plötzlich eine höchst dramatische Wendung gegeben hätte.

Es passierte zur Zeit der Ahornsafternte, als jede Hand in den Wäldern gebraucht wurde. Die Rinde der Ahornbäume musste fachmännisch eingekerbt und ein kleines Gefäß unter dem Einschnitt aufgehängt werden, um den herausrinnenden Saft aufzufangen. Danach folgten regelmäßige Rundgänge, bei denen Männer und Frauen den Saft aus den Auffangschalen einsammelten, in große Kürbisbehälter umfüllten und ins Dorf trugen, wo die köstlich süße Flüssigkeit schließlich zu haltbarem Sirup eingekocht wurde.

Mary befand sich eines Nachmittags gerade mit einer randvollen Kürbisflasche auf dem Rückweg von solch einem Rundgang, als sie jemanden durch das Unterholz kommen hörte. Sie blieb stehen, setzte die Kürbisflasche ab und blickte angestrengt in die Richtung, aus der die Geräusche kamen. Dichtes Buschwerk, das dort einen sanft ansteigenden Hang zwischen den Bäumen überwucherte, verwehrte ihr jedoch den Blick.

»Bist du das, Wolkenvogel?«, rief Mary und dachte im selben Moment, dass es kaum ihre Freundin sein konnte. Erstens hatte Wolkenvogel ein ganz anderes Waldstück übernommen und zweitens wäre sie nie derart lärmend und quer durch die Büsche gekommen.

»Ich wünschte, ich könnte fliegen wie ein Wolkenvogel! Ach was, mein alter Gaul würde mir jetzt schon reichen!«, antwortete ihr eine dunkle, grimmige Männerstimme, die sie sogleich als die des alten Fallenstellers erkannte. »Aber ich will sogar dankbar sein, wenn ich nur endlich aus diesem verdammten Dickicht herauskomme. Mag der Teufel wissen, wie ich da hingekommen bin. Das hat man davon, wenn man sich den Weg abkürzen will!«

Im nächsten Moment fuhr der Lauf eines Gewehrs wie eine Machete zwischen zwei Büsche, teilte sie – und Horatio Lamar taumelte durch den Spalt ins Freie.

»O mein Gott!«, stieß Mary erschrocken hervor, als sie den blutigen Verband sah, den der Trapper um seine linke Schulter gewickelt hatte. »Du bist ja verletzt!«

Der Fallensteller, der sichtlich am Rand seiner Kräfte angelangt war, humpelte auf sie zu. Dabei stützte er sich auf sein Gewehr. »Ja, ein hübscher Pfeil, der mich da erwischt hat. Eine

Handbreit tiefer, und ich wäre jetzt schon im Land der Geister.«

»Huronen?«, fragte Mary alarmiert.

»Nein, Seneca. Ein paar sehr grimmige Krieger aus Tecarneodi sitzen mir im Nacken und können es nicht erwarten, mich mit Pfeilen und Kugeln zu spicken oder mir den Schädel mit ihrem Tomahawk zu spalten.«

»Was? Männer aus Tecarneodi haben auf dich geschossen?«, fragte Mary ungläubig. Denn die Seneca von Tecarneodi, einem Dorf, das weiter im Norden an der Mündung des Niagara River lag, waren Stammesbrüder. Und wie sie wusste, war Horatio Lamar, den die Seneca ja in ihren Stamm aufgenommen und mit dem Namen Der-mit-Donner-fällt geehrt hatten, in diesem Dorf genauso willkommen wie in Genishau.

Der Fallensteller verzog das Gesicht zu einem schiefen Grinsen. »Ja, du hast schon richtig gehört. Aber jetzt ist nicht die Zeit, um dir das zu erklären. Die Krieger, allen voran Dreibein, sitzen mir tatsächlich im Nacken und ich muss mich beeilen, dass ich in ein sicheres Versteck komme, sonst hängt nämlich noch heute mein grauer Skalp an ihrem Gürtel! Seit ich Maggie, meine treue Stute, verloren habe, ist mir Dreibein mit seinen Männern verflucht nahe auf den Pelz gerückt. Ich habe höchstens noch eine knappe Stunde Vorsprung vor meinen Verfolgern. Diese Zeit gilt es klug zu nutzen. Also komm und hilf mir!«

Horatio Lamar stützte sich auf Mary, die ihn so schnell wie möglich ins Dorf bringen wollte. Der Fallensteller wollte davon jedoch nichts wissen.

»Da bin ich nicht sicher genug, denn wer weiß, wie die Männer in Genishau reagieren, wenn sie erfahren, welch unerhörte Eigenmächtigkeit ich mir erlaubt habe! Nein, bring mich hinunter an den Fluss. Dort kenne ich am Steilufer eine Höhle, von der nur wenige wissen. Dort fühle ich mich sicherer als im Dorf!«

Beunruhigt fragte sich Mary, was der Fallensteller bloß getan haben mochte, um seine Stammesbrüder so zornig gemacht zu haben, dass sie ihm nun nach dem Leben trachteten und dass er sich nicht einmal in Genishau mehr sicher wähnte.

Horatio Lamar lenkte ihre Schritte zu jener Stelle am Fluss, wo sich die Höhle befand. Sie lag hinter einem überhängenden Busch verborgen und war groß genug, um notfalls sogar einem ganzen Dutzend Menschen Zuflucht zu bieten. Die Felsdecke war so hoch, dass Mary sich im Gegensatz zu Lamar nicht einmal zu bücken brauchte.

»Danke für deine Hilfe, Mary. Lauf jetzt ins Dorf und schicke Falkenfeder, seinen Vater oder sonst einen von ihrer Familie zu mir. Sie sollen sich nichts anmerken lassen und mir Proviant sowie einen Tiegel Heilsalbe mitbringen. Ein paar Decken könnte ich auch gebrauchen. Richtest du das bitte aus?«

»Sicher, und ich helfe dir gern, Horatio. Aber zuerst möchte ich doch wissen, in was ich mich da einlasse. Also was ist das für eine Eigenmächtigkeit, die du dir erlaubt hast und die die Tecarneodi so zornig gemacht hat?«, fragte Mary, als Lamar an die hintere Höhlenwand gelehnt saß, sein Gewehr quer über den Beinen sowie Kugelbeutel und Pulverhorn griffbereit im Schoß.

Er lachte spöttisch auf. »Aiee, auf den Kopf gefallen bist du nicht. Also gut, ich werde es dir erzählen. So viel Zeit bleibt uns noch, und besser, du erfährst es von mir.« Er räusperte sich. »Du hast sicher schon davon gehört, dass die Seneca mal wieder kurz davor stehen, die volle Kriegsbemalung anzulegen und gegen die Engländer auf den Kriegspfad zu ziehen.«

Mary nickte. »Ja, es schwirren eine Menge Gerüchte herum. Es wird von Krieg geredet, weil die Engländer sich nicht an die Vereinbarungen halten, die sie mit den Häuptlingen der Seneca geschlossen haben.«

»Die Rotröcke lassen mehr Siedler und Händler ins Land, als sie den Indianern versprochen haben, das ist leider wahr«, bestätigte der Fallensteller. »Wahr ist aber auch, dass einige Hitzköpfe unter den Seneca, vor allem in Tecarneodi, schon lange voller Ungeduld auf irgendeinen Vorwand gewartet haben, um wieder Engländer und Siedler am Ontario überfallen und skalpieren zu können. Und nicht jeder Häuptling ist so besonnen wie Brennender Himmel. Tja, und da habe ich mich entschlossen diesen Burschen, die es wieder nach Blutvergießen dürstet, die Suppe zu versalzen.«

»Und wie hast du das getan?«

»Ganz einfach: indem ich eine der heiligsten Wampum-Schnüre des Stammes entwendet und sie dem Kommandanten von Fort Niagara im Namen der Seneca und als Zeichen ihres Willens, mit den Bleichgesichtern Frieden zu halten, überbracht habe.«

»O mein Gott!«, entfuhr es Mary unwillkürlich und sie schlug erschrocken die Hand vor den Mund. Eine heilige Wampum-Schnur zu entwenden galt als unverzeihlich.

»Ich weiß, was ich mir damit eingebrockt habe«, gestand Horatio Lamar ein. »Aber ich konnte nicht anders. Mein Gewissen ließ mir keine andere Wahl. Ich wollte unbedingt diesen blutigen und sinnlosen Krieg verhindern, der so vielen

Menschen den Tod gebracht hätte und den die Seneca letztlich auch nicht hätten gewinnen können. Und mit meinem Trick ist es mir ja auch gelungen, denn ganz gleichgültig, was mit mir geschieht, an den Schwur, den ich in ihrem Namen und durch die Übergabe des heiligen Wampum geleistet habe, sind die Seneca unwiderruflich gebunden. Sie sind vorerst zum Frieden mit den Engländern verdammt – und das hat, wie ich denke, den Einsatz gelohnt, auch wenn es mich vielleicht meinen Skalp kosten sollte.«

Mary wusste nicht, ob sie für den tollkühnen Alleingang des Fallenstellers Bewunderung oder Missbilligung empfand. Es war wohl von beidem etwas.

»Jetzt weißt du, warum Dreibein und seine Krieger hinter mir her sind. Also lauf ins Dorf und gib Falkenfeder Bescheid, solange noch genug Zeit ist, um mich mit allem Nötigen zu versorgen!«, drängte der Trapper nun.

Mary kroch aus der Höhle und lief so schnell sie konnte ins Dorf. Sie suchte Falkenfeder und fand ihn vor dem Langhaus des Falkenklans beim Schnitzen von Kanurippen aus Weißesche. Drei junge Männer, von denen zwei einem anderen Klan angehörten, saßen neben ihm und verrichteten die gleiche Arbeit. Einer von ihnen stieß Falkenfeder an, als sie zielstrebig auf ihn zuging, und sagte etwas, was die anderen zum Lachen brachte, auf dem Gesicht von Falkenfeder jedoch eine grimmige Miene hervorrief.

»Ich muss mit dir sprechen, Falkenfeder«, sagte sie, vom Laufen ganz außer Atem.

»Dann rede!«, antwortete er, ohne zu ihr aufzublicken.

»Allein!«, flüsterte sie.

»Was du zu sagen hast, können auch meine Brüder . . .«

Mary fiel ihm wütend ins Wort. »Fehlt Falkenfeder vielleicht der Mut, um mit mir allein zu sprechen? Braucht er Beistand von seinen Kameraden, wenn eine junge Squaw ihn unter vier Augen zu sprechen wünscht? Das mag ich kaum glauben, rühmt man den Sohn von Schwarzfalke doch wegen seiner Tapferkeit auf der Jagd und im Kampf mit den Feinden der Seneca!«, forderte sie ihn heraus.

Jäh flog sein Kopf hoch und ein flammender Blick traf sie, während sich seine Kameraden sichtlich amüsierten. »Zwei-Fallende-Stimmen hat die scharfe Zunge eines frisch geschliffenen Messers!«, zischte er erzürnt, legte jedoch seine Arbeit beiseite und sprang auf.

»Falkenfeder zwingt mich leider dazu«, erwiderte Mary, jedoch mit versöhnlich klingender Stimme. »Wird er mir nun also den Gefallen tun und sich unter vier Augen anhören, was ich ihm zu sagen habe?«

Er nickte knapp und ging schnellen Schrittes zum Rand eines der Maisfelder hinüber, sodass Mary gezwungen war ihm nachzulaufen.

»Der-mit-Donner-fällt ist in der Höhle unten am Fluss!«, teilte Mary ihm mit, sowie sie ihn eingeholt hatte. »Er ist verletzt und braucht dringend Heilsalbe, Nahrung und Schutz.«

Falkenfeder sah sie verdutzt an. Ihm dämmerte, dass sie einen wichtigen Grund hatte ihn allein zu sprechen, denn sein Gesicht verlor nun seinen grimmigen und abweisenden Ausdruck.

»Der-mit-Donner-fällt hat in Tecarneodi etwas sehr . . . nun, sehr Unbesonnenes getan, wofür ihn Dreibeil und ein paar andere Krieger, die seine Verfolgung aufgenommen haben und jeden Moment hier eintreffen können, töten wollen!«

Falkenfeder packte sie am Arm. »Was werfen sie ihm vor, Zwei-Fallende-Stimmen?«

Mary teilte ihm in kurzen, knappen Sätzen mit, was der Fallensteller ihr erzählt hatte, und mit jedem Wort wurde das Gesicht des Mannes, dem ihr Herz gehörte und der sie zum ersten Mal seit vielen, vielen Monaten wieder berührte, immer betroffener und sorgenvoller.

»Niemand wird hier die Hand gegen den weißen Bruder meines Vaters erheben! Wer das versucht, der stellt sich gegen unseren Klan!«, stieß er entschlossen hervor. »So schwer das Vergehen auch ist, das Der-mit-Donner-fällt auf sich geladen hat, wir werden nicht zulassen, dass man ihm an diesem Ort, wo er vor vielen Sommern zu einem von uns geworden ist, nach dem Leben trachtet – wer immer das auch sein mag!«

»Aiee!«, pflichtete Mary ihm erleichtert bei.

Falkenfeder legte ihr nun behutsam eine Hand auf die Schulter. »Du hast recht getan, Zwei-Fallende-Stimmen, mich vor meinen Freunden so anzufahren. Meine Familie und ich stehen in deiner Schuld!«, sagte er mit ernster Miene.

»Nein, du wirst niemals in meiner Schuld stehen, Falkenfeder!«, erwiderte sie und sah ihm zärtlich in die Augen. »Ich habe es gern getan ... von Herzen gern.«

Für einen kurzen Moment huschte ein Lächeln über sein ernstes Gesicht und Mary las in seinen Augen, was sie sich erhofft hatte. Doch schon ein, zwei Sekunden später setzte er wieder einen Ausdruck stolzer Selbstbeherrschung auf. »Die Zeit drängt zum Handeln! Ich besorge den Proviant, Salbe und Heilkräuter. Mein Freund Gefleckter Schweif wird mir dabei helfen, auf sein Schweigen ist Verlass. Zudem versteht sich seine Mutter auf guten Heilzauber. Meinen Vater halten wir da heraus, für derlei Abenteuer ist er zu alt. Er kann anderweitig helfen. Und auch du hältst dich von nun an besser von der Höhle fern.«

Mary dachte gar nicht daran, sich auf die Rolle der tatenlosen Zuschauerin zu beschränken. Sie bestand darauf, an der Betreuung des verletzten Fallenstellers weiterhin teilzunehmen. Falkenfeder ließ ihr ihren Willen, wohl weil er spürte, dass sie nicht klein beigeben würde, was immer er auch sagte.

Dreibeil und zwei weitere Krieger aus Tecarneodi trafen in Genishau ein, als Mary, Falkenfeder und Gefleckter Schweif gerade mit kleinen Beuteln voll Proviant unauffällig aus ihren Langhäusern kamen und sich Augenblicke später am anderen Ende des Dorfes zwischen die Büsche schlugen. Sie beeilten sich nicht nur so schnell wie möglich zum Versteck zu kommen, sondern auch ebenso schnell wieder ins Dorf zurückzukehren. Niemand durfte ihre Abwesenheit bemerken und Verdacht schöpfen. Denn selbst Falkenfeder wusste nicht vorherzusagen, wie sich wohl die anderen Stammesangehörigen verhalten würden, wenn bekannt wurde, was sich der

Fallensteller hatte zu Schulden kommen lassen. Sie mussten mit dem Schlimmsten rechnen.

Die Nachricht, dass Der-mit-Donner-fällt durch die Übergabe der gestohlenen Wampum-Schnur die Seneca fürs Erste dazu gezwungen hatte, den Frieden mit den Engländern einzuhalten, versetzte das Dorf in helle Aufregung und Empörung. Nicht nur Dreibeil und seine Krieger forderten die Auslieferung und den Tod des Mannes, den sie einen Verräter nannten, sondern auch viele Krieger aus Genishau wollten ihn aus ihrem Stamm ausstoßen und an den Marterpfahl binden.

Dass Zunderholz zu dieser Gruppe gehörte und mit am lautesten den Tod des Verräters verlangte, der durch seine schändliche Tat sein Leben verwirkt habe, wie er behauptete, wunderte niemanden. Sein Wunsch nach Rache war so alt wie seine krumme Nase.

Zunderholz hatte die Schmach nie verwunden, die der weiße Fallensteller ihm einst zugefügt hatte, jedoch nie eine Gelegenheit gefunden, sein Verlangen nach Rache ungestraft stillen zu können. Nun hielt er seine Stunde für gekommen. Er stellte sich mit dem jungen Krieger Dreibeil an die Spitze derjenigen, die lauthals eine sofortige Durchsuchung aller Langhäuser sowie ein gemeinsames Durchkämmen der umliegenden Wälder verlangten, sollte der Fallensteller in keiner Rindenhütte zu finden sein. Denn alle Spuren wiesen eindeutig darauf hin, dass sich der Trapper im Dorf oder ganz in seiner Nähe versteckt hielt. Wo sonst hätte er auch, verletzt und ohne ausreichenden Proviant, in seiner heiklen Situation Hilfe finden können?

»Wer dem Verräter hilft und ihn vor uns versteckt hält, den

soll dieselbe Strafe treffen!«, forderte Zunderholz unversöhnlich. »Die Erde am Marterpfahl soll sein Blut trinken!«

Auch Häuptling Brennender Himmel zeigte wenig Verständnis für das, was Horatio Lamar getan hatte. Er war allerdings nicht gewillt, deshalb gleich den Stab über ihn zu brechen und ihn der Mordlust seiner erklärten Feinde auszuliefern. Mit Nachdruck gemahnte er seine erregten Stammesangehörigen Ruhe und Augenmaß zu bewahren. Zum Groll von Zunderholz, Dreibeil und einem Dutzend anderer setzte er schließlich durch, dass sich die gewählten Stammesführer zusammen mit dem ehrwürdigen Ältestenrat der Sache annehmen und beraten sollten, was in dieser Angelegenheit zu tun sei.

»Brennender Himmel ist ein schlauer Fuchs und der geborene Diplomat, was ja ein und dasselbe ist«, sagte Horatio Lamar erleichtert, als Mary sich in dieser Nacht zu ihm schlich, um ihm die gute Nachricht mitzuteilen. »Dem Himmel sei Dank, dass er ein Mann mit Weisheit und Scharfblick ist und mir schon immer wohlgesinnt war. Wie ich ihn kenne, wird er dafür sorgen, dass sich diese Beratung zu einer äußerst langwierigen Angelegenheit mit vielen Unterbrechungen hinziehen wird. Das gibt ihm Zeit, um hinter den Kulissen besänftigend auf die Hitzköpfe einzuwirken und eine für mich günstigere Stimmung zu schaffen.«

Der Fallensteller behielt Recht. Es gelang Brennender Himmel, die Beratungen über mehrere Tage hinzuziehen und die erhitzten Gemüter zu beruhigen. Und je mehr Zeit verstrich, desto mehr legte sich auch die allgemeine Empörung. Der anfangs vielstimmige Ruf, Der-mit-Donner-fällt aus seinem Versteck zu treiben und an den Marterpfahl zu binden, wurde langsam schwächer. Die Meinung setzte sich durch, dass der Fallensteller zwar ein Sakrileg begangen, aber zweifellos aus edlen Motiven und aus Liebe zu seinem Volk der Seneca gehandelt hatte und deshalb Milde verdiente. Insbesondere die Frauen sahen die guten Seiten seiner Tat: Ihre Söhne, Brüder und Ehemänner würden in absehbarer Zeit nicht in einen blutigen und verlustreichen Krieg mit den Rotröcken verwickelt sein. Dafür konnte man schon etwas Nachsicht zeigen.

Die Entscheidung der Ratsversammlung, eine empfindliche materielle Strafe über den Fallensteller zu verhängen, ihn jedoch nicht aus dem Stamm auszustoßen und damit zum Tode zu verurteilen, löste deshalb auch nur bei sehr wenigen Seneca helle Empörung aus.

Zunderholz tobte vor Zorn und ließ sich gar dazu hinreißen, den Häuptling sowie die Männer des Ältestenrates mit einer Schar zahnloser, alter Weiber zu vergleichen, denen nicht nur der Lebenssaft in den Knochen eingetrocknet war, sondern auch der letzte Rest Verstand.

Dreibeil und seine Kameraden zürnten dem Häuptling Brennender Himmel und dem Ältestenrat nicht weniger, hatten als Gäste jedoch keine Handhabe sich der Entscheidung zu widersetzen. Mit knirschenden Zähnen nahmen sie die Geschenke an, die Brennender Himmel ihnen im Namen des Dorfes für sie und die Stammesführer von Tecarneodi überreichte, und machten sich auf den Heimweg.

Falkenfeder und Horatio Lamar trauten dem Frieden jedoch noch längst nicht. Zunderholz und die drei Männer aus Tecarneodi hatten in den vergangenen Tagen fieberhaft versucht das Versteck des weißen Fallenstellers zu finden und auszukundschaften, wer ihm aus dem Dorf heimlich Hilfe zukommen ließ. Mary, Falkenfeder und Gefleckter Schweif, die sich mit Besuchen bei Horatio Lamar in der Höhle über dem Fluss abgewechselt hatten, waren gezwungen gewesen allergrößte Vorsicht walten zu lassen.

Ihr Misstrauen erwies sich als berechtigt. Dreibein und seine beiden Kameraden trieben sich zusammen mit Zunderholz noch fast anderthalb Wochen in der Gegend herum, wohl in der Hoffnung, dass der Fallensteller guten Glaubens, der Gefahr entronnen zu sein, aus seinem Versteck kam und sich ihnen doch noch die Chance bot, ihn zu töten.

Mary wusste, wie gefährlich die Sache war, in die sie sich eingelassen hatte, und wie viel davon abhing, dass ihr auf dem Weg zur Höhle niemand unbemerkt folgte. Sie dachte jedoch nicht einen Moment daran, ihre riskanten Besuche bei Horatio Lamar aufzugeben – allein schon weil sie spürte, wie sehr dieses gemeinsame Geheimnis sie mit Falkenfeder verband, auch wenn sie nicht darüber sprachen. Er blickte nun auch nicht länger weg, wenn sie seinen Blick auffing, ja, er erwiderte sogar ihr Lächeln.

Aber es war nicht allein ihre Liebe zu Falkenfeder, die sie bewog, trotz aller Gefahren Horatio Lamar ihre tatkräftige Treue zu bewahren. Die Wunde des Fallenstellers hatte sich nämlich entzündet und er lag im Fieber. Es war deshalb wichtig, dass jemand regelmäßig den Verband wechselte, Kompressen anlegte und ihm zu trinken gab.

Der Fallensteller besaß ein feines Gefühl für das, was zwischen Mary und Falkenfeder vor sich ging, wenn sie sich in der Höhle ablösten.

»Du hast dein Herz an Falkenfeder verloren, nicht wahr?«, fragte er einige Tage nach der Entscheidung des Ältestenrates, als es mit ihm endlich wieder bergauf ging.

»Wer hat denn das behauptet?«, fragte Mary zurück und rettete sich damit vor einer aufrichtigen Antwort, während ihr die Hitze ins Gesicht schoss.

Er lächelte. »Das muss mir keiner sagen, das sehe ich. Ihr blickt euch an, wie es nur zwei Verliebte tun.«

»Dein Fieber ist wohl doch noch nicht so sehr gesunken, wie ich angenommen habe!«, sagte sie und wich seinem amüsierten Blick aus.

»Mein Gott, wenn ich schon spüre, wie es zwischen euch knistert, dann muss es in dir und Falkenfeder doch lichterhell lodern!«, sagte er lachend. »Na ja, so soll es ja auch sein. Sag mal, kennst du die Geschichte der Schöpfung von Mann und Frau, wie die Irokesen sie erzählen?«

Mary schüttelte stumm den Kopf.

»In der Bibel heißt es ja, Gott habe den ersten Menschen als Mann gestaltet und dann später aus seiner Rippe die Frau geschaffen, weil der Mann niemanden hatte, der ihm entsprach und mit ihm das Paradies teilen konnte. Das klingt dann bei vielen Christen so, als wäre die Frau sozusagen ein Anhängsel des Mannes, ein verspäteter Einfall Gottes, mit dem er Adam beschenkt hat. So steht es in der Genesis«, sagte der Fallensteller und zitierte sogar die entsprechende Stelle. »Nun, damit kann ich gewiss gut leben. Aber dennoch gefällt mir die Version der Irokesen noch um einiges besser. Sie erzählen sich die Schöpfungsgeschichte folgendermaßen: Der Große Geist schuf Mann und Frau zur selben Zeit. Seine Schöpfung missfiel ihm jedoch, weil die beiden Menschen nicht das geringste Interesse aneinander zeigten. Deshalb entnahm er jedem von ihnen im Schlaf eine Rippe. Die Rippe des Mannes setzte er nun in den Körper der Frau ein und die Rippe der Frau in den Leib des Mannes. Als die beiden am Morgen erwachten, wandten sie sich sofort einander zu. Und weißt du, warum sie auf einmal Interesse aneinander zeigten?«

Mary ahnte die Antwort zwar, zuckte aber dennoch vage die Achseln.

»Weil jeder spürte, dass der andere ein Stück seines eigenen Selbst besaß. Und seitdem besteht diese wundersame Anziehungskraft zwischen Mann und Frau, besonders wenn sie in Liebe zueinander entbrennen«, sagte der Fallensteller. »Falkenfeder und du, ihr spürt beide, dass der andere Stücke eures eigenen Selbst besitzt. Man könnte auch sagen: Ihr spürt, dass ihr füreinander geschaffen seid.«

Mary brannten die Ohren und sie raffte schnell ihre Sachen zusammen. »Ich muss jetzt gehen!«, murmelte sie und verließ fast fluchtartig die Höhle.

Als sie durch den Wald lief und dabei einen großen Bogen schlug, um sich dem Dorf aus der entgegengesetzten Richtung zu nähern, war sie zutiefst aufgewühlt, weil der Fallensteller ihre Gefühle so zutreffend beschrieben hatte. Denn war es nicht genau das, was sie spürte, wenn sie an Falkenfeder dachte oder gar in seiner Nähe war, nämlich dass sie beide aus einem unerfindlichen Grund zueinander gehörten?

Vierundzwanzigstes Kapitel

Hass ist wohl das schrecklichste aller Gifte. Man kann es jahrzehntelang in sich tragen und nähren, scheinbar ohne daran zu sterben. Doch dieser Schein trügt. Hass bringt sehr wohl den Tod, wenn auch nicht den leiblichen. An diesem Gift sterben Gewissen, Moral und Menschlichkeit. Denn Hass zerfrisst unweigerlich die Seele, beraubt den Menschen seiner Würde und seiner Barmherzigkeit und sät das Böse unter seine Mitmenschen.

Der Hass, den Zunderholz all die Jahre gegen den Fallensteller in sich getragen und nach außen hin nur mühsam verborgen gehalten hatte, brach jetzt wie ein eitriges Geschwür in ihm auf. Das Gift seines hasserfüllten Verlangens nach Rache um jeden Preis breitete sich wie ein lodernder Waldbrand, den niemand mehr unter Kontrolle bringen konnte, in ihm aus.

Als die drei Krieger aus Tecaneordi ihre Suche nach Dermit-Donner-fällt schließlich aufgaben und beschlossen in ihre Heimat zurückzukehren, da geriet Zunderholz um ein Haar mit ihnen böse aneinander, warf er ihnen doch Kleinmut und mangelnde Ausdauer vor. Und in seinem blinden Hass schrie er ihnen nach: »Lauft nur zurück an die Kochfeuer eurer Mütter! Ich werde den räudigen Hund auch ohne eure Hilfe aus seinem Bau aufstöbern! Und dann wird mein Tomahawk sein Blut trinken und sein Skalp meinen Wigwam schmücken!«

Und es floss Blut, so wie Zunderholz sich geschworen hatte. Doch es war nicht das Blut von Horatio Lamar, das wenige Tage später den Waldboden am Genesee River tränkte, sondern es war Gefleckter Schweif, der unter dem Tomahawk von Zunderholz zusammenbrach und unter einer Hemlocktanne verblutete.

Zunderholz war an jenem Abend Falkenfeder in den Wald gefolgt. Er zählte ihn zu jenen Männern, auf deren Loyalität und Hilfe der weiße Fallensteller in einer solchen Situation bauen konnte. Er hatte erst andere, ältere Männer argwöhnisch beobachtet, ohne von ihnen jedoch zum Versteck geführt worden zu sein. Nun hatte er sein Augenmerk auf den ältesten Sohn von Schwarzfalke gerichtet.

Wie der Zufall es wollte, hatte Falkenfeder mit seinem Freund Gefleckter Schweif ausgemacht Horatio Lamar an diesem Abend im Schutze der Dunkelheit ins Langhaus des Falkenklans zu bringen. Um kein unnötiges Risiko einzugehen, hielten sie an ihrer bisherigen Vorgehensweise fest, sich auf getrennten Wegen zum Versteck am Fluss zu begeben.

Gefleckter Schweif wurde im Dorf jedoch noch aufgehalten. Als er schließlich am Genesee eintraf, hatte Horatio Lamar die Höhle schon verlassen und stand, noch immer sehr geschwächt, mit Falkenfeder am Ufer.

Zunderholz hielt den Augenblick seiner Rache für gekommen und wollte sich mit seiner Streitaxt von hinten auf Falkenfeder und den weißen Fallensteller stürzen. Von Letzterem war wenig Gegenwehr zu erwarten, deshalb wollte er zuerst Falkenfeder töten, den er in seinem Hass genauso zum Tode verurteilt hatte wie den Fallensteller.

Gefleckter Schweif vereitelte den hinterhältigen Überfall, denn er bemerkte Zunderholz gerade noch rechtzeitig, um seine Freunde warnen zu können.

Als er den gellenden, unerwarteten Warnschrei in seinem Rücken hörte, wirbelte Zunderholz herum, sah eine Gestalt auf sich zulaufen und schleuderte ihr mit aller Kraft seinen Tomahawk entgegen.

Die Streitaxt traf den jungen Krieger mit tödlicher Wucht knapp oberhalb des Schlüsselbeines und durchschlug ihm halb die Kehle. Mit einem erstickten Aufschrei stürzte Gefleckter Schweif zu Boden.

Nun, da seine Gegner gewarnt waren und er die Waffe, mit der er am besten umzugehen verstand, verloren hatte, gab Zunderholz die Sache für verloren. Falkenfeder war ein junger, muskulöser Krieger, gegen den er in einem fairen Zweikampf mit dem Messer keine Chance hatte. Deshalb suchte er sein Heil in der Flucht und tauchte in der Dunkelheit des Waldes unter.

Falkenfeder hätte ihn vielleicht noch einholen können, er verzichtete jedoch darauf, die Verfolgung aufzunehmen. Seine erste Sorge galt seinem verletzten Freund. Er hoffte ihm helfen zu können. Doch als er bei ihm kniete und sah, welch fürchterliche Wunde der Tomahawk gerissen hatte, da schwand jegliche Hoffnung augenblicklich dahin. Gefleckter Schweif hatte nur noch wenige Atemzüge Leben in sich und verblutete in seinen Armen, noch bevor Falkenfeder dazu kam, einen Verband anzulegen.

Die Erschütterung über den heimtückischen Überfall von

Zunderholz, dessen Verhinderung Gefleckter Schweif mit seinem eigenen Leben bezahlt hatte, war groß in Genishau. Der Fallensteller machte sich ebenso bittere Vorwürfe wie Falkenfeder, der sich die Hauptschuld am Tod seines Freundes gab.

»Ich habe einen unverzeihlichen Fehler begangen. Ich hätte vorsichtiger sein müssen und merken, dass ich verfolgt wurde! Der Tomahawk, der meinen Freund getötet hat, war mir bestimmt gewesen. Gefleckter Schweif hat mein Leben gerettet und deshalb seines verloren! Und nur, weil ich nicht achtsam genug gewesen bin!«, warf er sich vor, als Mary ihm sagte, wie tief der Tod von Gefleckter Schweif sie bekümmerte und wie gut sie seinen Schmerz über den Verlust seines Freundes nachempfinden konnte.

»Es war Nacht. Außerdem machen wir alle mal einen Fehler. Niemand ist davor gefeit«, erinnerte sie ihn, damit er nicht zu hart mit sich selbst ins Gericht ging.

»Aber meinen Fehler hat Gefleckter Schweif mit seinem Leben bezahlt!«, erwiderte Falkenfeder mit gequälter Miene, wandte sich abrupt ab und verschwand im Langhaus des Falkenklans.

Mary litt mit ihm und wünschte, sie könnte ihm helfen und ihn spüren lassen, wie sehr sie für ihn da sein und alles mit ihm teilen wollte. Doch für einen jungen Krieger geziemte es sich nicht, den Trost einer Squaw zu suchen, die nicht seinen Wigwam teilte – und schon gar nicht in aller Öffentlichkeit. So blieb ihr nichts anderes übrig als zu warten und zu hoffen, dass Falkenfeder mit seinen Selbstvorwürfen und seinem Kummer möglichst bald ins Reine kam – und darüber nicht vergaß, was zwischen ihnen darauf wartete, endlich ausgesprochen zu werden.

Der Mord an Gefleckter Schweif hatte nicht nur für Zunderholz schwerwiegende Konsequenzen, sondern auch für die Ohwachira, zu der er gehörte. Denn nach dem Rechtsverständnis der Irokesen trug auch die Ohwachira eines Stammesmitglieds, das sich eines Verbrechens schuldig gemacht hatte, eine Mitverantwortung.

Zunderholz selbst wurde aus dem Stamm ausgestoßen und für vogelfrei erklärt. Sein Leben stand fortan nicht mehr unter dem Schutz der Liga und jeder konnte ihn töten, ohne dass sein Tod von irgendjemandem gerächt werden durfte.

Die Großfamilie von Zunderholz wurde zu einem Bußgeld in Höhe von dreißig Wampum-Schnüren verurteilt, das an die Ohwachira des Getöteten zu leisten war. Im Fall der Ermordung einer Frau lag die Strafe noch um einiges höher, nämlich bei vierzig dieser kostbaren Muschelbänder. Denn das Leben einer Frau galt als wertvoller für den Fortbestand der Gemeinschaft als das eines Mannes.

Diese Art der Rechtsprechung hatte eine lange Tradition innerhalb der Irokesenliga. Indem neben der drakonischen Strafe für den Täter auch der geschädigten Großfamilie durch Zahlung festgelegter Bußgelder öffentlich Genugtuung gewährt wurde, verhinderte man den entsetzlichen Teufelskreis der gegenseitigen Blutrache, der in anderen Ländern und

Völkern Familien zu Todfeinden machte – manchmal über Jahrhunderte hinweg.

Zunderholz brauchte bei der Versammlung, die über ihn zu Gericht saß, nicht anwesend zu sein, um zu wissen, zu welchem Beschluss sie kommen würde. Er wusste auch so, dass dem Stammesrat keine andere Möglichkeit blieb, als ihn zur Strafe für den Mord an Gefleckter Schweif für vogelfrei zu erklären. Und dieses Urteil war gleichbedeutend mit dem sicheren Tod, wenn er nicht umgehend aus dem Stammesgebiet der Irokesen floh.

Deshalb nahm man in Genishau an, dass Zunderholz sich schon seit der Mordnacht auf der Flucht befand, um möglichst schnell viele Meilen zwischen sich und seine einstigen Stammesbrüder zu bringen. Es rechnete auch niemand damit, dass er je wagen würde sich noch einmal im Land der Fallenden Wasser blicken zu lassen. Doch das war ein Irrtum, wie sich schon bald herausstellen sollte.

Fünfundzwanzigstes Kapitel

Seit Singendes Wasser sie vor nun bald drei Jahren zu den Wasserfällen geführt hatte, gehörten die Steilufer am unteren und mittleren Katarakt zu Marys liebsten Plätzen, wenn sie etwas bedrückte und sie ganz allein mit sich und ihren Gedanken sein wollte. Mit Hilfe ihrer Freundin Tanzender Stein hatte sie sogar ein altes, kleines Kanu oberhalb des ersten Wasserfalls deponiert, das nun unter einem Ufervorsprung jederzeit für die Weiterfahrt zum mittleren Wasserfall bereitlag.

Wann immer Mary im Schatten eines Baumes saß und sich in den Anblick der schäumenden, in die Tiefe stürzenden Wassermassen versenkte, fühlte sie schon nach kurzer Zeit, dass ihr leichter ums Herz wurde. Dann war es ihr, als schrumpften ihre Sorgen und Nöte, die sich bis dahin wie Berge vor ihr aufgetürmt hatten, angesichts der Unbegreiflichkeit und Großartigkeit der Schöpfung auf das Maß zusammen, das ihnen wirklich zukam. Und so wurden meist aus den scheinbar unbezwingbaren Bergen sehr schnell erträgliche Hügel, die ihrer Bewältigung harrten.

Drei Tage nachdem der Stammesrat Zunderholz verstoßen und für vogelfrei erklärt hatte, suchte Mary wieder einmal die Wasserfälle auf. Da es schon später Nachmittag war, fuhr sie nicht bis zum mittleren Katarakt weiter, sondern begnügte sich mit dem Schauspiel des ersten, während sie ihren Gedanken freien Lauf ließ. Gedanken, die sich mit ihr und Falkenfeder beschäftigten.

»Aiee, ich wusste doch, dass ich dich früher oder später hier antreffen würde! Zwei-Fallende-Stimmen liebt die donnernde Stille der fallenden Wasser, so habe ich es mehr als einmal an den Feuern der Squaws gehört«, sagte da plötzlich eine hämische Stimme hinter ihr. »Hätte nie gedacht, dass dieses Wissen eines Tages von großem Nutzen sein würde.«

Mary fuhr wie unter einem unerwarteten Peitschenschlag zusammen und sprang auf. Ihr Erschrecken verwandelte sich augenblicklich in Entsetzen, als sie sah, wer da zwischen den Bäumen hervortrat und auf sie zukam: Zunderholz!

»Was willst du von mir?«, stieß sie hervor und hatte Mühe ihre aufsteigende Angst unter Kontrolle zu halten. Wer für vogelfrei erklärt worden war, hatte nichts mehr zu verlieren. »Wenn man dich findet, wird man dich töten!«

Zunderholz lachte trocken auf und zog sein Messer. »Sollen sie es nur versuchen! Diese Klinge hat schon oft das Blut meiner Feinde getrunken und ihnen den Tod gebracht, Zwei-Fallende-Stimmen!«, prahlte er. »Aber uns wird niemand finden. Wir werden dieses Land, in dem räudige Verräter ungestraft leben dürfen, während es seine tapferen Krieger verstößt, im Schutz der Nacht für immer hinter uns lassen.«

»Wir?«, fragte Mary verstört. »Was habe ich mit dir zu schaffen?«

»Du bist mein Unterpfand und mehr wert als ein Beutel voller Wampum-Schnüre«, antwortete er und blieb zwei Schritte vor ihr stehen. »Dreibeil hat mir nämlich von der Kopfprämie erzählt, die die Rotröcke ausgesetzt haben.«

»Was für eine Kopfprämie?«, fragte Mary und überlegte fieberhaft, wie sie sich vor Zunderholz in Sicherheit bringen konnte. Doch er hatte ihr den Weg abgeschnitten. Wenige Schritte hinter ihr gähnte der Abgrund der Schlucht.

»Die Rotröcke zahlen für jedes freigelassene Bleichgesicht eine Kopfprämie. Von dem vielen Metall, das ich für dich bekomme, kann ich mir in Fort Niagara Gewehr, Pulver und Blei kaufen.«

»Du kannst mich nicht verschleppen und an die Engländer verkaufen!«, rief Mary entsetzt. »Ich will nicht nach Niagara. Ich bin eine Seneca!«

Zunderholz machte eine ärgerliche, wegwischende Handbewegung. »Für die Rotröcke bist du ein Bleichgesicht, eine von ihnen, und das allein zählt für die Kopfprämie. Und jetzt schweig! Du wirst tun, was ich dir sage!«, herrschte er sie an.

Mary wusste, wie gering ihre Chance war, ihm zu entkommen. Sie wollte sich ihm jedoch nicht ohne einen Versuch ausliefern. Vielleicht schaffte sie es ja bis zu dem Pfad, der am Steilufer zum Fluss hinunterführte. Dort konnte sie ihn bestimmt abhängen, war sie doch um einiges behänder als er.

Sie rannte los.

Zunderholz hatte jedoch damit gerechnet, dass sie einen Fluchtversuch unternehmen würde. Er machte einen Satz nach links. Gleichzeitig schoss seine linke Hand vor, er bekam ihren langen Haarzopf zu fassen und riss sie daran zurück.

Mary schrie vor Schmerz auf und stürzte seitlich zu Boden. Zunderholz zerrte sie hoch und setzte ihr das Messer an die Kehle. »Versuchst du das noch einmal, fließt dein Blut!«, warnte er sie. »Und nun komm, wir haben eine lange Kanufahrt vor uns!«

»Die einzige Fahrt, die du noch vor dir hast, wird dich ins Land der Geister führen!«, rief da eine scharfe Stimme, die Mary nur zu gut vertraut war.

»Falkenfeder!« Sie meinte ihren Augen und Ohren nicht trauen zu dürfen, doch es war wirklich Falkenfeder, der da durch das Holundergestrüpp brach.

Zunderholz ließ Mary los und wirbelte herum. Er starrte Falkenfeder wie eine Geistererscheinung an. Für einen Augenblick stand er wie gelähmt.

Mary nutzte diesen Moment geistesgegenwärtig. Sie sprang auf und lief auf Falkenfeder zu. Zunderholz versuchte noch sie einzuholen und festzuhalten, um sie als Schild und Geisel zu benutzen. Doch Falkenfeder vereitelte das. Er war schneller bei Mary als Zunderholz.

»Nun kämpfe, du feige Ratte!«, forderte er den Mörder seines Freundes heraus und zog sein Messer.

Das Gesicht von Zunderholz verzerrte sich zu einer Grimasse aus Hass und Todesangst. Er wusste, dass er seinem Schicksal nicht entkommen konnte. Und mit einem gellenden Kriegsschrei stürzte er sich auf Falkenfeder.

Der Messerkampf war kurz und dramatisch. Falkenfeder trieb Zunderholz mit Hieben und Stichen, die bei seinem Gegner blutige, aber nicht lebensgefährliche Schnittwunden auf Brust und Armen hinterließen, vor sich her – direkt auf den Abgrund zu. Schließlich vermochte Zunderholz nach keiner Seite mehr auszuweichen.

»Stirb, du Feigling!«

Zunderholz unternahm einen letzten, verzweifelten Versuch, Falkenfeder die Klinge in den Unterleib zu rammen. Seine Messerhand schnellte vor, während er auf Falkenfeder zusprang. Die Klinge ging jedoch ins Leere, denn Falkenfeder wich elegant zur Seite aus – und stieß dabei dem Angreifer das Messer bis zum Heft in die Brust.

Zunderholz blieb stehen, als wäre er gegen eine unsichtbare Wand geprallt, und seine Augen weiteten sich auf schreckliche Weise, während ein erstickter, röchelnder Laut aus seiner Kehle drang. Dann taumelte er zurück, verlor auf dem bröckeligen Gestein am Abgrund den Halt und stürzte in die Tiefe.

Blass und zitternd, kauerte Mary am Boden. Sie stand noch ganz unter dem Schock der Ereignisse, als Falkenfeder sich nach einem langen Blick in die Schlucht schließlich umwandte und zu ihr kam.

»Du . . . du hast mir . . . das Leben gerettet«, stammelte Mary und richtete sich auf. »Danke, Falkenfeder. Er wollte mich verschleppen und an die Rotröcke in Fort Niagara verkaufen.«

Er nickte. »Aiee, ich habe gehört, was er gesagt hat – und was du ihm darauf geantwortet hast, Zwei-Fallende-Stimmen. Und da sang mein Herz vor Freude. Denn ich war mir lange Zeit nicht sicher, ob du . . .« Er brach verlegen ab.

»Ob ich was, Falkenfeder?«, fragte sie. Und dass ihr Herz nun wie wild schlug, hatte nichts mehr mit dem Überfall von Zunderholz zu tun.

»Ob du dich wirklich als Seneca fühlst und für immer bei uns leben willst. Ich hatte Zweifel, weil du oft so traurig warst und die Einsamkeit gesucht hast, Zwei-Fallende-Stimmen, und diese Zweifel schmerzten mich, weil sie mich zwangen nicht auf die Stimme meines Herzens zu hören«, antwortete er leise und verriet damit, was ihn so lange gequält hatte.

Sie sah ihn einen langen Moment schweigend an. »Es mag einmal so gewesen sein, dass ich voller Trauer und Zweifel war, weil mich die Frage quälte, wer ich bin und wohin ich gehöre«, antwortete sie dann mit großer Ernsthaftigkeit. »Ich hatte einst den heiligen Schwur geleistet, eines Tages meine Freiheit zurückzugewinnen und in meine Heimat zurückzukehren. An diesen Schwur fühlte ich mich gebunden.«

Er nickte. »Einen Schwur, der so heilig ist, darf man nicht brechen. Denn dann verliert man seine Ehre und macht seinen Vorfahren große Schande.«

»Ja, genau so empfand ich auch, Falkenfeder«, fuhr Mary fort. »Doch heute weiß ich, dass sich dieser Schwur längst erfüllt hat.«

Er hob fragend die Augenbrauen.

»Ich habe meine Freiheit längst wiedergewonnen, ohne mir dessen richtig bewusst gewesen zu sein, weil ich lange Zeit Freiheit nur mit einem Leben fern von hier, bei den Weißen im Osten, verbunden habe. Dabei bin ich in Wahrheit doch schon lange frei. Denn ich kann Genishau verlassen und gehen, wohin ich will. Niemand würde mich aufhalten. Aber wohin sollte ich gehen? Fort aus dem Land der Fallenden Wasser, das zu meiner neuen Heimat geworden ist? Nein, das kann ich nicht, denn aus mir ist eine Seneca geworden.«

»Du redest von Heimat. Was bedeutet das für dich?«, fragte er eindringlich.

»Heimat ist dort, wo mein Herz ist, Falkenfeder«, antwortete sie und in ihrem Blick und ihrer Stimme lagen Zärtlichkeit und Wärme. »Wo die Menschen leben, die ich liebe, deren Gemeinschaft mir kostbar ist und mit denen ich den Rest meines Lebens teilen möchte. Und diese Heimat habe ich bei den Seneca und in diesem Tal gefunden. Mein Feuer brennt hier im Land der Fallenden Wasser – bis ans Ende meiner Tage.«

Falkenfeder zögerte kurz und legte dann seine Hand auf ihre Wange. »Mein Wigwam wartet schon lange darauf, dass die Frau, nach der mein Herz so schmerzlich ruft, ihn mit mir teilt und an meiner Seite ihre Decken ausbreitet. Will Zwei-Fallende-Stimmen diesem Warten nun ein Ende bereiten?«

»Weiß Falkenfeder denn nicht schon längst die Antwort?«, fragte Mary zurück, nahm seine Hand, die noch immer auf ihrer Wange lag, und drückte einen Kuss in seine Handfläche.

Falkenfeder erwiderte ihr strahlendes Lächeln, das so viel mehr ausdrückte, als Worte in diesem Moment vermocht hätten. »Aiee, mein Herz sagt es mir, meine Squaw«, flüsterte er.

Und allein das ist es, worauf es ankommt, dachte Mary später, als sie nach Genishau zurückkehrten. Nämlich auf das, was dein Herz dir sagt. Nur wenn du mit dem Herzen siehst, kannst du zu dir selbst finden und jenem anderen Menschen begegnen, der ein Teil von dir ist und zu dir gehört!

Nachwort

*zur historischen Gestalt der Mary Jemison
sowie Anmerkungen zur Kultur der Irokesen*

Die Geschichte, die ich in diesem Indianerroman erzählt habe, ist nur zu einem geringen Teil das Produkt meiner schriftstellerischen Phantasie. Die Odyssee dieses weißen Farmermädchens, die sich zwei Jahrzehnte vor dem Ausbruch des amerikanischen Unabhängigkeitskrieges ereignet hat, beruht auf historisch gut dokumentierten Tatsachen.

Mary Jemison hat wirklich gelebt und sie hat all das (und mehr) erlitten und erlebt, was ich in diesem Buch in romanhafter Form geschildert habe: den Überfall der Bande aus Shawaneekriegern und Franzosen auf die elterliche Farm am Marsh Creek; die Verschleppung nach Westen ins Ohio-Tal und die Ermordung ihrer Familie; die Adoption durch die beiden Schwestern vom Stamm der Seneca; die Flucht nach dem Vorfall in Fort Pitt; die entbehrungsreiche und mehr als 1000 Kilometer lange Reise durch die Wildnis nach Norden ins »Land der Fallenden Wasser«, den Wampum-Schwindel des weißen Fallenstellers; den Versuch eines ehrlosen Mannes, sie zum nächsten Fort zu entführen, um die ausgesetzte Belohnung für jeden freigelassenen weißen Gefangenen einzustreichen; die schon nach wenigen Jahren gereifte Erkenntnis, dass das Land der Seneca zu ihrer neuen Heimat geworden war; und nicht zuletzt die Ehe mit dem stolzen Krieger Hiokatoo, einem späteren Senecahäuptling, mit dem Mary Jemison vier Töchter und zwei Söhne hatte.

Woher die Geschichtsforschung all das, was sich in den Wäldern des mächtigen Irokesenbundes vor nunmehr fast 250 Jahren zugetragen hat, mit so großer Genauigkeit weiß? Die Antwort darauf ist verblüffend einfach: Wir wissen es aus ihrem, Mary Jemisons, eigenem Mund.

Im Jahre 1823 hatten sich im einstigen »wilden« Indianerland schon zahllose weiße Siedler niedergelassen und die stark dezimierten Stämme der Irokesen im Staat New York wurden nach blutigen, verlustreichen Kriegen (die Irokesen hatten sich unglücklicherweise mit den königstreuen Engländern gegen die aufständischen und letztlich siegreichen Kolonisten verbündet) in immer kleiner werdende Reservate abgedrängt. In diesem Jahr nun traf der Arzt James E. Seaver, ein an der Geschichte des Landes äußerst interessierter Mann, mit Mary Jemison zusammen – fast siebzig Jahre nach ihrer Verschleppung durch die Shawanee. »Die weiße Frau vom Genesee«, wie die hochbetagte Frau von den Siedlern auch voller Respekt genannt wurde, erzählte James E. Seaver ihre bewegte Lebensgeschichte, die dieser in den drei Tagen ihres Zusammenseins zu Papier brachte und im Jahr darauf unter dem Titel *A Narrative Of The Life Of Mrs. Mary Jemison* veröffentlichte.

Das Ansehen, das diese weiße Squaw eines alten, angesehenen Senecakriegers und Mutter vieler Kinder unter den nicht gerade sehr fortschrittlich denkenden weißen Siedlern genoss, verdeutlicht ein Auszug aus der Einführung, die James

E. Seaver der Lebensbeschreibung vorangesetzt hat. Bevor ich jedoch daraus in eigener Übersetzung zitiere, gebe ich zu bedenken, dass eine »Rothaut« nach dem allgemeinen Verständnis jener Zeit, in der die Sklaverei in der amerikanischen Gesellschaft noch immer breite Zustimmung fand und prächtig florierte, viel weniger wert war als ein schwarzer Sklave und dass eine weiße Frau, die sich freiwillig mit einem Indianer einließ, als noch verachtenswerter galt als eine Straßenprostituierte.

In der Einführung von *A Narrative Of The Life Of Mrs. Mary Jemison* heißt es nun: »Obwohl (!) sie mit einem alten Krieger zusammenlebte und all ihre Kinder und Freunde Indianer waren, stimmte man darin überein, dass sie eine ungewöhnlich ausgeprägte Gastfreundschaft auszeichnete und dass ihre Freundschaft es wert war, gesucht und gepflegt zu werden. Ihr Haus war das Haus des Fremden; an ihrem Tisch fanden die Hungrigen Beköstigung und Erbauung; sie nahm sich der Mittellosen an und teilte mit ihnen alles, was zu ihrer Verfügung stand; und was immer sie tat, tat sie mit einer solchen Großherzigkeit, dass die Zahl ihrer Bewunderer immer weiter stieg und sie zum treuen Freund aller Mühseligen und Beladenen wurde. Sie war die Beschützerin der Heimatlosen und Flüchtenden; jeden müden Wanderer hieß sie in ihrer Behausung willkommen . . .«

Das »Land der Fallenden Wasser« am Genesee River, wo Mary Jemison fast sieben Jahrzehnte mit den Seneca gelebt hat, gehört heute zum eindrucksvollen *Letchworth National Park*, der nicht zu Unrecht als der »Grand Canyon des Ostens« gerühmt wird, aber leider jenseits seiner regionalen Grenzen nur wenigen bekannt ist. Dort befindet sich heute nicht nur ein sehenswertes Museum und Archiv, das der Kultur der Irokesen gewidmet ist, sondern auch eine restaurierte Ratshütte der Seneca sowie das Blockhaus, in dem Mary Jemison die letzten Jahre ihres Lebens gewohnt hat, und eine Statue, die an »Die weiße Frau vom Genesee« erinnert.

Die wildromantische Schönheit dieser Landschaft mit ihren tiefen Schluchten, durch die sich der Genesee windet, verschlägt auch heute noch dem Besucher den Atem, ganz besonders der Anblick der drei mächtigen Wasserfälle. Meine Frau und ich haben während der Recherchen zu diesem Buch viele Wochen in diesem zauberhaften »Land der Fallenden Wasser« verbracht. Vierzehn Tage lang kampierten wir sogar mitten im Wald, nur wenige Meilen von *Seh-ga-hun-da*, dem berühmten mittleren Katarakt, entfernt. Diese Zeit wird uns unvergesslich bleiben.

Der Lebensbericht einer hochbetagten Person, die sich ohne schriftliche Aufzeichnungen an Vorfälle erinnern soll, welche viele Jahrzehnte zurückliegen, bringt zwangsläufig immer Ungenauigkeiten und Fehler in der Chronologie mit sich. Niemand ist vor solchen Irrtümern gefeit. Mary Jemisons Lebenserinnerungen machen da keine Ausnahme. Historiker sind sich beispielsweise nicht über ihr Alter zum Zeitpunkt der Verschleppung einig. Die Spekulationen reichen von zwölf bis zu sechzehn Jahren. Ich habe mich dafür entschieden, sie in meinem Roman am Tag des Überfalls zwölf Jahre alt sein zu lassen. Ein höheres Alter scheint mir äußerst unwahrscheinlich, weil sie erst Jahre nach ihrer Verschleppung in das heiratsfähige Alter kam, das auch Indianermädchen gewöhnlich nicht vor ihrem dreizehnten oder vierzehnten Lebensjahr erreichten.

Da ein historischer Roman anderen dramaturgischen Gesetzen unterliegt und dem Autor mehr Gestaltungsmöglichkeiten lässt als ein Sachbuch, habe ich mir die üblichen schriftstellerischen Freiheiten erlaubt, ohne jedoch die Wahrhaftigkeit der Geschichte aufs Spiel zu setzen und ihren historischen Kontext zu verfälschen. Dazu gehört, dass ich manche Ereignisse, die sich in Mary Jemisons Leben bei den Seneca erst später zugetragen haben, zusammengefasst und in die bedeutend kürzere Zeitspanne meines Romans, der sich ja nur über etwa vier Jahre erstreckt, aufgenommen habe. Straffungen und Vorgriffe dieser Art sind nicht nur legitim, sondern geradezu geboten, wenn man einen Roman schreiben will, der sich einerseits nicht nur möglichst genau an die historische Wahrheit hält, sondern andererseits auch spannungsreich und gut lesbar ist.

Zu diesen kleinen schriftstellerischen Freiheiten, die ich mir genommen habe, gehört auch, dass ich das Senecadorf Genishau aus handlungstechnischen Gründen um einige wenige Meilen näher an die drei Wasserfälle angesiedelt habe, als es in Wirklichkeit der Fall gewesen ist. Zudem habe ich mir, aus Rücksicht auf den Leser, eine gewisse Freizügigkeit in der deutschen Gestaltung der indianischen Eigennamen erlaubt. Die Sprache der Irokesen ist nämlich eine sehr vokalreiche und komplexe und viele Wörter können es leicht mit manchen deutschen Bandwurmsätzen aufnehmen. Auf Irokesisch hieß Mary beispielsweise *Deh-ge-wa-nus*, was in der Übersetzung mit »Zwei-Fallende-Stimmen« für einen Roman (bei dem man sich ja die Namen der wichtigen Personen merken möchte) noch ganz akzeptabel klingt, sodass ich diesen Namen auch genau so verwendet habe. Bei anderen Namen jedoch habe ich mich, um der Lesbarkeit des Romans willen, mehr um eine Nachempfindung als um eine getreue Übersetzung bemüht. Die Originalnamen zu verwenden habe ich von vornherein ausgeschlossen. Denn wer vermag sich schon Namen wie die folgenden zu merken: *Sagu-yu-what-hah (»Der-Hüter-der-wacht«), Kau-jises-tau-ge-au* (auf Deutsch etwa »*Schwarze Kohlen*«) oder *Hul-eegu-wah-nay (»Die-Frau-die-heilt«)*?

Das einundzwanzigste Kapitel bedarf einer ganz besonderen Anmerkung. Denn sowohl die Rede des Missionars Mortimer Johnston als auch die Erwiderung, die mein Häuptling Brennender Himmel in der Versammlung vorgetragen hat, stammen zum überwiegenden Teil aus historischen Quellen, aus denen ich wörtlich zitiert habe. Der Senecahäuptling Red Jacket, dessen Beredsamkeit ihn schon zu Lebzeiten zur Legende machte und der deshalb bei vielen Gelegenheiten als Sprecher seines Volkes auftrat, war die historische Gestalt, die diese ebenso vernichtende wie von großem Versöhnungswillen getragene Rede als Antwort auf den Vortrag eines Missionars gehalten hat. Und es war ein gewisser Reverend Cram von der Bostoner Missionsgesellschaft, der den Seneca erst mit so hochtrabenden Worten die wahre Religion bringen wollte, dann aber nicht genug Charakter und Menschenliebe besaß, um die dargebotene Hand von Häuptling Red Jacket zu ergreifen, und der die von exemplarischer Arroganz und Selbstherrlichkeit diktierte Beleidigung aussprach, dass »keine Freundschaft zwischen der Religion Gottes und der des Teufels« sein könne. Das Zusammentreffen dieser beiden Männer geschah jedoch einige Jahrzehnte später als in meinem Roman geschildert. In die Rede von Häuptling Red Jacket alias Brennender Himmel habe ich jedoch auch einige markante Sätze eingeflochten, die ich den beeindruckenden Reden von anderen Indianerführern an die Weißen entnommen habe. So etwa von Häuptling Seattle, Medizinmann Smohalla, Häuptling Owhi vom Stamm der Yahima, Häuptling Captain Jack von den Modocindianern, Häuptling Colonel Cobb, der für die Choctaws sprach, Häuptling Red Cloud von den Oglala-Sioux, Häuptling Charlot von den Flatheads und Häuptling Sitting Bull, der mit seinen Siouxkriegern 1876 die Kavallerie von Lieutenant Colonel Custer am Little Big Horn vernichtend geschlagen hat und wohl zu den berühmtesten aller Indianerhäuptlinge zählt. Nicht ich, sondern diese legendären indianischen Sprecher und Anführer haben dieses einundzwanzigste Kapitel geschrieben.[*]

Zum vollen Verständnis eines historischen Romans gehört auch eine zumindest ungefähre Kenntnis der allgemeinen sozialen Gegebenheiten jener Zeit, in der ein Roman angesiedelt ist. Mit anderen Worten: Wie haben die Menschen in jener Epoche gelebt, gedacht und empfunden? Und je weiter diese Epoche von der Gegenwart entfernt liegt, desto wichtiger wird dieses Hintergrundwissen für das bessere Verständnis.

Der eine oder andere Leser mag beispielsweise nicht recht nachvollziehen können, weshalb Mary sich so schnell in ihr scheinbar grausames Schicksal gefügt und erst Jahre nach ihrer Verschleppung einen – zumal äußerst halbherzigen – Fluchtversuch unternommen hat. Nun, wer mit den scheinbaren Selbstverständlichkeiten unserer modernen Konsum- und

---

[*] Die vollständigen Reden sind nachzulesen in *Die Erde ist unsere Mutter – Die großen Reden der Indianerhäuptlinge*, herausgegeben von William Arrowsmith und Michael Korth, erschienen im Heyne Taschenbuch Verlag.

Überflussgesellschaft aufgewachsen ist, mag in der Tat Schwierigkeiten damit haben. Denn zu diesen »Selbstverständlichkeiten« gehören heute ein stets gut bestückter Kühlschrank, Kleidung nicht nach Notwendigkeit, sondern nach Mode- und Funbedürfnissen, unzählige Möglichkeiten der Unterhaltung bis zum Überdruss, Taschengeld, jährliche Urlaubsreisen und vieles andere mehr, was noch vor ein, zwei Generationen undenkbar war. Und wer von Kindheit an daran gewöhnt ist, nicht nur Wünsche haben zu dürfen, sondern Ansprüche anmelden und deren Erfüllung auch erwarten zu können, wer in einer solchen Welt groß geworden ist, muss sich wohl zwangsweise schwer tun, wenn er Marys Verhalten richtig nachvollziehen möchte.

Der heutige Überfluss, der in einigen Teilen der Welt bis an die Grenze geistiger Lähmung herrscht, ist aber alles andere als naturgegeben und steht auf tönernen Füßen, wie auch die Wachstumsfetischisten allmählich erkennen. Der Alltag in großen Teilen der Welt sieht auch heute noch genauso bedrückend aus wie zu der Zeit, als Mary Jemison lebte: Nicht Konsumrausch und Freizeitstress bestimmten damals das Leben der großen Mehrheit der Bevölkerung, sondern nackte Existenzangst. Anders als wir heute betrachteten die Menschen vergangener Jahrhunderte harte Schicksalsschläge und Prüfungen nicht als dreiste Ungerechtigkeiten des Lebens (und damit des Schöpfers, dem wir deshalb kurzerhand den Glauben aufkündigen, weil er sich nicht zum Erfüllungsgehilfen unserer Forderungen machen will). Man sah sie auch nicht als unverzeihlichen Angriff auf das, was wir heute unter dem Schlagwort »Recht auf Selbstverwirklichung« kennen, sondern die Generationen unserer Vorfahren haben schwere Schicksalsschläge als bitteren, aber nichtsdestotrotz natürlichen Bestandteil eines jeden menschlichen Lebens gesehen. So gehörte zum Beispiel hohe Kindersterblichkeit damals zum Alltag, wie auch die schreckliche Tatsache, dass viele Frauen kurz nach der Niederkunft an Kindbettfieber starben.

Die Dankbarkeit, die Mary schon so rasch den Indianern entgegengebracht hat, lässt sich nur im sozialgeschichtlichen Zusammenhang verstehen: Der Natur wie dem Leben musste alles unter großen persönlichen Entbehrungen und Opfern abgerungen werden. Ohne Hunger über den nächsten Winter zu kommen, nicht allzu sehr unter der Kälte zu leiden oder von zehn, zwölf Kindern wenigstens die Hälfte zu Erwachsenen heranwachsen zu sehen galt sogar in der besser gestellten Schicht der Angestellten schon als ein Segen – und noch viel mehr unter den einfachen Arbeitern, Tagelöhnern, Farmern und insbesondere den Pionieren, die sich in die amerikanische *Frontier* wagten, in das noch nicht besiedelte Grenzland. Und dort in der Wildnis mussten sie nicht nur mit kläglichen Startbedingungen sowie den Launen einer noch nicht gezähmten, gewalttätigen Natur kämpfen, sondern auch noch gegen plündernde und mordende Feinde weißer wie roter Hautfarbe. Krankheiten, vor denen wir uns heute ganz selbstverständlich schon im Kindesalter durch Schutzimpfungen bewahren oder die wir, falls wir doch mal an ihnen erkranken, zumeist erfolgreich mit Medikamenten behandeln können, rafften nicht nur im 18. Jahrhundert, sondern noch bis in die ersten Jahrzehnte des 20. Jahrhunderts die Menschen jährlich zu vielen Tausenden dahin. Cholera, Typhus, Kinderlähmung, Tuberkulose, Scharlach, Diphtherie und die gewöhnliche Grippe, um nur einige zu nennen, brachten regelmäßig den Tod. Kein Wunder, dass die durchschnittliche Lebenserwartung damals kaum vierzig Jahre betrug.

Nur wenn man diese widrigen Lebensbedingungen mit all ihren (Todes-)Gefahren berücksichtigt, kann man wohl nachvollziehen, warum Mary so schnell Zufriedenheit bei den Seneca fand. Die Fürsorge ihrer Adoptivfamilie und das harmonische Gemeinschaftsleben, das uns sogar heute noch überaus fortschrittlich vorkommen muss, blieben nicht ohne Wirkung auf sie. Dazu kamen dann noch die großen Freiheiten und Rechte, die insbesondere Frauen in der indianischen Gesellschaft genossen. Diese Stellung der Frau dürfte sogar in unserer heutigen westlichen Zivilisation noch als feministisches Traumziel gelten: dass Frauen allein die »Regierungen« ihrer Gemeinschaft wählen sowie über die Arbeitsaufteilung bestimmen und auch in vielen anderen wichtigen Belangen volles Mitsprache- und Entscheidungsrecht haben – bis hin zum möglichen Veto gegen geplante Kriegszüge!

Zum Schluss noch einige Anmerkungen zur politischen Struktur des Irokesenbundes, der Liga der sechs Nationen. Es mag auf den ersten Blick vermessen klingen, aber nach meinen Studien, so bescheiden sie sein mögen, zögere ich nicht mich der Überzeugung jener Historiker anzuschließen, die die erste funktionstüchtige und beständige Demokratie in der »Waldrepublik« der sechs Irokesenvölker realisiert sehen.

In unserer westeuropäischen Überheblichkeit sind wir es gewohnt, den Ursprung aller großen zivilisatorischen Errungenschaften im Abendland zu wähnen. In wenigen Teilbereichen, etwa auf dem Gebiet der Astronomie oder dem der Monumentalbaukunst, gestehen wir anderen Ländern wie Ägypten oder China herausragende Leistungen in frühzeitlichen Epochen zu. Ansonsten halten wir uns jedoch für den geistigen und zivilisatorischen Nabel der Welt und meinen, wir allein hätten den Rest der Erde mit den wahren Errungenschaften des Geistes beglückt. Voller »Besitzerstolz« und Ehrfurcht preisen wir etwa die britische *Magna Charta*, obwohl diese doch nur dem Adelsstand gegenüber dem König Sonderrechte und Mitsprache bei wichtigen Entscheidungen einräumte, den einfachen Bürger jedoch mit keinem Wort erwähnte; wir preisen die *Bill of Rights* sowie die unschätzbaren geistigen und freiheitlichen Impulse der *Aufklärung*, die uns vom finsteren Aberglauben des Mittelalters befreit hat; wir schwärmen von der *Französischen Revolution* – und lassen nicht selten das schreckliche Blutbad unter den Tisch fallen, das in den Jahren danach das Fallbeil der Guillotine anrichtete, und zwar nicht nur unter den Adligen. Und als Krönung auf dem dornigen Weg in den demokratischen Staat feiern wir natürlich die amerikanische Unabhängigkeitserklärung, die wir für die Geburtsstunde unserer modernen Demokratie halten, hat sie doch den unveräußerlichen Anspruch des Menschen auf Gleichheit vor dem Gesetz, auf Redefreiheit, Religionsfreiheit, Versammlungsfreiheit und Gewaltenteilung manifestiert. Damit wurden die USA mit ihrer Verfassung zur Fackel der Freiheit und zum Vorbild für zahllose andere Völker, die noch unter dem Joch tyrannischer Monarchien und Diktaturen litten.

Nun, all das hat gewiss zu einem gut Teil seine Richtigkeit. Doch schon lange vor der amerikanischen *Declaration of Independence*, nämlich Mitte des 16. Jahrhunderts unter der Führung des Propheten und Staatsmannes *De-ga-na-wi-dah* und seines Sprechers *Hia-wa-tha,* haben die anfangs fünf Irokesenstämme der Seneca, Mohawk, Oneida, Onondaga und Cayuga (das Volk der Tuscarora aus dem Gebiet des heutigen Nord-Carolina wurde erst 1722 formal in die Union aufgenommen) diese Form der Demokratie zu ihrem politischen System erhoben und bis in unsere Zeit praktiziert. Historiker sprechen deshalb auch recht zutreffend von der »Waldrepublik« der Irokesen oder der »Konföderation des Friedens«. Denn es sei die Absicht der Irokesen gewesen, allmählich alle Stämme der Menschheit in der Liga zu vereinen, damit Kriege und Blutvergießen ein Ende hätten. Alle sollten sich unter die Gesetze und Prinzipien der Liga stellen und zueinander wie Väter und Mütter, Söhne und Töchter sein. Weigerten sich fremde Stämme dem »großen Frieden« beizutreten und sich dem Gebot der Einstimmigkeit in allen wichtigen Entscheidungen zu unterwerfen, betrachteten die Irokesen dies als Wunsch nach Krieg.

Dass die französischen Vordenker der Aufklärung sowie die Väter der amerikanischen Unabhängigkeitserklärung das Gesellschaftssystem der Irokesen gekannt und von ihnen in übertragenem Sinne »abgeschrieben« haben beziehungsweise sich von den Ideen der Indianer haben inspirieren lassen, halten die Historiker nicht nur für möglich, sondern sogar für sehr wahrscheinlich. Die Kunde von den Irokesen und ihrer besonderen Kultur und politischen Organisation drang nämlich schon sehr früh nach Europa. Die ersten Berichte stammen aus der Zeit um 1550. Und bereits 1615 trafen die ersten Franziskaner und wenig später die Jesuiten im Irokesenland ein. Vor allem aus der intensiven jesuitischen Missionsarbeit stammt ein überaus umfassendes Quellenmaterial über die Irokesen. Denn die Missionare dieses Ordens wurden ganz besonders dazu angehalten, von ihren Reisen möglichst ausführliche Berichte anzufertigen und in die Heimat zu schicken. So entstand allein bei den Jesuiten schon im 17. Jahrhundert ein monumentales, 70-bändiges Geschichtswerk über die Sitten und Gebräuche der Irokesen, dessen Erkenntnisse auch der Öffentlichkeit außerhalb des Ordens durch verschiedene umfangreiche Veröffentlichungen bekannt gemacht wurden. Und dass die geistigen Väter der amerikanischen Verfassung bestens über die Kultur ihrer indianischen Nachbarn unterrichtet gewesen sind, gilt nicht als Vermutung, sondern als Tatsache. Deshalb ist es auch nicht verwegen, davon auszugehen, dass die politischen Strukturen der indianischen »Waldrepublik« Niederschlag in der Abfassung der Menschenrechte gefunden haben.

Die Irokesenliga stand in den hundert Jahren zwischen 1650 und 1750 auf dem Höhepunkt ihrer Macht und Kultur. Sie kontrollierte ein Gebiet, das die heutigen Staaten von New York, Delaware, Maryland, New Jersey, Pennsylvania, die nördlichen und westlichen Teile von Virginia, Ohio, Kentucky, Tennessee, einen Teil der Neuengland-Staaten und die Seengebiete Süd-Ontarios umfasste. Ein wahrhaft gewaltiger Machtbereich, wenn man bedenkt, dass die fünf Stämme zu keiner Zeit mehr als 16 000 Personen und die Armee nicht mehr als 2 000 Krieger umfasst haben dürften.

Mit der amerikanischen Revolution begann der Untergang der »Konföderation des Friedens«. Alle Stämme außer den Oneida kämpften als treue englische Verbündete gegen die

Amerikaner und wurden von diesen 1779 vernichtend geschlagen. Mit Ausnahme der Gruppen, die ins englische Kanada übersiedelten, verloren die Irokesen ihre politische Unabhängigkeit und ihr Recht zur Selbstverwaltung. Der lange, bittere Weg in die Reservate begann. Heute leben vor allem im Gebiet ihrer ursprünglichen Heimat um die unteren Großen Seen etwa 7 600 Mohawk, 3 400 Oneida, 900 Onondaga, 1 200 Cayuga, 3 200 Seneca und 800 Tuscarora. Zählt man sämtliche in den USA und Kanada in Reservaten lebenden Sprachirokesen zusammen, kommt man auf etwa 60 000. Das Langhaus als Symbol ihrer Gesellschaftsform und die Gesetze des alten Irokesenbundes gelten in den Reservaten noch heute – und nicht wenige, die außerhalb der Reservate in den Städten am modernen Leben teilnehmen, kehren zu religiösen Festen und Zeremonien immer wieder zu ihrer kulturellen Wiege zurück.

Eine Fußnote der Geschichte, die nicht einer gewissen Ironie entbehrt: Interessanterweise zogen Karl Marx und Friedrich Engels, die Theoretiker der kommunistischen Gesellschaftslehre, in ihren Schriften die Organisationsform der Irokesen zur Stützung ihrer Gesellschaftstheorie heran – nicht jedoch ohne die ausgeprägte Stellung der Frau als Verirrung zu kritisieren. Wie die Geschichte gezeigt hat, vermochte sich die Liga der sechs Irokesennationen mehr als zweieinhalb Jahrhunderte mit großem Erfolg zu behaupten. Auch nach der Eroberung des Indianerlandes durch die Weißen erlebte die Gesellschaftsform der Irokesen nicht ihren Untergang, sondern sie ging vielmehr mit ihren Grundgedanken in die amerikanische Demokratie über. Die kommunistische Herrschaft der Ostblockstaaten musste dagegen schon nach weniger als achtzig Jahren ihre Bankrotterklärung abgeben und fiel wie ein Kartenhaus in sich zusammen – eben weil ihr das starke demokratische Fundament fehlte, das den Bund der Irokesen in seinem Innern so nachdrücklich bestimmt hat.

Quellennachweis

William Arrowsmith u. Michael Korth: *Die Erde ist unsere Mutter – Die großen Reden der Indianerhäuptlinge*, Heyne Verlag, 1995

Edward S. Curtis: *Die Indianer-Familie*, Knesebeck Verlag, 1996

Der Große Bildatlas Indianer, Orbis Verlag, 1995

Richard H. Dillon: *Indianerkriege*, Lechner Verlag, 1994

Hans R. Guggisberg: *Geschichte der USA*, Kohlhammer Verlag, 1975

Fanny Kelly: *Gefangene der Sioux – Die Erlebnisse einer Pionierin*, Bastei Lübbe Verlag, 1995

S. C. Kimm: *The Iroquois – A History Of The Six Nations of New York*, Press Of Pierre W. Wannforth, 1900

Emerson C. Klees: *Legends and Stories of the Finger Lakes Region – The Heart of New York State*, Friends of the Finger Lakes Publishing, 1995

Lois Lenski: *Indian Captive – The Story of Mary Jemison*, Harper Collins Publishers, 1995

Arch Merrill: *Land Of The Senecas*, Empire State Books, 1992

Lewis Henry Morgan: *The Native Americans – The League Of The Iroquois*, JG Press, 1995

Renate Schukies: *Hüter der Heiligen Pfeile – Red Hat erzählt die Geschichte der Cheyenne*, Diederichs Verlag, 1994

Irene Schumacher: *Gesellschaftsstruktur und Rolle der Frau – Das Beispiel der Irokesen*, Soziologische Schriften Band 10, Duncker & Humblot Verlag, 1972

James E. Seaver: *A Narrative Of The Life Of Mary Jemison*, J. D. Bemis & Co, 1824

Frank Gouldsmith Speck: *The Iroquois – A Study in Cultural Evolution*, Cranbrook Institute of Science, 1982

John Tanner: *Dreißig Jahre unter den Indianern Nordamerikas,* Edition Erdmann, 1995

Steve Wall: *Töchter der Weisheit – Gespräche mit indianischen Frauen,* Diederichs Verlag, 1995

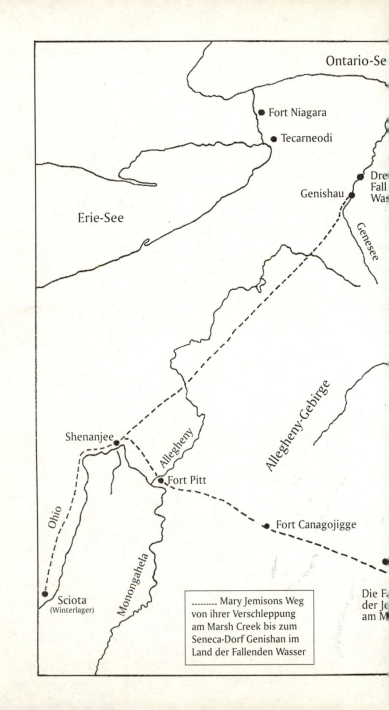

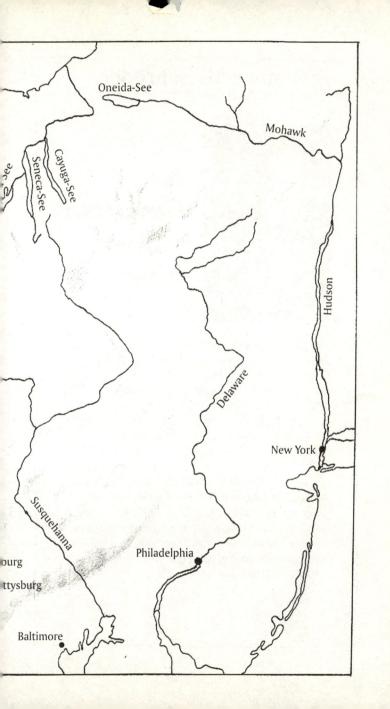

Rainer M. Schröder

Das Vermächtnis des alten Pilgers

Auf der Burg des Grafen Frodebert im Hunsrück, im Jahre 1095. Die letzten Worte des alten Pilgers Vinzent werden im leidvollen Leben des 16-jährigen Marius "Niemandskind" zum langersehnten Lichtblick: "Folge dem Morgenstern…" Damit kann nur eines gemeint sein – er soll sich dem Kreuzfahrerheer anschließen, welches das Heilige Land von den "Ungläubigen" befreien will. Marius macht sich auf den gefahrvollen Weg nach Mainz. Doch erst nach einer langen Reihe von Abenteuern und der Begegnung mit dem jüdischen Mädchen Sarah versteht Marius, dass der alte Pilger mit seinem Vermächtnis etwas ganz anderes im Sinn hatte. Ein bewegender Abenteuerroman aus der Zeit des Ersten Kreuzzuges.

Arena-Taschenbuch – Band 2140.
488 Seiten. Ab 14 Jahren.